JN274796

カールシュタイン城夜話

Karlštejnské vigilie

František Kubka
フランティシェク・クプカ
［著］

山口 巖
［訳・解説］

風濤社

カールシュタイン城夜話◎目次

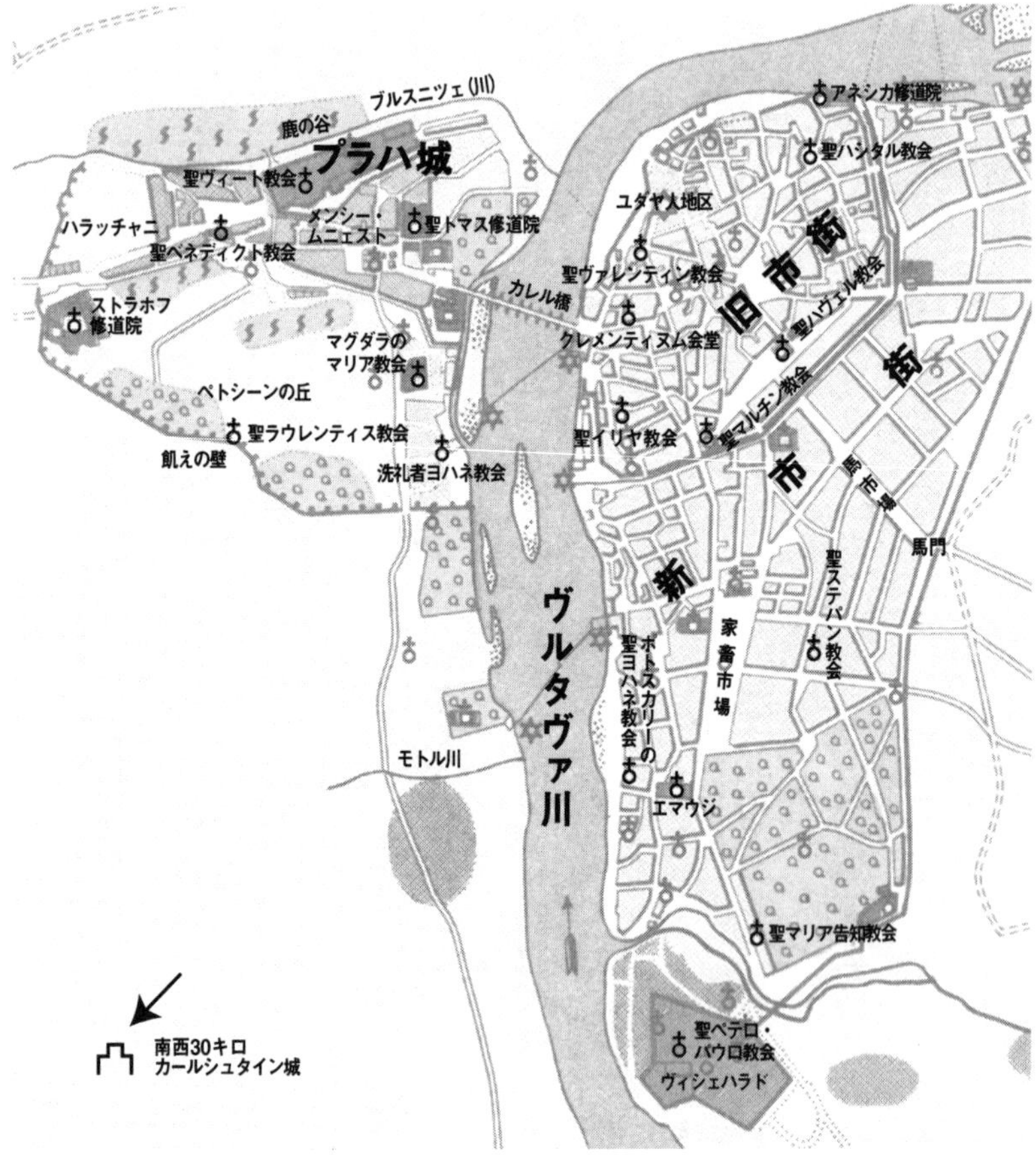

カレル四世統治時のプラハ市街図

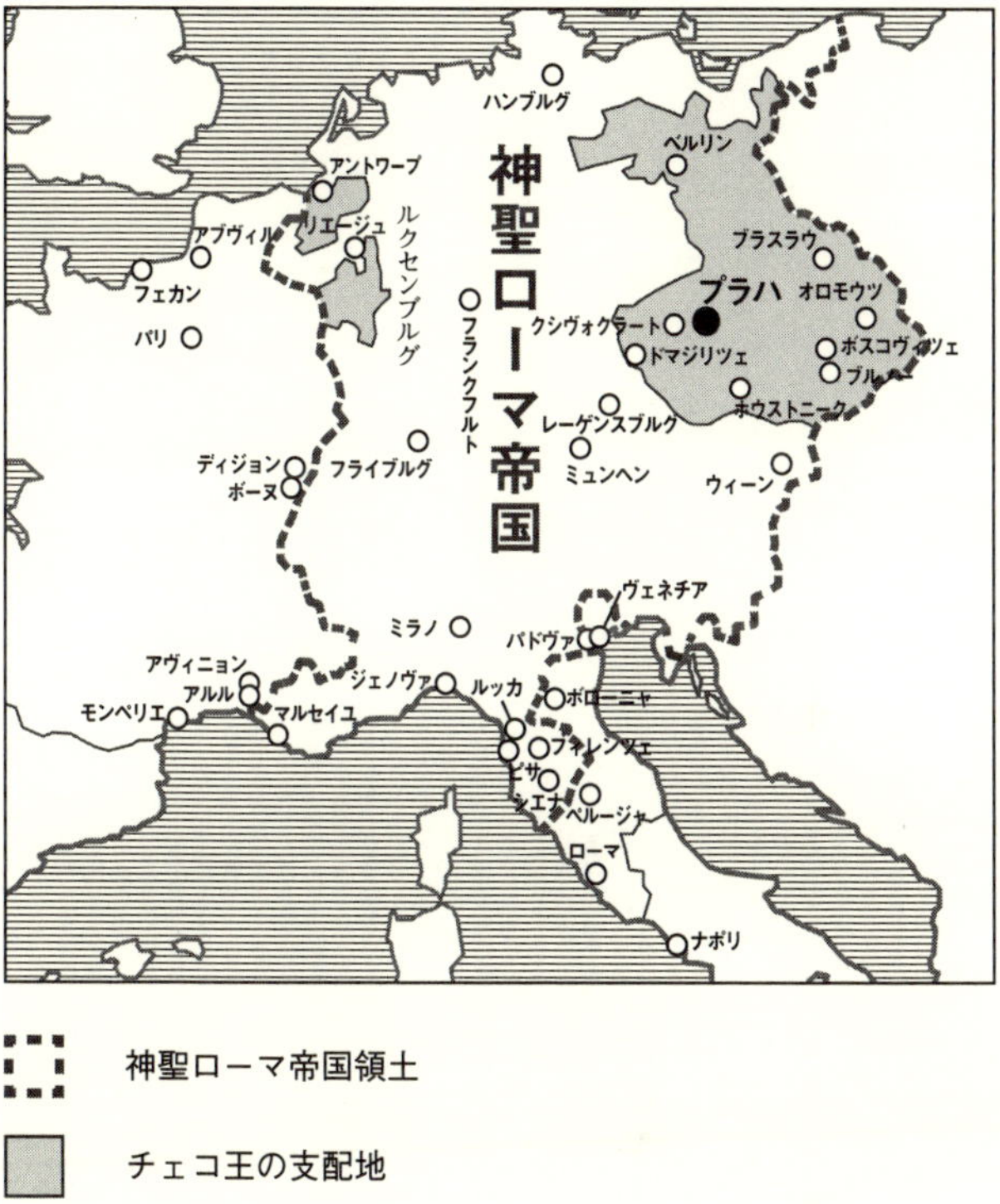

カレル四世統治時の神聖ローマ帝国支配地域

【登場人物】

カレル四世：（一三一六－七八）。幼名ヴァーツラフ。一三五五年神聖ローマ帝国皇帝。教養高く、信仰の篤い王として知られ、金印勅書発布、プラハ大学創設などを行ない、プラハを首都とした。これによってプラハがヨーロッパに君臨することになった。母はポーランド及びチェコ王ヴァーツラフ二世の娘エリシカ（アルジベタ）、父はルクセンブルグの盲目王ヨハン（ジャン）。

ヴィーテク卿：ホルティツェの。カレル四世の侍医。カールシュタイン城の最初の城主になったという。詳細不明。

ブシェク卿：ヴェルハルティツェの（生年不詳－一三七一）。小ブシェク、宮廷の執事長。大ブシェク（生年一三一八以前－一三三七）はカレル四世の最も信頼する友人で個人的な秘書だったが、一三五四年にその職を息子（小ブシェク）に譲った。

イェシェク師：ヤノヴィツェの（一三二四－八二）。司教座聖堂（聖ヴィート寺院）参事会員。僧籍を持つ。一三五七年ヤノヴィツェの聖マルチン教会の牧師として初出。

カールシュタイン城夜話

この一三七一年の復活祭《イースター》*1はとても早くやって来た。まだほとんど雪に覆われているうちだった。そのかわりひと晩のうちに国中が花で一杯になり、プラハはかつてないほど美しくなった。人々は浮きうきし、娘たちの顔も華やいでみえた。城外の公園には真っ白なエゾザクラが咲き競っていた。

復活祭の日曜日から三週間ほど経ったとき、五十五歳の皇帝カレル*2は病に伏し、中毒の症候が見られた。はじめは喉が渇いてものを飲み込むことができなくなったが、そのあと顔色が異常なほどに赤くなり、動悸が早鐘のように打ち始めた。周囲のものに当り散らしたあと、世界の半分を支配していたこの人物が子どものように泣きだしたのである。彼はしわがれた声で侍医を呼んだ。しかしもはや自分のふるまいの理由を侍医に説明することはできなかった。強い腹部の痛みが彼を襲ったからである。この痛みにめまいが加わったので、皇帝は肘掛椅子からベッドに行こうとしたが、よろめいて倒れた。彼は助けを呼び、拳《こぶし》を握りしめると、意識を失ったように身体を捩《よじ》りながら瀉血《しゃけつ》し、痛む頭に鉢巻をして、王妃を呼ぶように侍医に命じた。ポメラニアのエリーザベト（アルジベタ）とよばれる皇妃[*3]は、その日王の居城にはいなくて王妃の城のカルリーク[*4]で過ごしていた。前日の午前中にそこに向かったのである。

大学医学部の長であり、経験に富み、かの高名なドマジリツェのバルタザール[*5]の高弟であったホルティツェのヴィーテク卿が到着したときには、皇帝はひどい痛みに伏せって嘔吐していた。ヴィーテク卿は君主が毒を飲まされたと悟り、大切な命を救うべく、あらゆる手だてを講じた。

皇妃が夫のベッドの許に帰ってきたのは次の日だったが、夫には彼女であることが分からなかった。皇妃は容姿が美しく、背丈がすらっとしていて快活な心の女性だったが、泣き伏して誰にも慰めようのないほどだった。国中が噂しあったことであるが、彼女は身体中の力が抜けてしまい、失神して皇帝のベッドの脇に倒れたので、そこから運び出されて介抱された。この国は哀れなことに王と王妃を一度になくしてしまうだろう、と城中の人々はささやき合ったものだった。

ヴィーテク卿がカレルの激しい嘔吐を止めて痛みを和らげると、病人は永く深い眠りに落ちた。眠りの中でなにか分からない寝ごとを言ってはいたが、目覚めることはなかった。その後で熱が出た。皇帝は床に起き上がったが、目が大きく見開かれ、瞳孔は広がっていて、病人自身目が見えなくなったかと思うほどだった。胸の動悸は鎮まったが熱は上がりつつあった。

ヴィーテク卿が皇妃を見舞い、彼女が失神したのは夫が病気になって気が動顛したためだけだったことを確かめて喜んだ。師はエリーザベトに、寝床に就いたままでいて、夫を見舞うのは王の熱が引いてからにするように、と言った。それからまた三日が経った。二人の出会いは感動的なものだった。エリーザベトは喜びのあまり大粒の涙を流し、夫のやせた手に口づけて、愛している、と囁いた。

皇帝が助かったのは明らかだった。しかしそれと同時にヴィーテク卿はカレルの身体がすっかり消耗してしまい、顔がやつれたというだけではなく、四肢の全体が弱っていることを見てとった。熱病は皇帝の身体を容赦なく支配し、彼の強い心臓にも激しく仮借ない攻撃を加えていた。ヴィーテク卿はカレルの身体を自分の身体よりもよく知っていたので、王の視力や動き、話しぶりに現れた、体力の衰えている兆候を心配した。そこで師は、健康が許すようになるとすぐ、主君を彼の愛するカールシュタイン城[*6]に移し、そこで静けさを楽しめるようにしようと決めた。それだけが枯渇した身体に新しい力を注ぎ込むただ一つの方法だったからである。カレルは喜んで出発を急いだ。出発が実現したのは聖霊降臨祭[*7]を控えた二週間前の、暖かい五月の朝だった。日曜日だったので晴れ着を着た多くの人々が近隣から来て、ブジェヴノフ教会[*8]の前で王の馬車をとり巻いた。

王にとって旅は嬉しいものだった。馬車が通っていく道には梨や林檎の花が咲き、草が甘く香り、小川の岸辺には小さな太陽のようにタンポポが輝いていた。遠くの野原には花々が咲き乱れ、その慎ましい絢爛さで目を楽しませてくれた。樅の木の枝は先端が青白く燃え立ち、若返った木々の下の苔は金色で縁取られた緑の波のようだった。

道端の人々は帽子をとって王の馬車に微笑《ほほえ》みかけたり、愛する君主に大きな声で挨拶をしたりした。王が病気だという噂は風のような早さで広がって国中を深い闇に陥れていたのだったが、今やそれも消えつつあった。

ヴィーテク卿は馬車で王の隣に坐り、ボローニャやプラハで過ごした徒弟時代のおもしろい出来事を話していた。馬車の前には王の騎士団がだく足で馬を進めていた。森に入ると角笛《つのぶえ》の音がいく重にも響いた。王を慰めようと笛吹が狩りの歌を奏でたのである。白い波が楽しげに崖に打ち付ける川の畔では、船頭たちが行列を歓迎して手を振っていた。教会から帰る途中の百姓たちが縁に立っている畑には、陽差しの下でやがて稔《みの》る小麦が青々と茂り、実り豊かに、また平和に育つことを許された君主の前に、その誇り高い頭《こうべ》を垂れていた。

　王妃は行列の中にはいなかった。夫がカールシュタイン城に出立するまでの数日間に、この気丈な女性の様子が一変して、彼女の目や顔つきや歩きぶりに弱々しさが目立つようになった。王との話を避け、いつになく長いあいだお祈りをするようになったのである。カレルが一緒に行かないかと訊ねると、私がいることであなたの安らぎのお邪魔はしたくはない、またカルリーク城に戻るつもりだ、と王妃は答えた。この城はそれまで遠いムニェルニーク[*9]に住むことになっていたチェコの王妃たちのためにかつてカレルが建てたものだった。ヴィーテク卿は王妃の考えに同意した。

　この医師は男たちの楽しい雰囲気をカレルの周りに作ろうとして、カレルの若い頃の友人であるヴェルハルティツェのブシェク卿[*10]をカールシュタイン城に招いた。ブシェク卿は勇敢で愛想のよい性格の人であった。カールシュタイン城にはまた城の聖堂座参事会員であるヤノヴィツェのイェシェク師も逗留していた。イェシェク師は話好きな性格で善良な心を持ち、王を敬うこと甚だしい僧だった。この僧もまた話と微笑みで好ましい役割を果たしていた。それ以外は誰も王の許に近づくことができなかった。こうして王は聖霊降臨祭まで心と身体を養っていた。

　ヴィーテク卿は自分がしようとしている治療について道すがら王に語った。王は何日かはそういう快い幽囚を受けたいものだと言った。王とともにそこで過ごすのは、同じように鬢《びん》が白くなっていてしかも心の許せる人々になるはずだった。王にはそういう遠慮のいらない人々が最も必要だったのである。王は気落ちしていた。チェコの国の幸せだけを願ってその生涯をかけた仕事に対して、最も身近な者の手が毒を盛ったのだから。

病に倒れてから三日目に二人の廷臣が王の暗殺を企てた疑いで投獄されたことを王は知っていた。それは宮廷の書記で、まだ若いカリチのヒネク・フラヴァーチとジュンベルクのチェネクだった。ヒネク・フラヴァーチは二年前に王のイタリア遠征につき随《したが》ったが、シエナ[*11]で反乱が起こったときに卑怯なふるまいをした。最も危険なときに王を見捨ててピサに逃げたのである。そこからやっと彼が帰ってきたのは、王が勝利したあとだった。ピサの市民に捕らえられ、王はルッカ[*12]の町に何をしようと企てているのかと尋問されたというのが、その言い訳だった。そのとき皇帝はそれを信じて許したのだった。

カリチのフラヴァーチとジュンベルクのチェネクは、王が病気になる前の五日間、彼らと一緒にいるところが見られていた料理長の補佐とともに投獄された。彼らにも料理人にもどんな毒の痕跡も見いだせはしなかったが、嫌疑が極めて強いものだったので、三人とも裁判官に引き渡され、拷問に掛けられた。彼らは拷問を受けても長いあいだ罪を認めなかったが、最後になって料理人が大声で泣きながら、二人の貴族に無理矢理王の食事に黒い実を混ぜさせられたが、それが毒だとは知らなかった、と認めた。

このような言い訳は馬鹿げたものだった。それゆえこの料理人は二人の書記と共に首枷《くびかせ》をはめられてもっと深い牢に入れられ、即日裁判が開かれて死刑が宣告された。しかし王は聖霊降臨祭が終わるまでに二人の貴族の首を刎《は》ね、料理人を吊し刑にすることを望んだ。

今や王は思いをこらして考えてみた。自分と同じ屋根の下で暮らしいわば同じ釜の飯を食っていた人々に、こともあろうに命を狙われるというような屈辱をなぜ受けねばならなかったのかと。王はまだ大変弱っていたので目に涙があふれてきた。ヴィーテク卿は顔をしかめ、事件の話などやめて聞いてごらんなさい、近在の村で鐘楼の鐘が楽しげに響いていますよ、と王に言った。

王はもうそれ以上考えることはやめて、もっと楽しいことを考えるようにした。

そこで彼は王妃のことを思い浮かべた。王妃は男の友情にも似た強い愛情で王を愛していたのである。おまけに女性としてとても優しいので、彼女が手で蹄鉄《ていてつ》を曲げたり小石を砕いたりできるなどとは誰も信じようとはしなかった。年老いてから神は王に最も強い女を恵まれたのである。

「あれの子どもは誰も死なないだろうし、あれは私より長生きするだろう」と王は思った。

王には不思議な運命が定められていた。四人の妻、しかも皆気立てのよい女性だった。こういうことは誰にでもあることではない。性格こそ違え、みんなすばらしい資質をもっていた。それに魅力的な身体ときたら。王は目利きをするように微笑んだ。鼻から口にかけて楽しそうな皺が顔にあらわれ、口髭はぴんと跳ね上がった。素早く髭をなぜつけると突然ヴィーテク卿に訊ねた。

「ところでカールシュタインではワインを飲んでもいいかな」

「どうぞ」と卿は言うと、悪戯《いたずら》っぽく笑った。

卿は王の健康が回復しつつあると思ったのである。

その時、神秘的なモンサルヴァージュ*13のように、白く、また神々しく輝くカールシュタイン城が、道の曲がり角の向こうに姿を現した。それは巨大な石造りの聖櫃[*14]であり、皇帝の偉大さと知恵と栄光のしるしだった。突然、栄光に満ちた呼び声がこの城から聞こえてきた。城は誇り高く、しかも慎ましい様子で、二つの山の頂の間にある丘の上に立っていた。その丘は一方が森になっていて、もう一方には葡萄畑があった。しかし王の行列はこの城を通り過ぎようとはせず、頂に登って城に入った。

村と城下、城内にある聖枝教会では鐘が打ち鳴らされ、ラッパが喨々《りょうりょう》と吹き鳴らされた。城守が王を出迎え、カールシュタイン城の僧団長が祝福を与えた。城を守る騎士たちは僧たちの後ろに立ち、やっとのように馬車から降りてくる主《あるじ》を燃えるような目で見守っていた。

ヴィーテク卿は歓迎式を早く終わらせた。そこで皇帝は二人の城守に案内されて宮殿の皇帝の寝室へと進んで行った。そこで彼は静かにぐっすりと眠るために横たわった。カールシュタイン城の空気は新鮮で、すばらしい森の香りに満ち、午後の空には雲雀《ひばり》の囀《さえず》りが高らかに響いていた。

夕方近くにヴィーテク卿が皇帝のベッドのそばに立った。右にはヴェルハルティツェのブシェク卿、左手にはヤノヴィツェのイェシェク師を伴っていた。

ヴィーテク卿は「三つの学部[*15]が陛下をお慰めしようとしています。神学部からは陛下の聖堂座参事会員ヤノヴィツェのイェシェク師、人文学部からは陛下の老練な騎士ヴェルハルティツェのブシェク卿、そして医学部からは陛下の従順な僕《しもべ》である私です」と言った。

イェシェク師は気持ちのよい微笑みを浮べた。カレルは、顔つきは穏やかだが、起伏の多い人生を経験して髪に白いものが混じる、このほっそりとした僧に手を与えた。イェシェク師の目は愛情と気遣いを込めて王のやつれた顔をじっと見つめていた。

「私の愛する僧はこのカールシュタイン城でいつも安らかか」と王が訊ねると、イェシェク師はこう答えた。

「今は安らかです、陛下。皆もそうです。しかし皆は陛下のために心を尽くして祈っております。聖母マリアの教会は一瞬たりとも静かになることはなく、聖カタリーナ[*16]が私たちの願いとため息を浴びておられますから、このところ天上ではきっと陛下の健康を祈る外は何もできないでしょう。陛下、今私たちは楽しい聖霊降臨祭を迎える夜禱を催そうとしています。主御みずから私たちの心と言葉に勇気を与え給い、主の恵みと祝福の灯火を私たちの頭上に垂れ給いますように」

王は満足げに頷いた。

ブシェク卿は王の髭に口づけしてから、痛くなるほど王の手を握りしめた。卿は実際少し涙ぐんでいたが、すぐに大声で笑いだし、ここで調《ととの》えられているワインとパイが幼い子どものように待ちどおしいと言った。

「いつか誰もいないときに話し合いましょう。ミリーチ師[*17]は敬虔な人で、陛下、あなたは彼を愛しておられる。しかし、神よ、お許しあれ、この夜禱のときに私たちは御馳走のそばで祈りたいのです。愛する陛下、この世はこんなに美しいのに、私たちはあなたと一緒にこの大地を眺めることはせずに、そこに住む人々をワイングラス越しに見なければなりません。そうするようにと医師は言いますが、あなたも若いころは快活な子どもだったではありませんか。あとになってもあなたはいつも不機嫌になられたことはありませんでした。しかし聖霊降臨祭までの七日間は温和《おとな》しくして、おおかたは女性について話したいと思います。他に人がいなければそれが男には相応《ふさわ》しいことですから」

そこでカレルは独特の悪戯っぽい微笑みを見せた。そうするといつも彼の山羊髭が逆立つのだった。

「好きなようにするがいい、私は聞き役に回ろう」と王は言ったが、会話に疲れてまた枕に頭をつけた。

ヴィーテク卿、ブシェク卿、イェシェク師は皇帝の寝室の隣にある天井の高い広間のテーブルについていて、扉は開いたままだった。豪勢な料理がテーブルに運ばれ、一人一人の前に大きな水差に入った名高いワインが運ばれてきた。皇帝の食事はベッドに運ばれた。皇帝が食べ終わり、暗くなって高い燭台が立てられると、王は医師を近くに呼び、どんなふうにして治すのか皆に説明するように命じた。医師は王に寝たままでいるようにと命じて、「私たちは王がおられないものと思って話しましょう。ご自分のことがなにか聞こえてもどうか怒らないで下さい。健康になられたら陛下にも話に加わっていただきたいものです」と言った。

カレルは頷いて言った。

「なんなりと話すがよい、私は聞くだけにしよう。私が眠ってしまってもあなた方も怒らないように」

王はベッドの手すりに凭《もた》れ、黒い熊の毛皮を腰まで掛けて坐っていた。彼は前を向いて聖カタリーナの聖像の前に燈《とも》された、ランプの赤いガラスを眺めていた。寝室には物思いに満ちた薄明があった。隣の広間から言葉が一つまた一つと聞こえてきた。

広間で男たちはテーブルに坐ってしばらく考えていたが、やがて彼らの中で一番年長のブシェク卿が口を開いた。カレルの病気はピサの町でずっと前に起こった事件を思い出させる、と言った。彼がそう思うようになったのは、三人の人殺しを裁いた裁判官から話を聞いたからだった。今となれば明白なことであるけれども、若いヒネク・フラヴァーチは十六年前、皇帝に対して反乱を起こして死刑になった、ガンバコルティ家の三人の甥にあたるピエトロにピサで出会ったが、ピエトロは一三六九年にちょうど亡命先からピサに帰ってきたところだった。王の食事に毒がもられたのはその時に陰謀で罰を受けたことに対する復讐に違いない、と。

「君は裁判官の長ではないか、ブシェク卿よ」とヴィーテク卿が応じた。

これに対してブシェク卿は、「だから法学部長にもなりたいのだよ」と言った。

「しかしローマ法などではなくて、女性のことをお話ししましょう」

こう言ってヴェルハルティツェのブシェク卿は物語り始めた。

パオラ

ピサのガンバコルティ兄弟が皇帝カレルにどうして陰謀を企てたのか、またバルトロメオの娘パオラがチェコの公イェムニチカのヴィレーム・ヴァネツキーへの愛ゆえに、好機を捉えてどのように兄弟の意図を暴露したかがここで語られる。

神聖ローマ帝国の戴冠式[*1]に向かう途中、私たちの王は一三五五年一月の第三週に、名高いピサの町に滞在した。この町はアルノー川の河口からさほど遠くはなく、気持ちのよい気候といつも空が青いことで有名だった。この町は近くのピサ山脈から切り出されるか、あるいはまた異教時代の柱の形のまま残っていた白い大理石で作られていた。町は庭園や城壁に囲まれ、城壁に六つの門があってその上に二つの砦が聳《そび》えていた。この町で王はチェコ軍の到着を待っていたが、その中にはうら若い彼の妃のアンナもいた。[*2]王に随行していたのは大司教、司教、聖堂座参事会員、帝国の侯爵、伯爵、男爵、騎士たち、司令官や城守、執事や家令、兵士、役所の書記など、全体として騎馬の者五千人のほか、多くの武器を持たない者がいた。

王は三月の終わりまでピサにとどまった。それから更に皇帝になるために、シエナ[*3]を越えてローマへと旅立った。

その頃、王の従士団にイェムニチカのヴィレーム・ヴァネツキー[*4]という若くて勇敢な騎士がいた。かつてパドヴァの大学に学んで完全なトスカナ語を話し、この地の多くの家族と個人的な知り合いだった。ヴィレームは学生時代にガンバコルティ家の娘に出会った。まだ子どもだった彼女を初めて見たのはルッカの町でだった。パオラは父のバルトロメオと共に叔母に会うためにそこに滞在していたのである。

ヴィレームの来訪を知ったパオラの喜びようは大変なものだった。ヴィレームが一族の長であるフランチェスコ・ガンバコルティ[*5]の弟だったバルトロメオに挨拶しようと家に足を踏み入れるや、彼女は我慢できなくなって入口の前で彼にキスしたほどであった。この事件はすぐに噂になった。ピサは決して聖職者じみた生活で有名だったわけでなく、まさにそれゆえに当時の画家や彫刻家が道徳的配慮に基づいて、わざと富や贅沢の空しさを人々に教えるような題材を選ぶのが常だったけれども、身分の高い娘が、召使いや門番や衛兵や執事たちの見ている前で外国人に口づけをして首に抱きつくようなことは、前代未聞だった。とはいえ娘は十六歳だったのだ。だから大抵のことは許されてしまった。

この日からヴィレームは毎日バルトロメオの家に通い、パオラと一緒に屋敷の庭園を散歩した。人々は彼のことを外国人の婚約者だと考えるようになった。王がローマに出立する数日前に、ヴィレームはパオラに結婚を申し込んだ。彼女は婚約者になり、結婚式は戴冠式のすぐ後で行われることになった。ヴィレームは王の望みに随ってその後しばらくはピサにとどまらなくてはならなくなった。宰相ストシェダのヤン[*6]の委任もあって、トスカナの諸都市と皇帝の間の未解決の問題に皇帝の名代として決着をつけるためだった。

カレルは、最も高位の人物としてパルドゥビツェのアルノシト大司教[*7]を擁する近衛軍団と共に、復活祭の前にローマの門に到着した。ピサでパオラは皇帝の戴冠式がキリスト教に則った敬虔なものだったと聞き、またワラキア[*8]を愛する人々が皇帝に託する希望についても聞いていた。しかし彼女の想いは皇帝や皇帝の栄光でなく、婿として帰って来るに違いないヴィレーム・ヴァネツキーの上にあった。

パオラは金髪《ブロンド》で、その点で一族の誰とも違っていた。祖父アンドロ・ガンバコルティ[*9]とも、伯父フランチェスコとも、またもう一人の叔父ロットとも似ていなかったが、一番似ていなかったのは父のバルトロメオであった。男たちは皆鷲鼻で、顔は肉付きがよく、唇はずるがしこそう、髪は黒く、背は高いというよりむしろ低い方だった。おそらくパオラの美貌はコンスタンティノポリス生まれの曾祖母から受け継いだものだろう。ジャン・バティスタ・ガンバコルティが曾祖母を連れてきたのである。当時彼はコルシカを占領してヘレスポントスの沿岸まで打って出ていたピサの船団の指揮者だった。パオラの開けっぴろげな視線と青い目に浮かぶ満面の微笑みも、きっと曾祖母譲りのものだろう。ヴィレームはその眸《ひとみ》を丸五年間忘れもせず、今や皇帝の親衛隊の騎士としてそれを求めて帰還したのである。

パオラはヴィレームと長く別れていたわけではなかった。戴冠式が終わると皇帝がすぐにシエナとピサに戻るだろうことは皆が知っていた。しかし人々は戴冠式の全行程が流血もなく、また皇帝が和解の穏やかな旅を進めながら、ワラキアの町々を回っていることも知らなかった。この仕事に大きな成功を収めたので、皇帝は軍を解散し、皇帝の宮廷に籍をおいて給料を貰っているものを除いて、皆それぞれの国に帰るように命じた。皇帝が再びピサに帰り着いたときに随っていたのは、騎士千二百人に過ぎなかった。

ヴィレームの結婚式は五月の二十一日、傾いた鐘楼で知られるピサの聖堂で行われることになっていた。この鐘楼の鐘の響きはチェコの騎士たちにことのほか気に入られ、彼らは長いあいだ楼の下に立っては、どうして鐘楼が倒れないのだろうかとか、どうしてすべての鐘がうまく調和して鳴るのだろうかとか、語り合ったものだった。

ヴィレームは愛想よくバルトロメオの家に迎えられた。しかし行った早々にすぐ、パオラの母親で堂々として不思議なくらい口数の少ないマリアが、結婚式は数週間延期しなければならない、と言った。延期の理由は家族の長であるフランチェスコがヴェネチアに注文した婚礼用の宝石が用意できていないというものだった。

ヴィレームは不満だった。だがもっと不満だったのは、バルトロメオが皇帝に対して不満を漏らし、皇帝がピサのものであるルッカをフィレンツェに売り渡そうとしている、と言いだしたことだった。彼が言うには、皇帝は悪い連中の言うことを聞いて、他の都市も売り渡してピサの財産を奪うことに決めたのだと。

ストシェダのヤンが、やがて官房で重きをなすと考えたヴィレームに多くの秘密を語って聞かせていたので、ヴィレームは、皇帝であり王であるカレルはなにかを売り渡したりするような商人ではないといって、これに反論した。しかしバルトロメオは黒い睫毛《まつげ》をウインクさせると、頭を横に振った。

この日、ガンバコルティ一族と張り合っていたラスパンティの一族で、かつてのルッカの町の公が、カレルに対して蜂起を呼びかけようとしたまさにその時に、殺された。カレルが公の城アゴスタを攻めて占領するようにと命じると、皇帝に対するあからさまな不平が聞こえはじめた。ラスパンティ一族も、対立するガンバコルティ一族も同調してこれに加わった。皇帝はルッカをフィレンツェに引き渡そうと思ったことなど一度もないと述べたが、無駄だった。ピサの人々は公会堂の皇帝の住居の窓の下に群がり、大きな声を挙げて皇帝の従者たちを罵った。

次の日の夕方、パオラは顔を隠し老女を一人連れただけで、アルノー川の対岸にあるヴィレームの住いに入った。尋常ではない様子をした予期せぬ彼女の訪れで、ヴィレームの頭は混乱した。パオラはヴィレームの両手に倒れ込み、むせび泣きながら恐ろしい人殺しが準備されている、と打ち明けた。今夜、皇帝と皇妃を亡き者とするために公会堂が焼討ちに遭うというのである。ヴィレームが誰からこの報せを受けたのかと聞くと、陰謀の頭は伯父のフランチェスコで、一味は父のバルトロメオと叔父ロットだと言い、彼、ヴィレームへの愛のために家族を裏切ったので、これでもう自分はお終いだ、と言うのだった。

ヴィレームは彼女を自分の許にとどめて家に帰さないようにしたかった。しかしパオラはあらがい、家族への裏切りだけでなく家から逃げ出すようなことをさせたらこの場で短剣で自殺する、と言ってヴィレームを脅かした。そこでヴィレームは彼女を行かせ、橋を渡って公会堂のあるピサの最も大きな広場に駆けつけた。彼は衛兵に知らせて無理矢理皇帝の許に押し通った。皇帝は后と寝ていた。彼が二人を起こして起こりつつあることを知らせていると、公会堂が燃えている、という窓の下のけたたましい叫び声で話が中断された。

皇帝と皇妃は最小限必要な衣服を羽織ると、誰にも知られずに火事で照らされた広場に走り出た。そこには群衆があふれ、見物して大声を挙げていたが、火を消そうとはしなかった。皇帝夫妻は、裏切りのことなどつゆ知らずに、火事があった時に翌朝のパンを焼き終えたばかりだった男の家に入った。パン焼きは自分の許に大層な賓客が迷い込んだのを喜んで、皇妃が朝まで寝られるようにと妻のベッドを貸した。

一方皇帝は燃える公会堂から逃れた騎士たちに護られてヴィレームとともに広場に出たが、そこで群衆が叫んでいるのを聞いた。皇帝みずからが卑怯にも武器が置かれていた公会堂を焼くために火をつけ、ピサの力を奪ったというのである。大砲も銃もだめになってフィレンツェ軍が攻めてくれば護る武器がない。ガンバコルティ家の人々もラスパンティ一族もこう言い合った。このまがまがしい夜には互いに憎悪を持たなかったのである。

「いいかね、皇帝はもうお前たちの手に落ちている。あいつを好きなようにしろ。今夜を逃してはならないぞ」

みなはそう叫んでいたが、獅子のように勇敢で鳩のように柔和で、しかも蛇のように知恵の長けた一人の男が、彼らのあいだを歩き回っているのに気づくものは、誰もいなかった。

朝、あたりが明るくなり、公会堂が一握りの灰となってしまったとき、皇帝は自分の権威にあえて手をかけようとしたすべての者たちを戦いで打ち破る支度を整えていた。彼は取り敢えずアルノー川の対岸にいる軍勢の一部を呼びに使いをやった。指揮していたのはアウグスブルグ司教[*10]とハラデッツのインドジフ[*11]だった。また皇帝は、町の様々な場所に住んでいた親衛兵に、召集されれば直ちに来るよう支度を整えよ、と命じ、オロモウツ司教のオチコ[*12]がワラキア人と住んでいた屋敷に向かって皇后と共に堂々と行進していった。この屋敷はカレルの祖父である皇帝ハインリヒ六世[*13]が葬られている教会からさほど遠くないところにあった。ハインリヒはワラキア遠征に赴く途中、まさにこの、裏切りのピサで死んだのである。

皇帝は昼までそこで待機した。

しかし昼になるとフランチェスコ・ガンバコルティと兄弟のバルトロメオとロットが、武装した大群衆を引き連れて広場に現れ、「ピサの人々万才。皇帝は滅びよ」と叫び、皇帝と皇帝の軍隊を力ずくで町から追いだすことが必要だ、と宣言した。

激しい戦いが始まり、勇敢な人々の夥しい血が流れ、多くの者が拷問され、着物をはがれてアルノー川に投げ込まれた。川にかかる橋の上の戦いも激しく、バリケードで封鎖された通りを押し通って対岸から急行してきた皇帝軍と、ピサ勢とがそこで衝突した。重い剣が打ち合い、塔の上で警鐘が打ち鳴らされ、そこここから出火して、肉屋の店が突然略奪された。乞食たちは家々から高価な肘掛椅子を運び出して椅子に寝そべると、皇帝をあざけって、せむし男《フルバティー》の坐す玉座だ、と歌っていた。彼らは私たちの王をそう呼んでいたのである。

皇帝は騎士たちに囲まれ、剣を手に押し通って広場に出たが、すでにチェコ軍が勝利して道を拓いた橋の上と同じく、そこでも流血の激しい戦いが続いていた。反乱者の後退は極めてゆっくりしていたが、皇帝軍が極めて勇猛だったので、多くのものはその圧力に抗しきれずに自分の屋敷に逃げ帰り、扉を閉めて窓から矢を放ったり、取り囲んだ人々の上に煮え湯をかけたりした。アウグスブルグの司教マルクヴァルトと同じように、プラハの大司教アルノシト自身も極めて勇敢に戦った。祝福に慣れた二人の両手がすぐさま、傷を負わせることを学んだのである。武装したガンバコルティの手の者は山に降った五月の雨で水嵩《みずかさ》の増した川に投げこまれた。

戦いは夕方遅くまで続いたが、その時、かつての敵手で現在の同盟者であるラスパティオの一党がガンバコルティ側から離脱した。その主だったものはラフェタ・ディ・モンテ・スクダージョとロドヴィーコ・デッラ・ロッカだった。彼らは脇の通りの一つに集まると、突然、皇帝に栄光を、と叫び始め、ガンバコルティたちに襲いかかった。今や両側から襲いかかられることになった反乱者たちは、降伏して許しを乞い始めた。

喨々《りょうりょう》たる皇帝のファンファーレが夜の闇をぬって鳴り響き、勝利した皇帝側のいくつものグループが、燃える家々の上でしずかに輝く星に向かって、喜びの叫びを迸《ほとば》しらせていた。フランチェスコ、バルトロメオ、およびロット・ガンバコルティは自分の屋敷で捕えられ、幽閉された。ピサには朝の光が差しそめる頃までに平安が戻った。燃え尽きかけていた屋敷は住民たちが消しとめた。彼らは戦いが済んだ街頭に出て、この嵐のような一夜を無事にやり過ごしたことを喜んでいた。

皇帝と皇后、プラハ大司教、アウグスブルグの司教は再びオロモウツ司教の屋敷に赴き、ガンバコルティらを裁くためにアレッツォの町の裁判官を指名した。

フランチェスコとロットとバルトロメオは答えようとしなかったので、そのために拷問を受けた。彼らは拷問の間も勇敢に振る舞い、すべての罪を自分の身に引き受けようとした。やがて三人に死刑の宣告が下され、執行されるまで別々の部屋に入れられて刑の執行を待つことになった。彼らは懺悔《ざんげ》し、主の聖体を拝受して、ガンバコルティ家の最後の一人である甥のピエトロ*14と話がしたい、と願い出た。ピエトロはまだ若かったので戦いに参加していなかったのである。だが彼らは近親の女たちとは話そうとはしなかった。

まず十七歳のピエトロ・ガンバコルティが伯父のフランチェスコの許に連れてこられ、それからロットの許に、最後にバルトロメオの許に連れて行かれた。兄弟たちが打ち合せることは全くできなかったが、皆が望んだのは、最後の願いとしてパオラへの復讐を果たして欲しい、ということだった。裁判の時に、アレッツォの裁判官がはっきりとではないが、彼女が皇帝に警告したので一族のたくらみが露見した、と言ったのである。パオラの父のバルトロメオが最も熱心で、追放されて町を去るまでにパオラに復讐するようにと説き伏せ、ピエトロは聖母にかけて約束した。このことのすべてはひと言も牢番に聞こえないように囁かれたのである。それからガンバコルティらは主の聖体を拝受した。

三日目に三人のガンバコルティを含む七人の主だった反乱者が神殿前の広場に吊された。押し黙った群衆は刑を眺め、多くのものが密《ひそ》かに泣いた。

同じ時ピエトロ・ガンバコルティはバルトロメオの屋敷に入り、バルトロメオの妻マリアと娘パオラの許を訪れた。バルトロメオの死を見守ることは許されなかったが、弔《とむら》いの鐘や広場へ行進する行列のラッパは女たちの許に届き、四方から彼女らを包んだ。バルトロメオの妻は泣いていた。パオラは窓辺に坐り、その日は灰色だった午後の空を乾いた眼で眺めていた。

ピエトロは、一族の最後の男子として町から追放されるのでお別れに来た、と女たちに言って、今日の大きな悲しみのお悔やみを述べた。

更に付け加えて彼は「ただ一つこれから絶えず私を苦しめるのは、謀議は最後の細部に至るまで準備されたのに巧くいかなかったことです。それはひとえに裏切りのせいです。そのことは裁判官もふれました」と言った。

パオラは困惑して従兄弟を眺めた。ため息をつくと突然彼女の両手、両足、それにそれまで固く結ばれていた唇も震えはじめ、歯が突然の悪寒でがちがちと鳴りはじめた。パオラは立ち上がって去ろうとした。

ピエトロは彼女の手を取って優しく言った。

「パオラ、婚礼を急ぎなさい」

この言葉を聞くとパオラは身体を硬くして叫んだ。

「自分を笑いなさい。私やあなた方すべてを武器で打ち負かした勇敢な人たちでなく。結婚はしません。けれど覚えておきなさい。私はヴィレームさまを愛しているし、たとえあなたがた皆やこの町の全体が焼かれ、首を刎《は》ねられても愛します」

そう言い終えると彼女はよろめいた。

ピエトロは心配そうな顔つきをした。

「ワインを、急いでワインを」と彼は叫んだ。ピエトロは罎《びん》からワインを注ぐと杯をパオラの口に当てた。パオラは飲んだ。飲み干すと目を大きく見開いたが、顔は苦痛に歪んだ。拳《こぶし》を握るとピエトロに跳びかかった。

「毒を飲ませたのね！」と彼女は叫んだ。

しかしピエトロはくるりと向きを変えて微笑みながら階段を下りた。屋敷の前で馬車に乗り込むと町を出て行った。

パオラは母に抱かれて暫く失神していた。

このすべてのことは昼から一時までの間に起こった。ガンバコルティらの死体は同じ日の夕方ピサのカンポサント*15に埋葬されたが、次の日そこにもう一つパオラの遺体を納めた棺がやって来た。埋葬に際しては僧のそばにヴィレーム・ヴァネツキーと皇帝の騎士団から何人かが付き添った。パオラの母マリアは出てこられなかった。この三日間の恐ろしい出来事で病気になったのである。

一方皇帝である王は妻に強力な供奉をつけて、彼の守備隊の駐屯地のあるピエトラ・サンタに行かせた。パオラが埋葬された日の夕方、皇帝は大司教アルノシト、ハラデツのインドジフ公、ライプツィヒのチェネク公を連れてピサの墓地を訪れた。彼はこの美しい墓地について語られてきた多くのことを聞いていた。彼らはアーケードのある柱廊を通り、大理石の墓石や絵を眺め、やがてまだ色鮮やかな名高いフレスコ画の前で立ち止った。それはほんの数年前にできあがったものだった。案内人は言った。

「ご覧なさい。死の勝利ですよ」

険しい山々を背景に身分の高い豪華な身なりの一行が、猟師と犬を連れて狩りを楽しみに行くところが描かれていた。しかしそこに描かれた狩人たちは衝撃を受けている。目の前に蓋の開いた三つの棺が置かれていて、朽ちてゆく屍体が見えた。絹を纏《まと》い黄金を身につけた貴顕たちは人が死後どうなるかを恐ろしそうに眺めている。隠者が彼らにこの世の事柄のむなしさを物語っている……

皇帝とその一行は長いあいだ絵を眺めていた。その絵は彼らにこの世の栄光の終わりを想い出させたのである。皇帝は十字を切ってガンバコルティ家の墓に案内するように命じた。行くとまだ新しい四つの墓穴のほとりに立って涙を流した。

そうして身につけた豪華な皇帝の外套と飾りのついたかぶり物、黄金の帯と鎖をとり、剣と共にそのすべてを近習《きんじゅう》に渡して、頭を垂れたまま歩いて屋敷に帰った。屋敷で皇帝は祈りと斎戒《さいかい》のうちに一夜を過ごしたのである。

ストシェダのヤンはピサには留まらず皇帝と共にプラハにいた。ヴィレーム・ヴァネツキー公は役所を辞してモラヴィアにある自分の城に去った。公は三十歳で独身のまま世を去ったが、遺言によって、領地で生まれたすべての娘にパヴラ（パオラのチェコ名）という聞き慣れない名を付けるように、と命じたのであった。

＊

三人の聞き手はブシェク卿の物語がいたく気に入った。ヴィーテク卿が少し不思議に思ったのは、快活なはずのブシェク卿がどうしてこんな暗い物語で話を始めたのかということであった。しかし王は満足だった。そしてヴィーテク卿が王の様子を見に来たときにそのように告げた。ブシェク卿はイタリアにおけるチェコの公たちの功績を王に思い起こさせ、まさに最近王が疑いを持ちはじめた忠誠、騎士としての忠誠について彼に指摘したのだった。またもちろん二つの愛し合う心の誠についても。

「ヴァネツキー公は残念だった」と王は言い、それからがっかりしたように「皆はもう寝たいと思うかね」と言った。

ヴィーテク卿は答えた。

「いいえ、陛下。私たち三人は毎日お話しに参ります。私は忠実なパオラと正反対のことを話そうと思います。アレナを愛した者はパオラを愛した不幸なヴィレーム公とは全く正反対でした。しかし悪魔に助けを求めるべきではありませんでした。それは聞いて下されば分かります」

こう言って皆の好奇心をかき立てておいて、ヴィーテク卿は物語り始めた。

アレナ

プラハの武具職人トマーシが、妻アレナをどのようにして悪魔に見張らせたのか、どうして悪魔でさえこの任務に失敗したのか、トマーシの魂が何によって救われたかという話。

武具職人[*1]のトマーシはヤン（ジャン）王の治世[*2]に三ヶ月の予定で港町のアントワープに旅行することに決めた。彼は数えで五十歳になっていて、戦争の時に金を儲けたが、もっと金持ちになりたいと思ったのである。アントワープには古くからの友人がいた。武具制作の親方と刀匠である。彼らのところでトマーシはどんな重い剣でも打ち砕けず、どんなに鋭い槍でも貫けないような、軽くて美しい甲冑をどうすれば作れるか習おうとした。羊皮紙のように薄く絹のようにしなやかな金属板から、どうやって武具を作るのかを見たかったのである。

トマーシは長いあいだ旅の準備をして細々とした荷物を念入りに整えた。道のりの遠さは心配しなかった。心配なのは妻のことだった。

武具師トマーシには二十歳も若く、春の朝のように美しい妻がいた。トマーシ氏との結婚生活で主《しゅ》はアレナに子どもこそ授けはしなかったが、彼女はただ愛らしいというだけでなく、穀物の若芽の上を飛ぶ鶯《うぐいす》のように快活だった。一日中歌を歌い、どこかに行けばそこで踊るのだった。彼女の目の中には虹に含まれるすべての色がゆらいで見えて、彼女の口はある時は苺のよう、ある時は雛罌粟《ひなげし》のようだった。

トマーシ氏にとって妻のアレナと暮らすのは大変だった。男の目を惹き、それが男の欲望をも引き起こすように神が造られたからである。しかし花小蜂が入ってくるからといって野原のホタルブクロの袋に罪があるだろうか。喉の渇いたものが飲むからといって水に罪があるだろうか。向日葵《ひまわり》が太陽を追いかけて回るからといって太陽に罪があるだろうか。

アレナ夫人は敬虔で清楚で勤勉だった。アレナ夫人は美しくて賢い妻だった。しかし夫に安らぎを与えなかった。彼は心に心配を抱かないで家を出ることはなく、そばで彼女が同じ布団に寝ていなければ眠ることができなかった。日曜日に教会に行くときはいつも決して昼前でなく早朝だった。彼女の美しさを多くの人の目に曝《さら》すことを望まなかったからである。通りを並んで歩くときは彼に挨拶する隣人たちを見るのでなく、彼女の顔を眼の端で観察して、周りを行く人々が彼女にどんな感情を引き起こすかを読もうとした。歌を歌えば、誰かのことを歌っているのではないかと勘ぐった。悲しめば、誰かのために落ち込んでいるのではないかと思った。トマーシ氏は嫉妬していたのである。彼女が罪深い道にいるのを捕まえたことは一度もなかったのに、彼女の後を追いかけ、あくせくして冷汗をかくのが常だった。しかし結局のところはいつも、アレナ夫人が大きな貞淑の道を歩んでいると確信するのである。アレナ夫人が彼のことで笑えば口もとの雛罌粟《ひなげし》の葉の下から美しい歯並みが現れ、トマーシ氏は幸福のあまり今にも泣き出さんばかりになった。彼は泣き出したかと思うとすぐに考えを変えるのだった。

「きっと少し前にはちょうどこんな風に、誰か他の男に笑いかけたのかも知れない」

実際、アレナ夫人は本当に笑いかけていたのである。それが彼女の性質《たち》だったからである。しかしトマーシ氏はそのことであまり幸福にはなれなかった。

夫妻が住んでいたプラハ旧市街の川沿いの通りはやかましく賑やかだった。聖ヴァレンティン教会[*3]から川のすぐ側まで楽しげな金属の音が十字軍のラッパのようにけたたましく聞こえてくる。甲冑師、武具師、拍車師、刀匠やその他の武具の匠たち、すなわち世間を知り、話すべきことを持ち、歌い、大切な仕事をする人々が音を立てているのだった。雄の軍用馬やがっしりした駒に乗った騎士たち、武器を捧げもった従者たちが彼らの許にやってくる。ここでは髪の毛を長くした小姓が窓の下を通り過ぎる。ここにヤン王が親しく行列を従えてやって来たこともある。その行列は戦いを告げる彗星の尾のようだった。そして実際ヤン王は再び外国に戦いに行ったのである。

アレナ夫人はこのまばゆいばかりの光景を眺めていたが、騎士や小姓たち、またヤン王自身も同じくらい、あるいはそれ以上にまばゆいばかりの光景を見ていたのである。アレナ夫人が窓から覗くと、その華々しい瞬間に通りは静まりかえり、驚嘆のあまり声もなく、門の前で動きを止めて彼女に微笑んだ。この傾いた屋根の上で太陽がどこよりも明るく照っているように思われたのである。

トマーシ氏が国王陛下に挨拶をすると、彼の小さな眼はもう小銀貨を数えていた。それは地下の倉庫で丁寧に均《なら》され箱に入っている小銀貨に加えられるものだ。加えられるかどうか、ヤン王は時に支払いを忘れることがあった。

この訪問からしばらくしてトマーシ氏は旅に出る決心をした。アレナ夫人は悲しくなるからといって夫に旅に出ないようにと頼んだ。トマーシ氏は心楽しくはなかった。

「嘘つき」と彼は心の中で思った。「そんなふりをして私が早く決心するようにし向けているのだ」

それからアレナ夫人は陽気になって前と同じように歌を歌った。

「よろこんでいるんだ、罪深い奴め、まだ今日のうちだというのに。私がまだ家にいるというのに、もうロマンスを楽しみにしているのだ！」と彼は独りごちた。

アレナ夫人が「あまり長く留守にはしないで！」と言って泣くと、「おや、行かないで欲しいみたいだ。悪魔が怖いので誰かに護って欲しいのだ。護ってくれないと罪に落ちるだろう！」とトマーシ氏は密《ひそ》かにつぶやいた。

アレナ夫人が黙っていると、トマーシ氏は彼女が旅の困難や危険について話しをしようとしないことに腹を立て、話したら話したで、出て行くのがそんなに嬉しいのか、と膨《ふく》れっ面《つら》をするのだった。日が迫ってくるにつれて、トマーシ親方はますます心がふさいできた。祈ってもどうにもならなかったし、悪態をついても心楽しくはならなかった。家で何が起こるかわからないという心配が彼を息苦しくさせ、トマーシ親方はむしろ家にとどまっていたいと思うほどだった。しかしお金に対する執着は嫉妬と同じくらい大きいものだった。それに彼が旅に出ようとしていることはもうプラハ中に知れわたっていて、トマーシ親方が他ならぬアントワープ伯のお客になると皆が噂していた。家にとどまることはできなかった。

弟子たちはもうみんなトマーシ氏の心配そうな顔つきを見ては笑っていた。とうとうトマーシ氏のお腹は引っこんでしまい、両手が震え始めた。指が震える武具師など見たこともない。それもすべてアレナのすばらしい美しさのせいだった。

二日前の夜、トマーシ親方はたったひとりで坐って、どうしたら妻が罪を犯さないように護れるか考えていた。彼女の場合誘惑がそのまま罪につながると彼は確信していた。したがって誘惑される前に護らなければならない。彼は頭を悩まし、痙攣《けいれん》したように手のひらに爪を立て、十本の髪の毛をすべて撫でつけて耳の後ろや鼻や手首を掻いたが、良い考えは浮ばなかった。この三ヶ月というものどうしたら妻を護れるか分かったら、あとの生涯の半分はくれてやってもよいと思った。そのためには魂の救いを犠牲にしてもよいと思ったのである。

その時心の隅にこんな考えが芽をふいた。

「この地上のちょっとした喜びに比べれば永遠の救いなどなんだろう。私はこの喜びが傷つくことは神かけて許さないし、それを誰とも分かつ気はない。そんなことなら即刻悪魔が私を連れて行くがよい」と。

そう言い終わらないうちに悪魔が現れて向かいの椅子に坐っていた。そこは食事の時にいつもアレナ夫人が坐っていたところだった。悪魔はとても礼儀正しく親切だった。彼は愛想よく、トマーシさんは何がして欲しいのですか、と訊ねた。私はよろこんであなたを連れて行きたいのですが、今はまだその時ではありません。私はトマーシさんがして欲しいと思うことは何でもよろこんでしましょう。

けれども先ずはちょっとした契約に署名してもらわなければなりません、と言った。つまりはトマーシの哀れな心に何が起こっているか悪魔は知っていて、今彼をもてあそんでいるのだった。悪魔は微笑み、指で机をたたき、ワインを飲み、パンを小さくちぎった。悪魔は探るようにトマーシ氏を見た。トマーシ氏は怖くはなかったが、悪魔とどう話をしたらよいのか全く分からなかった。

悪魔は助けるように言った。

「親方、あなたの心配は分かっています。悪魔があなたの奥さんの気持ちをかき乱していると思うのでしょう。それは本当です。しかしそんなことはできやしません。とにかく私は自分の考えに逆らうようなことはしません。あなたはそう望んでいるのでしょう？　もしあなたの奥さんを護ったら代わりに何をくれますか？」

悪魔はトマーシ親方が言おうとしたそのことを言ったのである。トマーシ氏は訊ねた。

「私がそうして欲しいとどうして分かるのかね？」

「どうして分かるかって？　皆知っていることじゃないですか！　あなた方の家の窓の下の敷石がそのことを話し合っているし、石ころは笑いこけています。トマーシ親方、嫉妬深いというのは楽しいことではありません。それでも人々はそれを笑うのです。世間というのは人を傷つけるものです」

「どうか私を助けて下さい、立派な方」

「悪魔が助ける場合はいつもなにがしかの代償が要ります」

この魅力的な客は素っ気なく言うと眉をひそめた。トマーシ親方の背中に寒気が走り、テーブルの上の蠟燭が消えた。

「風でも吹いたのでしょう」と悪魔が人ごとのように言うとその目が光り始めた。トマーシ氏はドアの方を振り返って窓を見た。すべては何事もなかった。彼は怖くなった。しかし悪魔はテーブル越しに彼の手を取って愛想よく話し始めた。

「どうってことはありません、あなた。私のいるところではよくそうなるのです。突然風が変わるのです。しかしこれは私たちの願いについて話をする邪魔にはなりませんよ、トマーシ親方！　それじゃ私たちのいない三ヶ月の間、アレナ夫人の貞操をあらゆる誘惑から、そしてまたいわゆる罪から護られるように、と願いましょう。誰も私たちのベッドを汚すものがないように願いましょう。私たちが外で安らかに眠れるように願いましょう。私たちは盗賊をおそれません、疫病も戦争もおそれません。優しく魅力的ですばらしいアレナ夫人の身体のことをおそれるほかには。あの人の心についてはそんな心配はしていないのですよね、違いますか？」そういって悪魔は鬚《ひげ》をなでた。その晩悪魔は鬚を剃っていなかったので、手のひらの下で火花が散った。

これほど愚かな顔で悪魔を眺めたものは誰もいなかった。トマーシ親方は口を開けたままそこに坐っていた。もし燕《つばめ》が飛んできたら口の中に飛び込んできてそこに巣を作り、雛と一緒に飛んで行くだろう。一方悪魔は再び言葉を続けた。

「思うに、私を呼んだのは余計なことではなかったのですよ、どうか落ち着いて話して下さい」

トマーシ氏は口ごもりながら言った。

「悪魔さん、どうか私がいないあいだ、私のために妻のアレナを見守ってやって下さい。心から御願いします、アーメン」

「お祈りは後にして下さい」

悪魔は鋭い口調で言った。

「よろこんでお申し出をお受けしましょう。あなたはとてもよい方ですからあなたとはお話しができます。条件はただ一つ、あなたの魂です。あなたを戴きます。もちろんあなたがお帰りになってからですが、いつでも私の都合がよいときに。しかし夫人は遠くにいてもあなたを愛するように保証します」

トマーシ氏は悪魔の手に口づけをしようとした。しかし悪魔は爪でトマーシの指をつついて、彼に紙切れとペンを渡した。紙にはもうすべてのことが書かれていた。武具師の親方プラハのトマーシは、留守中に悪魔が妻アレナの純潔を護る代わりに、自分の魂を悪魔に売り渡す、というのである。トマーシは署名した。

すると向かいの悪魔の席にトマーシ氏を訪ねてハラデツから来た若い武具師の親方が坐っていた。留守のあいだ仕事場でトマーシの代わりをして仕事が滞らないようにするためだった。そこで彼らは取り決めをした。

トマーシ氏は生涯で最も賢いことをなし遂げたと考えていた。はしゃいで両手を揉み、オンドジェイ氏に向かって悪戯《いたずら》っぽく何度もウィンクをした。彼は自分が悪魔と呼ばれたかったのである。しかし悪魔は長い間黙っていた。悪魔は立ち上がって、もう乾いてしまっている血の署名のある紙をしまい、トマーシ親方に細くて冷たい手を差し出して、冷たく言った。

「明日の朝ここに来ます」

彼は帽子を手に取った。既にもう真っ暗闇になっていて床下で鼠がひっそりと鳴いていた。しかしトマーシ氏はほっとしたようにため息をついて、しっかりした足取りで妻の寝室に入った。彼女の寝息を聞いていたとえようもない安らぎが心を満たした。彼は幸福だった。

翌朝早くトマーシ親方はオンドジェイ氏を妻に引き合わせ、仕事場で自分の代わりをしてくれること、皆が彼の言うことをよく聞くこと、そして最後に彼がこの家に住み込むことを伝えた。一階の玄関脇の部屋である。

アレナ夫人は若い親方に極めて慇懃に挨拶すると、朝食の支度をしに行った。その朝トマーシ親方には濃いスープがいつよりも美味しく思われた。オンドジェイ氏と共にベーコンをひと切れ食べ、彼とワインを一壜飲んだ。彼は仕事場の弟子たちのところに行って仕事の手をとめさせ、ひと言ふた言オンドジェイ親方の言いつけを聞くように、と言った。

オンドジェイ氏は顰《しか》め面《つら》をしているばかりで、武具の仕事にはあまり興味がないようなふうだった。二人はすぐに立ち去ろうとした。仕事場ではまた非常にゆっくりと槌《つち》が上下し始めた。

トマーシ氏はもう一晩妻のそばで過ごして次の日の朝に出発した。アレナ夫人は家の前に出て夫を抱くと泣き出し、夫の馬の広い背中が市場の方に曲がるまで長いこと見送った。それから家に入って歌を歌い始めた。

オンドジェイ氏はもうそのとき仕事場にいたが、弟子たちは目を皿にして彼がどんなふうに仕事に取りかかるかを眺めた。板金が彼の手の下で音を立てると、槌の下から火花が雨のように飛び散った。槌を打ち下ろしていても、オンドジェイ氏には他の者たちが何を話しているか聞こえていた。鋲を打ちながらオンドジェイ氏は、向こうの隅の弟子を叱った。彼の目は前にも後ろにもついていて、耳はあらゆる方向についていた。手は二つでなくて四つあった。ひと言で言えば、それは得難い武具師だった。おまけに彼はひと言も言わずに消えると門の前にいた。隣の人に挨拶をしたかと思うと、もう庭に立って雄鶏を怒鳴りつけている。雄鶏は見ている間に毛を逆立て、腹を立てて鳴き立てるのだった。

昼になると彼は突然トマーシ氏の住居に来て、悲しくないか、とアレナ夫人に尋ねた。彼女が不機嫌そうな返事をすると丁重な態度でその場を離れ、今度は台所の釜の側に現れると、沸騰した湯の中から手に火傷をすることもなく、燻製の肉片を引き揚げた。料理女は吃驚《びっくり》したが、万一のために水ぶくれに塩をつけたら、と勧めた。

「それより肉に塩をした方がいい、おばさん。水ぶくれはできていないよ」とオンドジェイは微笑んで言い、手を見せた。するともうドアから出ていなくなっていた。この老女はセッター犬の雌のように鼻を高く上げてクンクンと臭いをかいだ。特殊な悪臭を嗅いだのである。それは壺からでも煙突からでも下水からでもなかった。彼女は首を振って一心にルーを混ぜはじめた。

夕方、オンドジェイ氏は門の前に立って待っていた。足が痛くなるまで長いこと待っていて、それから二階のアレナ夫人の部屋へ行った。部屋の中から鳩がふざけているような小さな音が聞こえた。彼はドアをノックした。部屋の中は静かだった。身を縮めて待った。全く声がしない。ドアに耳を当てる。静かな鼾《いびき》しか聞こえなかった。

「間違ったかも知れん」と悪魔は独りごとをいい、すり足で階段を下りた。とうとう彼は眠たくなった。しかし彼が小さな広間に入ると闇の中で何かが音を立てた。悪魔は跳び上がった。少し開いたドアを通って走る影が見えた。頭上の空の闇に二つ、小さいやんちゃな星が見えた。

「やっぱり誰かいたのだ、見逃さないぞ」と悪魔は独りごとを言って、ひとりで微笑んだ。「今のところ俺は何も見なかったし、聞きもしなかった」

次の夜が来たが、オンドジェイ氏は昨日と同じ失敗をした。アレナの寝室に誰かいて彼女と話し、どこかのガラスがチンとなったのでオンドジェイ氏が後ろの小さいドアのところに駆けつけると、誰かが窓から逃げてしかも笑っていたのである。悪魔が暗闇に跳び込むと木の枝にさわった。それは湿っていてコウモリの糞にまみれていた——言うのを忘れていました。コウモリは悪魔のところにはやってこないで、悪魔がトマーシ親方のところに来たときから、庭の古い菩提樹の木の枝に頭を下にしてぶら下がっていたのです。昼間はそうでしたが、夜になるとそれは狂ったように家の周りを飛び回っていました。

オンドジェイは怒りに駆られた。三日目の夜はまだ薄暗いうちからアレナの寝室の真ん前で待とうと決心した。彼は待った。一時間、また一時間と。あたりは音もなく陰気な静けさだった。悪魔は長いあいだ蠅を捕まえていたが、その後眠りこんでしまった。目を覚ましたときアレナの寝室の取っ手を探って中を覗いた。月が静かに空を照らし、銀色の帯が部屋中を通って壁一面を照らし、床に伸びていた。悪魔はベッドを見に行ったがそこは空だった。

彼が窓のところに行くと真下にある菩提樹の下に二人の人物が坐っていた。悪魔はそのさとい目で一人がアレナ夫人であることを知った。彼は窓に跳び乗り中庭に跳び降りた。しかしそこにあるのは青白い月の光のヴェールに覆われた、からっぽのベンチだった。彼は月の影に唾を吐きかけ、闇の中にかけ込んだ。すると彼はガンガンするほどひどく、頭を柵にぶつけた。勝手口のドアから家にとび込んで階段を上り、再びアレナの寝室の前に立つと、そこから静かで長い寝息が聞こえてきた。アレナ夫人は寝ていたのである。

悪魔は彼女について何が何だか分からなくなった。彼にはこんなことは今までなかった。すべてに決着をつけるぞ、と誓った。こん畜生、現場で押さえてやる。そういうわけで次の夜、悪魔はアレナのベッドの下に潜り込んだ。横になって眠り込まないように我慢して朝まで起きていたが、衣擦れの音も、足音も、息づかいも、軋む音も、ひと言の言葉も聞こえなかった。夜が明けてはい出してみるとベッドは昨日と同じで空だった。彼は自分の部屋に戻った。

悪魔がベッドに横になると、温かいことに気づいた。注意深く見回すと部屋も乱れていた。

「やつらは悪魔のベッドに寝に来たのだ……」とオンドジェイは独りごとを言った。

毎日がこんな風だった。オンドジェイ氏は髪の毛をかきむしった。アレナ夫人が夫だけでなく何人かと愛し合っていること、最初の男は夕方窓から出て行き、次の男は夜中に菩提樹の下に坐って呼ばれるのを待っていたこと、これらの男たちが騎士階級や市民階級、僧侶階級の者で、夜だけでなく昼にもやって来ること、——更にアレナ夫人は教会に通い、部屋を掃除し、階段を拭いてベッドを整え、台所で煮物をし、魚を料理し、串を回して家鴨《あひる》を焼き、風呂に入り、髪をとかし、湯治場に通い、近所の女たちを招いてケーキを食べ、おしゃべりすること、そしてそういうときは幸福そうで生き生きしていて、おしゃれで快活なこと、更にまた神の世界は限りなく広くて遠いが、人はどこにでもいること、オンドジェイ氏によろしく、と書かれたトマーシ氏の手紙が特別仕立ての飛脚で着いた時には涙を流すこと、などが悪魔にもだんだん分かってきた。

オンドジェイ氏は、当然ながらくたびれたが、約束を果たしたいと思った。しかし女が悪魔を出し抜くなんて思ってもみなかった。そこで彼はアレナとじかに話すことにした。

オンドジェイ氏は彼女が昼食を終えたまさにその時に、彼女のいる広間に入った。おいしく食事をされましたか、と彼は訊ねて、そばに坐ってもいいかと聞いた。彼女は愛想よく笑っただけだったが、すぐに、オンドジェイさんはどうしてあまりお見かけしないのでしょう、と訊ねた。彼は顰《しか》め面《つら》をして言った。

「でも私はあなたをよくお見かけしていますよ、アレナさん。それもいつもおひとりではなくて」

アレナ夫人はもの問いたげに彼を見たが、黙っていた。オンドジェイが話を続けるのを待っていたのである。あるいは何か知っているのか、あるいは何も知らないで意味もなくそう言ったのだろうか、と。しかしオンドジェイ氏は続けて言った。

「あなたの連れあいのトマーシさんが弟子を監督する権利を引き渡されるときに、もう一方の目であなたのことも見張るように頼まれたのです、アレナ奥さん。それで私は見張っていました、しっかりとね。そして極めてしばしば、毎日、毎時間でも、あなたがご主人のことを忘れておられることが分かりました。申しわけありませんが、お帰りになる前に私は言うつもりです。ですからあなたに警告したいと思います。二ヶ月間あなたは身持ちの悪い生活をされています。アレナさん、最後のひと月、身持ちを正しくされたら、黙っていましょう」

アレナ夫人は考え込んだが、突然あまりにも大粒で美しい涙が目からあふれてきたので、悪魔でもそれを吸いとってやりたくなるほどだった。しかし彼は自制して眉をぴくとも動かさなかった。彼女がしばらく泣くと、オンドジェイ氏は教訓を垂れるように言った。

「泣くのはよい行いのはじめとして、悪いことではありません。あなたが罪を悔いていることを知れば、ご主人はきっと嬉しく思われるでしょう」

この瞬間悪魔は自分に天使の翼が生えたように思われた。それほど感動的に語りまじめに考えたのである。しかしアレナ夫人はテーブル越しに手を伸ばして、暖かい手で彼の悪魔らしく冷たい手を握り、咽《むせ》びながら言った。

「オンドジェイさん、それで泣いているのではありません、むしろあなたがそんなふうにおっしゃるからです。私が忘れたいと思ってどうしようもなくさまよっているのを、こんなに美しく若い男の方が放っておかれるからです。そんなことするのは、あなたが私を気にかけていらっしゃらないという大きな苦しみを忘れるためなのです。私とあなたの間はそんなに遠いのでしょうか。ほんの一歩ではありませんか。それなのにあなたは見つけて下さらない。私はどうしたらいいのですか。忘れたいと思っているのです」

オンドジェイ氏にはこの言葉が気に入った。しかしなによりもアレナ夫人が気に入ったのである。彼女は気むずかしいトマーシ氏が留守の間に、美が益々美しく、太陽がもっと太陽らしくなるように、美しくなったのである。彼はテーブル越しに身を傾け、彼女もその罌粟の花を手折られようと差し出した。彼は彼女に口づけして幸せに思った。

彼はすぐに坐り直した。しかしアレナ夫人はもう彼の膝に乗り、彼の首に手を回して耳たぶをいじっていた。他の男とは少し違っていたが、彼女はこの耳たぶが気に入った。アレナ夫人はもう一度キスしたが、このキスはかなり長く続いた。

悪魔はされるがままになりながらアレナ夫人を監視するのを止めることにした。

「アレナさん。あなたを愛するほどすばらしいことは、この世にも地獄にもありません」とオンドジェイ氏は言った。

「天国はどうなの？」とアレナが訊ねた。

「あそこは私の仕事場ではありません。それにあなたのためのものでもありません、アレナ夫人」とオンドジェイ氏は答えた。

「そんなことどうでもいいわ。あなたが私を好いてくださりさえすれば」とアレナは囁いた。

オンドジェイ氏は厳かな口調で言って胸に抱きついた。

「アレナさん、私たちには冥界での名誉というものがあります。打ち明けますが、私こそ悪魔なのです。私が来たのはあなたのご主人に呼ばれて、彼の魂と引替えにあなたを監視し、最後まで見届けるためです。私があなたを護ったら、彼の魂は私のものです」

アレナ夫人は手を打った。

「かわいそうに、あの人、私を愛しているんだわ！」

「で、あなたは？」と悪魔は訊ねたが、その瞬間、彼は最高位の裁判官のようだった。

「私はあなたが好きよ、オンドジェイさん。とても綺麗な黒い目をしてる」

そう言うと彼女は彼の腕の中に倒れ込んだ。

そして悪魔自身がアレナ夫人と愛し始めた。彼は一瞬たりと他の人のことを考えることがないほどに、彼女を愛した。腕の中に彼女が倒れ込んだ瞬間から、自分のほかに彼女の許を訪れるものは誰もいなかったと彼は断言できた。こうして第一週、第二週、第三週、そして第四週が過ぎた。

第四週の終わりに、トマーシ氏が長い旅から帰ってきた。彼は埃だらけで日焼けして太って満足していた。アレナ夫人は家の敷居のところで夫を迎えて大仰に歓迎した。トマーシ氏は極めて注意深く彼女を眺め、何があったかを推し量ろうと努めていた。オンドジェイ氏はこの歓迎の場にいて顎鬚《あごひげ》を撫でていた。それは剃られていた。悪魔が痩せていたのである。

トマーシ氏がまずしたのは悪魔と部屋に籠り、どんなふうだったかを訊ねることだった。

悪魔は落ち込んでいた。懐から血で署名した紙を引っ張り出して言った。

「トマーシさん、私の負けです。あなたが勝ちました。奥さんの貞節を私は護りませんでした。最初の二ヶ月間昼となく夜となく彼女のところにやって来る男たちを捕まえることができなかったので、彼女と話をしようとしました。話合いの時から私は彼女の愛人になったのです、トマーシさん。署名していただいたものをあなたにお返しします。あなたは救われたのです。トマーシさん、あなたが幸福でありますように。すばらしい奥さんをお持ちです」

そう言うと悪魔は地獄の悪臭さえ後に残さないで、消えてしまった。

トマーシ氏はゆっくりと重い足取りで妻の寝室に入った。彼女はベッドに坐って泣いていた。

「何で泣いているのかね」とトマーシ氏は訊ねた。

「あなたがこんなに私を愛しているから」

「どんなに私がお前を愛しているかだって？　お前を呪って台所の包丁でばらばらにしてやる」

「どうしてあなたは死にもまさる罪を自分の魂に負わせようとしたの。私をこんなに愛しているのに自分の魂を悪魔に売るなんて」

「それじゃお前はどうして？　私がこんなに愛しているのに。罪を犯していちゃつくなんて。夜も昼も、朝から晩まで。私の魂が地獄に行くかもしれないのにお前はここで悪魔と寝ていたんだよ。お前の命もこれまでだ。お祈りをしなさい。お前を殺すから」

　そこでアレナ夫人は泣き始め、家中に聞こえるほど大きな声で叫び、一刻ほどきいきいと声を挙げていた。トマーシ氏は坐って包丁を研いでいた。彼女は泣き止むとやって来てこう言った。

「私の白いからだが見えますか。それに突き刺しなさい。斬り殺しなさい。善良で敬虔な妻を殺すことになりますよ。トマーシ氏。私の愛するトマーシ。私は悪魔とどんな約束をしたか知っていました。何というばかげた約束でしょう。もし私が貞節だったら、あなたは地獄の火の中に入らなければならなかったでしょう。あなたを助けるために私は犠牲になったのです。トマーシ、私の善良な夫、ただそれだけのために私は悪魔を愛したのです」

　そう言うと彼女は絶えまなく苦い涙を流したのである。その涙は最も珍重されるインドの真珠にも較べられるものだった。そうしてすべての裏切られた夫たちと同じように、トマーシ氏もこれを信じたのである。

＊

ホルティツェのヴィーテク卿はおとぎ話の中身だけでなく語り口でもみんなを笑わせた。彼は熟練した降霊術師のように顔つきを変え、声色を変え、悪魔のように顰《しか》め面《つら》をし、嫉妬のあまり絶望した男のようにため息をつき、触れなば落ちんアレナ夫人のように、色っぽく流し目をくれた。王が彼の目を覗き込むことができなかったのは残念だが、それでも王は何度か笑った。

そこでヤノヴィツェのイェシェク師が言葉を引き取った。彼はこの医師があまりにも世俗的な話をしたことは責めないで、恋におちるのは必ずしも悪魔だけとは限らない、良い決心や極めて尊い意図が時には地獄につながることもある、と言った。だから若い二人を永いあいだ一緒にしておくのは、たとえその一人が聖人に近く、もう一人が聖人になる資格を十分に持っているとしても、決して好ましいことではないというのである。

ヴィーテク卿の話を聞いているとブーダ村[*4]が舞台となった不思議な恋の物語が思い出される。それはこのカールシュタイン城からほど近いところで城を建てているときのことだった、と彼は言った。

「彼女の名はカテジナだったが、その恋から生まれた物語は時代を超えたものだった……」

イェシェク師はそれ以上のことは言わなかった。

王はベッドで頷いた。イェシェク師が物語ろうとしている事件を知っていたのだ。しかしそれでも王はこの僧がどんな風に物語るか知りたく思った。

イェシェク師は言った。「舞台となったのは神学部です。三番目につくられた学部でした。あえて隠そうとは思いませんが、この学部はいつでもどこでも第一位の学部でした。[*5] 公的でない時には年齢が優先します。私はそこで最も若かったのですが、私の前に演説した者たちより演説では勝っていました。聞いて下さい」

小姓が新しい杯を満たし、イェシェク師が物語り始めた。

カテジナ

僧ズヂクが弟子のカテジナを聖女にしたいと思い、この考えが師と弟子にいかなる苦しみを与えたかという話。

ベロウンカ河畔のブーダ村の古い聖地巡礼者教会に新しい司祭ズヂク師がやってきた。彼について知られていたのは、パドヴァ大学[*1]の最も優秀な弟子であり、モラヴィアのボスコヴィツェ城[*2]の出身で、そこで鍵屋の娘からルクセンブルグ家の庶子として生まれたこと、また性質が重々しく思慮が深いということだった。

村の教会の古ぼけた円天井の下で初めてミサを行ったとき、彼は二十二歳にも達していなかった。しかし外見はずっと年上に見えた。背が高く、痩せて頬がこけ、尖《とが》った頬骨の上の黒い目は落ち窪《くぼ》んで額が狭く、神父らしく刈られた黒い髪、子どものように優しく細い手、小さな口元と硬い顎鬚《あごひげ》によってズヂク師はイタリア派が描くところの、金髪の聖母の前に跪《ひざまず》き、敬虔であると同時に愛を込めた恍惚のうちに祈る、かの聖者たちのようだった。

ルクセンブルグ家の顔つきを知る人には、彼はカレル皇帝もその父ジャン（ヤン）も連想させず、むしろ後に皇帝アンリ七世*3となりイタリアの国を非常に愛してそこに死に場所を求めた、かの伯爵を思い起こさせた。

ズヂク師は、羊の群れが尊敬と懼《おそ》れをもって仰ぐ牧者であり、卓越した説教師だった。四旬節*4の説教は聴く者に震えが来るほどの恐ろしさを感じさせるものだった。最後の審判官が罪人に永遠の呪いをくだす、その禍《わざわい》を想像して、多くの者が幾夜も眠れないほどだった。女たちはこれらの説教を聴いて気絶し、子どもたちはわっと泣き出すのだった。

しかし心をいたく苛《さいな》んだのは説教師の言葉だけでなく、言葉の運びにもよっていた。それは相手をつかみ、揺り動かし、司祭が黙って祭壇から立ち去っても止むことはなかった。彼はいつも初めはほとんど聞き取れないくらい小さな声で話し始めるが、やがてそれは平原から山並みに吹き上げる風のように強まり、高い峰を通りぬけて波打ち、殆ど天にまで轟《とどろ》くほどに響き渡る。

プレシヴェッツ*5のほとりのこの小さな村になぜ、このような卓越した説教師が送りこまれたのだろうかと人々が訊ねると、彼らのうちの知恵に優れた者たちは村の上に君臨する丘を指した。そこにはこの世の奇跡ともいうべきカレルの聖なる城が聳《そび》えつつあり、いつの日かこの国の中心になるからだった。

一三四八年の聖霊降臨祭の火曜日*6以来、皆はすでにそのことを知っていた。その日プラハ大司教アルノシト*7が建物の基礎を置いたのである。建物は五つの丘の間にある高地に向かって川から三百五十歩の所に築かれなければならなかった。そのために何千という人手と槌やシャベルやたがねや手鍬が用いられたのである。それらを監督していたのは建築家のマティアーシ[*8]と国の内外の彼の弟子たちだった。

村の石工や大工は谷間の底の木造の小屋に泊まり込み、日のあるうちだけでなく、晩の篝火《かがりび》の下でも建設に携わった。あたかもそれはこの仕事が他のどの仕事よりも急を要し、その施主が予期しない贈り物でこの国を驚かせようとしているかのようだった。その間にも皇帝みずから何度かここを訪れて[*9]、城の頂に登れば、積み上げた大量の粘土や組んだ木材を飛び越えては働く者たちに声をかけ、喜ばしげにしっかり働くようにと励ました。

多くの者は急速にできあがっていく城を指さしながら、きっとズヂク師が王に選ばれて城の諸聖堂を監督することになるだろうと言い合った。聖堂の力強さと美しさは、未だその上に円天井も屋根も聳えていなくても明らかだった。

未来の城守であるビートフのヴィート卿[*10]がブーダ村に来て、当分のあいだ聖パルマティウス教会[*11]に近い司祭館に十四歳の娘カテジナと共に住むことになったので、このことは確かなものとなった。

カテジナはその時まで父の城で森の小鳥のように育ち、健康で素朴で開けっぴろげな心を持っていた。娘は心に浮かんだことを直ぐ言葉にした。嫌いな人にはそう言い、生まれたばかりの燕《つばめ》の震える翼のような睫毛の下の青い目を見れば、好きな人にはそのことが分かった。彼女に会うと心に安らかな喜びが感じられた。彼女を一番愛していたのは若い父親で、この娘を見るたびに、彼はずっと以前に亡くなった妻をますます強く、ありありと思い出すのだった。

ビートフのヴィート卿は、ズヂク師の最初の説教を聞いてカテジナの先生になってくれるように頼もうと決めた。

純潔という意味の名を持つカテジナ[*12]は目を伏せたまま司祭の部屋に入ってきた。その足取りは師と女弟子にとって運命的なものとなった。なぜなら覆すことが許されない神の摂理がこの司祭と娘の上に恐ろしい試練を課すことを定めたからである。その試練は私たちの城が建てられ、その燦然たる栄光がキリスト教世界にあまねく広がってからもう長い歳月を経ても、語り継がれているほどのものだった。

ズヂク師は今日という日に彼女の頭上に課せられた義務について、いくつかの思慮深い言葉を述べた。彼女が城守の娘として、イェルサレムの門のほとりで戦った騎士たちの孫に相応《ふさわ》しい学識ある女性になるように、彼が力を尽くすと。

このあたりの娘たちの性質は下品で卑しく、考えが鈍く、その応対ぶりは、プラハのルクセンブルグ家の宮廷にやってくる気位の高い婦人たちの口さがない嘲笑を誘うものだった。プラハの宮廷は今ではもう小国の王の一家の住む小さな家ではなく、キリスト教徒の中心だったのである。ローマに教皇が坐すというなら、プラハは皇帝の住み処《か》だった。そして皇帝の町は同時に学問と芸術の源でもあった。

千年以上も前に、この娘の守護聖人である、かのキプロスの聖カタリーナ[*13]が五十人の哲学者たちを驚かせた、その知恵のほんの一部なりと、神の加護によって彼女のものになるようにと試みられた。

カテジナは丁度子どもがおとぎ話を聞くように、可愛らしく口を少し開けて司祭の話を聞いていた。

それから司祭の手を撫でて「努めてみますわ」と言った。

ズヂク師は手を引っ込めて腹を立てたように娘を見た。

「私はあなたの先生ですよ、自分の感情を抑えるようにしなさい」と彼は硬い声で言った。

カテジナは赤くなってもう何も言わなかった。そこでズヂクはラテン文字の読み方を説明し始めた。それは最初の学課で、そのあとに他のさまざまなものが続いた。

一方ビートフのヴィート卿は、カテジナは彼女の聖守護聖人にも近い知恵をもつ弟子であると師が言ったので喜んだ。その後間もなくヴィート卿がまだ完成していない城の城守になると、先生がこの娘の所にやって来るか、あるいは弟子が先生を訊ねて村に降りていくようになった。二人はいつも丘の南斜面に新たに作られた葡萄畑を一緒に歩き回った。ズヂク師はよく喋り、カテジナは教会の音楽を聞くように彼の言葉に聞き入った。

先生はカテジナの理性に火をつけるだけでなく、彼女の世俗的な魂を壊し、天上の力で満たそうと考えた。彼は神が厳格さを与え給い、彼の意志を鍛えて炎のように焼き尽くす光を目に与え給うように、と長い祈りを捧げた。彼の言葉を聞いてカテジナの二つの頬の薔薇が萎《しお》れ、代わりに克己心が白くひらめかねばならない。色とりどりの春の花の中で育った娘は、冷たい雪のような衣を纏い、息遣いが人を迷わせることのない夏の百合とならねばならないのだ。大きな力強さに恵まれたこの娘の知恵は、唯一の源泉にして知識の太陽である神に向けられねばならない。

カテジナが強い記憶力と火のような雄弁さを見せるラテン語と修辞学の時間のあと、先生はこの女弟子に聖女の伝記を読んで聞かせた。彼は殉教伝の中でも特に残酷で陰惨な事件の箇所に注意を向けさせた。そこでは、殉教者の身体が四つ裂きにされ首を切られても奇跡的に回復し、異教の王たちの刑吏たちが車裂きの刑[*14]の車輪に乗せて鞭を当てながら連れ出したその牢獄の入口に、試練を乗り越え、歌を歌いながら、聖女たちが現れるのである。

一年経って先生は仕事の一部は巧くいったということができた。カテジナはもう決して愛想のよい微笑みを浮かべて彼の顔を見ることはなく、戯れに彼の手にさわることもなかった。目は暗い輝きに満ち、以前は飛び跳ねるようで陽気だった歩みは重々しさと威厳をそなえるようになった。背が高くなり、ほっそりして頰が少し窪《くぼ》み、唇は赤みを失い、両手が透き通るようになった。

カテジナが十六歳になったとき、ズヂク師は復活祭のお祝いに、聖カタリーナの生涯と死という本を彼女に与えた。ラテン語で書かれた手書きの詩は彩色した大文字で飾られ、もう一方の側には聖女の頭部の金の浮彫りがあった。彼女には聖カタリーナの頭部が自分の頭部に似ているように思われたので先生にそう言った。

「あなたの顔には何の意味もありません。もし徳の高いものになりたければ人間としての顔かたちなどを知ろうとしてはなりません」

ズヂク師は彼も城に移るだろうと皆が思っていたけれどもそれから後もずっと村の司祭でいた。しかしますます長くこの女弟子の許にいるようになり、特に夏の間はますます頻繁に、葡萄園や近所の樫の林の辺りを一緒に散策するようになっていた。一緒に聖人伝を読み、十字架のキリスト像の前で一緒に跪《ひざまず》いた。その像はモデナのトマーゾ[*15]の作で、はるかに大きくて壮麗な聖十字架教会よりも前に完成した聖カタリーナ教会に、皇帝カレルが移したものだった。

ズヂクは、皇帝が特に好んで四旬節の日々を過ごしたこの教会で自分もラテン語の範に従って伝説を書いている、と女弟子に言った。その時彼の目は輝いていた。二人が教会を出ようとするとき、娘には司祭がこんな詩を口誦《ずさ》むのが聞こえた。

その時たまたま不思議なまぼろしが
彼女に見えた……
そのまぼろしの中で彼女は、
ある大きくて広く、香り高い、
草原に横たわっている夢を見た。
絢爛豪華な草原に。

草原は夏草で明るく、
若やぎ、目も綾な美しさに
花が咲き誇っていた。
そしてその時、彼女には思われた、
この花が咲き誇る草原ほどの美しさは、
この世のどこでも見たことがないと……

そう言いながらズヂクはもの問いたそうにじっと彼女を見つめた。彼女はこんなに美しく調子のよい言葉で誰のことを語っているのか訊ねたかったが、ズヂク師は「これは聖カタリーナの夢です」と言った。

ズヂク師はキプロスの聖女の受難詩を書いていたのである。詩は自分の弟子に語るかのように、彼の口から軽やかに流れ出てきた。流れは止まることなく、情景が集まって豊かな花となり、チェコの山河は宮廷や教会や城で出会った人々の顔と重なり合った。聖カタリーナの受難の場面は彼が教師となった事件と重なり、キプロス王コンスタンティノスの娘はビートフのカテジナの姿かたちをとるようになった。だから彼の詩には娘の言葉が多く取り入れられ、また彼は、自分でも知らないうちにおのれの苦しみを詩の中で告白していたのである。なぜならカテジナの心を操ろうとする彼の試みがうまくいかなかったからだ。娘が聖性という彼の夢に近づけば近づくほど、師は不幸になっていった。

彼は自分の部屋で長いあいだ跪き、力を貸して下さるように、と神に求めたが、助けは得られなかった。彼はカテジナを自分のものにしようと決心したが、その力はなかった。これまでと同じように彼女の魅力は鮮烈で、今彼女が殉教伝の上にかがみ込んで聖女たちの受難を読む時にも、白い顔が発する病んだような香りが、彼を酔い心地にした。

彼は自分を鞭打ち、硬い寝床で眠り、たゆまず聖母マリアに祈った。しかし祈るたびに、たとえそれが主の祈りであろうとアヴェ・マリアであろうと、敬虔な言葉は失われ、彼女の美しさが甦ってくるのだった。溜息と祈りに代わって、生まれたばかりの燕の翼にも似た長い睫毛のある二つの眼が現れた。そして彼は、彼の唇の下でおどおどと震えるこの小さな翼に口づけしたいと思うのだった。

彼は夕べごとに詩を書き、祭壇のそばで詩句を考え、城へ行く途中で繰り返し、女弟子の前でほとんどおどおどしながら読んで聞かせた。師の発音の中にしばしば彼女がとても気に入っている訛《なま》りがあるのを、彼女は聞きとっていた。今多くの勇敢で陽気な人々がかつてモラヴィア公だった皇帝の宮廷にやって来るが、彼はその地方の出身だと彼女に言っていた。

敬虔で堅固な徳目というカーテンの奥で、師と弟子との戦いが行われていた。それでもしばしば互いの熱烈な讃美のうちに、二人の眼差しが交わされるのだった。彼らはもう何年も愛し合っていたのだが、同時にその愛を死に値する罪として憎んでいた。しかしこの罪は二人にとって計り知れない喜びだった。

彼らは愛すれば愛するほど、自分の愛に苦しみ、この愛から免れたいと神に願った。カテジナは処女たちの許婚者《いいなずけ》である神キリストへの祈りの中で、ズヂク師の顔かたちをキリストの御姿の中に見いだすことがないように、と願った。

しかしズヂク師がその詩の中でキプロスの王女を、学識でも知恵でも、美しさや高貴さでも、誰ひとり見たこともないほど気高い女王と呼ぶとき、この言葉が彼女には彼の告白のように聞こえた。神はルクセンブルグの庶子とカールシュタインの城守の娘に大きな不幸を降された。祈りは何の役にも立たず、歌によっても慰められることがなく、聖人の苦しみを読んでも、炎が燃え上がるばかりだった。

この時ズヂク師は救世主へのカタリーナの愛について書いた。

「愛するイゾルデの飲み物が

前もって彼女に与えられていた。
トリスタンと夢の中で
約束した時には……[16]」

カールシュタイン城は地面という器《うつわ》から炎の花束のように吹き出ていた。マティアーシ氏が亡くなり他のものたちが建設を続けていた。すでに教会の壁はイタリア絵画やプラハのデトジフ氏[17]の作品で飾られ、皇帝の宝石箱にはすでに宝石が鏤《ちりば》められていた。聖十字架教会の天井は夜空に変じ、無数の明かりに照らされて、壁や窓や祭壇が輝いていた。聖カタリーナ教会にはアメジストや琥珀や白い石英が敷きつめられていた。

緑柱石の床とダイヤモンドの壁は
黄金で結ばれ、
そこで多くの窓が豪華に輝く、
エメラルドとサファイア、
風信子《ふうしんし》とルビー、
碧玉《へきぎょく》と玉髄《ぎょくずい》、
アメジストと真珠によって……

ズヂク師は詩を作り終えると、神がトリスタンの心から甘い毒を取り除いて下さるように、とカタリーナ教会で祈った。弟子もそばで跪いた。合わさった円天井に星が輝き、燭台の下の壁の黄金の細い網目に宝石が輝いていた。

こうしてイゾルデは聖杯*18を求める無垢な騎士たちの夢によって造られた教会に近づき、トリスタンに口づけをした。長年の魔法が消え去り、そこに新しく、より美しくより力強い魔法が現れた。

二人は教会を出て城の前庭に足を踏み入れた。頭上には灯りも宝石もなく、あるのは森と葡萄畑の上にかかる夏の夜空だった。谷間では人気《ひとけ》のない小屋の上で娘たちが歌を歌っていた。

ズヂク師は最後の行を書き終えて、魂の救い主であり癒し主であるキリストを祝福した。彼は手稿をアレキサンドリアの聖女を敬っている皇帝カレルに送った。皇帝は少し前にカールシュタイン城に聖女の歯を持ってこさせていたのである……

その秋、ビートフのカテジナはカールシュタイン城の庭の井戸に身を投げた。井戸の中にまだ木材があったので、城守の娘の着物が壁を支えていた角材に引っかかった。女中たちが声を聞きつけ、穴に降りて娘を助け出した。彼女は住いに運ばれ、血に塗れながら、まだ月満ちていない悲しい愛の果実を失ったのである。

ズヂク師はカールシュタイン城の諸聖堂を差配する司祭を免じられた。皇帝みずから彼の教育とその後の愛の経緯を調べた。血のつながりと知恵と聖カタリーナの生と死についての物語をかくも見事に描き出した言葉の才能ゆえに、彼はクラツコ*19の裸足修道院に幽閉という罰を受けただけだった。

ビートフのカテジナは築城が終わってかなり経ってから、ピサでガンバコルティの陰謀に対して雄々しくカレルを護った騎士ドゥブラヴィッツのボフシと結婚した。彼女は短い間に五人の息子をもうけたが一番末の子はズヂクと名付けられた。

*

イェシェク師が独特の語り口でこれまでの二人を遙かに超える物語を語り終えた時、皆は満足したと言い、語り手がいつまでも健康であるようにと乾杯をした……

王はもう頭を枕につけていたが、ヴィーテク卿が彼の許に近づくと「今晩はとても満足した、もう寝るとしよう。私の頭の中でそれぞれ異なる三人の女性の姿が彷彿とするだろう」と言った。

「一週間すればもっと沢山になりますよ、陛下。三人掛ける七は二十一人ですからな。陛下の助けを戴いて二十一の物語をやり通したいものです」

「私もあなた方に何を語ればよいか考えてみたい。分からないが明日からでも直ぐに始めたい。もう気分はよいから」

「それは何より嬉しいことです」

そう言うと宴の参加者たちは王と、また皆と挨拶を交わして寝室に引き取り、日曜日の一日は楽しく終わった。王がカールシュタイン城に来たのはよい考えだったし、ヴィーテク卿の願った養生は成功だった。

「神様、どうか最後までうまく行きますように」

城は眠っていた。凸壁の上には衛兵の足音が、庭には小さな話し声がしていた。それは人数は少ないが料理にうるさい客のために大急ぎで宴会の支度をしなければならない料理見習いが、今日の相談をしていたのである。

「三人の方々のうちのどなたがおいしいものを沢山召しあがるだろう」

「もちろん坊様さ」

「だけどもう一人はお医者様だから覚えておかねば」

「ブシェク様は五月のひな鳥が恐ろしくお好きだよ」

「そしてイェシェク様は鵞鳥の肝《フォアグラ》が……」

「陛下はあまり沢山お上がりでないよ……」

それから辺りは静かになった。残ったのは五月の星の夜だけだった——

王は気持ちよく目覚めたが、医師はもう少し伏せっているようにと命じ、本を読むのは構わないがと言った。寝室には一日中陽が差し込み、カレルは気分がよかった。彼は夕方のことを考えていた。夕闇の中を三人の話し手が食事の、ワインの、そして話のために集まった時、王はすでに元気になってベッドに坐り、三人の癒し人を迎えて皆と喜ばしげに握手をした。

ヴィーテク卿が他の二人に嫉妬することはなかった。この夜話が彼の発案だったのだから。

再びヴェルハルティツェのブシェク卿が話す番だった。ブシェク卿は促されてブルゴーニュのワインを飲み、話し始めた。

「ブルゴーニュのワインを飲んでブルゴーニュのことを」と彼は短く前置きをした。

アポリーナ

ホウストニークのヤン・ジェブジーク氏が葡萄業者のクリストフ・ラミュ・ローランの妻アポリーナをブルゴーニュからどうして連れてきたか、またその後邪悪な運命がどうしてヤンとアポリーナを死に追いやったかという話。

カレル王が宗教的なあるいはまた世俗的な建物を非常に好み、そのために自分の蔵から大量の銀を支出していたことを知り、身分の高い聖職者や公や卿らは、わが栄光の町プラハにも有名な教会や屋敷を建ててこの町を飾り始めた。大司教アルノシトはプラハ橋[*1]のたもとに屋敷を建て、リトミシルの司教[*2]は聖トマス修道院[*3]の近くに飾り立てた高い塔を建てさせた。チェコの諸卿が皆それに倣い、それにまたプラハがローマ帝国の首都になったので、外国の公爵や伯爵たちも、ほかならぬ皇帝のそばの近くのこの町に屋敷を建てていった。わが町はより高く、より広く、その大きさを増し、塔や屋根が絢爛たるレースとなって地平線を縁取っていった。寺院の扉は壊されて誇り高い洞窟となり、花崗岩《かこうがん》や砂岩《さがん》で造られ、窓を細くしたこれらの建築物は化石の森のようだった。

我らの王の治世がすでに五年を過ぎた時、カレル王が兄弟のように愛していたブルゴーニュ公フレデリク*4もプラハに豪邸を建てた。彼は邸をプラハの古い城壁のそばに築き、この巨大な建物を聖マルチン教会*5と空中回廊で結んだ。この建設と邸の管理はホウストニークのヤン・ジェブジーク氏*6に委ねられた。

この忠実な召使いはブルゴーニュ公から年俸と、私たちの王のために親愛なる公の贈り物としてブルゴーニュから輸入されるワインのうちから二樽を貰っていた。フレデリクがプラハに来るときはいつもこの邸で豪奢な生活をしていて、王である皇帝も何度か親しくここの客となった。プラハの人々は公の明るい性格を愛し、彼が到着すると大声で挨拶し、涙で別れを告げた。というのは公の目の愛想のよい微笑みがプラハの町の住民に注がれるだけでなく、かなりの黄金も聖マルチン教会のそばの家の窓から流れ出て、肉屋やパン屋、居酒屋、鞍師や鎧師、仕立屋や履物師など、多くの大切な業者に支払われていたからである。

ホウストニークのヤン・ジェブジーク氏は主を祝福していた。たまたま主が他ならぬ貧乏な市会議員でしかない彼を選んで、一月は休眠するが、その後突然活気に満ちて豊かに花咲く施設を彼に任せるという考えを、カレル王に起こさせ給うたからである。ジェブジーク氏は公と公のブルゴーニュ気質が好きだった。それは残念なことではあるが、我々のうちでも外国の習わしに慣れるのを喜び、そこに遠い世界の光を見て、彼らのところでは我々の世界とは違う太陽が輝いていると思い誤るものがあるのとちょうど同じだった。

だから息子に仕えるようにとフレデリク公に命じられた時、彼は大層喜んだ。若いホウストニークのヤン・ジェブジーク氏は魅力的で気品のある若者だった。彼はプラハの新しいアカデミーの高名な先生方の講義を聴いた一人であり、少年時代にはルクセンブルグ家特有の大胆さ[*7]と洗練された快活さ、プシェミスル王家末裔の重々しい思慮[*8]とを併せもつ、宮廷の侍童の一人だった。

ホウストニークのヤン氏は、起伏に富んだ南チェコの故郷の城を見たこともなく、先祖の城が建っている頂上の回りに黒くうねりながら広がる巨大な森を馬で通ったこともなかった。彼は、ロジンベルクの人々[*9]ですら、あたかも鷹のようにホウストニークの城が坐す誇り高いこの場所をうらやんでいるのを知らなかった。

彼はプラハで生まれ育ったので、古里への憧れを持つこともなく、ひたすら遠い外国への思いに駆られていた。

ホウストニークのヤン・ジェブジーク氏は喜び、待ちかねていつ出発するのかと何度も訊ねた。この年の秋、フレデリク公と共に出発して、公が交替で住んでいたソーヌ河畔[*10]のディジョンとその近くのボーヌ[*11]に入ったとき、それは別れではなくて花嫁を迎えに行く花婿としての旅となった。彼はとても幸せだった。

彼は花嫁でなく辛い運命を迎えに行ったのだ。しかもそれは不思議な運命だった……

ヤンが公の邸を見回っていると、公は彼を自分の調理師にした。そういうわけでこの素朴で魅力的な身分は公の邸を訪れるすべての客に愛され、感嘆されるようになった。

ブルゴーニュ気質は陽気で荒々しく、性格は真面目で辛抱強く、男らしく、言葉は軽妙で比喩に満ち、物腰は今日は優雅だが明日は厳しく、食べ物への執着は大変なもので、ワインを好むこと限りがなかった。宴会では大胆な話を交わし、誇張し、嘘をつく。ワインが入るとグンタル王*12について古い歌を歌い、宴会が終わると長い眠りに就く。この地方の女たちは肥っていて、頬は薔薇色で、ワインの杯と同じように恋にも長けていた。そして夫人たちも夫たちも同じようにペテン師が大好きだった。

　ブルゴーニュの人々はこの地方を愛し、その中でも最も美しい地帯を、富と太陽の美しさによって黄金の山並みと呼んでいた。石の壁に囲まれた葡萄畑には、響きがよく愛に満ちた名前が与えられ、葡萄の収穫祭はバビロンの園遊会*13のようだった。

　魅力的なホウストニークのヤンは貴族の家にも市民の家にも招待されたが、なかでも特に曲がりくねったソーヌ河のほとりにある小さなボーヌ市が、カレルのかつての小姓を招待してくれた。彼は無数の男女の客と共に、聖ヨハネ《クロ・サン・ジャン》葡萄園の持ち主でボーヌ市民である長老のラミュ・ローランによって葡萄園の収穫祭に迎え入れられたのである。

　人々は朝から集まってスパイスのきいたレバー入りパイを食べた。正餐にはザリガニのスープ、雉《きじ》と朝鮮あざみを添えた牛肉の蒸焼き。夕方までダンス。それから香りのよいフォアグラ。ハムと白パン。夜中まで飲んでいると鶏のスープが出てくる。壜から酒を注いで朝まで陽気に騒ぐと、踊っている人々に再び朝食の合図がある。

　一日中、一晩中男たちが歌い、女たちが叫び立てる。娘の多くは慎ましさを忘れて乱れ、妻は夫のことを頓着しなくなる。ひっくり返ったテーブルの下で二人で抱き合ってまどろみ、どの手足が誰のものか分からないほどだった。こんなお祭り騒ぎがクロ・サン・ジャンの葡萄園で行われたので、黄金の山並みは、秋になるといつも赤く染まるように、かすかな恥ずかしさで赤くなった。あるいはそれは透き通った靄《もや》を通して見える九月の紅葉に過ぎなかったのかも知れない。ブルゴーニュの国は祝福されていて、その絢爛たる美しさが人々を魅了し、惑わすのだった。

そしてたまたまフレデリク公の調理師が賓客として市長夫人の隣に坐ると、密かな毒が二人の血管にまわったかのように、互いに愛着の情を感じた。彼らは今夜相手が自分のものになるだろう、さもなければ死んでしまうだろうと感じたのである。

酔ってさんざめく客たちがいっそうダンスに熱を上げているあいだも、二人は並んでテーブルに坐り、死んだように青ざめてひと言も言葉を交わさなかった。魅力的なホウストニークのヤン氏は全身を震わせ、アポリーナ夫人の香りのよい薔薇色の身体も、それに答えて同じように震えていた。この瞬間、彼女は守護者である有徳《うとく》のアレキサンドリアの殉教者*14とは違っていた。

彼女は、家で三歳の子どもを半分寝ぼけたような乳母に任せてあるのも忘れ、司令官の友人の誇り高いラミュ・ローラン卿の夫人だということも忘れて、ただ貪るように子どもっぽいこの金髪の外国人の顔を眺めていた。ヤンは食事もとらず何も飲まず、ラミュ・ローラン卿が赤ワインの盃のそばで寝てしまう夜中まで起きていて、アポリーナ夫人の手を取ると広場の葡萄園の斜面に連れ出した。広場の教会と会堂は青い星空の半円に貼り付いた歯型のようだった。

彼は居酒屋の前で、彼女の手を握って待つように命じると、直ぐに馬を引き出し、彼女の腰を抱いて自分の鞍の前に引き上げた。二人はひと言も言わず月光の中を走り、ディジョンの町のそばの低地を目指して、ソーヌ河の谷間を馬を北に向かって駆り立てた。彼は公への勤めを、夫人は子どもや故郷や、かつての生活の安らぎや永遠の救いを、捨て去ったのである。

ホウストニークのヤン氏はディジョン近郊の酒場で夜を明かした。彼はそこからフレデリク公に手紙を送り、邸を去って故郷に急いで帰ることをお許し下さい、と願った。次の日、ヤンとアポリーナは町を避けて北へ逃げた。数日のうちに彼らはレマン湖に着いてドイツの国に入った。そこで彼らはフライブルグの町に近い山にある、小さな教会のチャペルの前に立って、花婿と花嫁だと言った。そして結婚式は、すべてがあの夜葡萄畑で経験したのと同じだった。証人になったのは羊飼いと教区委員で、頭痛でもしそうに粗野で陰気な集まりだった。

司祭は花婿から一握りの金貨を受け取って十字架を切る時、罪を犯したという思いがちらっと頭をよぎったが、黄金が地獄の火の恐怖を追い払った。

ホウストニークのヤン・ジェブジーク氏は二ヶ月して若い妻と共にチェコの国に着いた。しかし彼はプラハの父の許にはとどまらずホウストニークに向かい、隣人を避けるようにしてそこに住み着いた。二人の若者の幸せは二人を見る世間の目を気にすることもないほどに大きく、罪深い喜びも自分たちがどのようにして夫婦になったのかを忘れてしまうほどだった。

アポリーナ夫人も同じ悦びのうちに、この世のどこかに子どもがいるということも忘れてしまった。悦楽は何ヶ月も続き、子どもが生まれてもなお続いていた。父への敬意を表わし、またソーヌ河畔の葡萄園の想い出のために、その子はジャンヌと名付けられた。

しかしこの子が一年経って初めて言葉を発したとき、アポリーナ夫人は卒倒した。突然ボーヌに置き去りにした子どもの記憶が胸に甦ったからである。その子もほとんど同じようなしゃべり方でママと呼んだ。気が付くと彼女は泣きだし幾晩も泣き通した。この瞬間から彼女は夫の妻でなくなり、ホウストニークの召使いのみんなに愛されていた、ブルゴーニュ風の開けっぴろげな顔立ちに苦悩が現れた。

彼女にはよそよそしく、親しいものでなくなったこの国から逃げ出したいという考えが、突然心の中で大きくなった。畑を耕したり種を蒔《ま》いたりしている人々の言葉が厭《いと》わしくなり、堅固でもみすぼらしい城が嫌になって、前にはさまざまに色合いを変える緑でいつも目を楽しませてくれた森を憎み始め、突然気まぐれに愛撫を拒否するようになったのを訝《いぶか》しみながらも、いつものんきに寝間に入ってくる、様子の良い夫を憎んだ。彼女はもうよちよち歩きをするようになった子どもと一緒に部屋に籠もり、うつろに虚空を見つめるばかりだった。

ある春の夕方、彼女は城からいなくなった。断わりもせず夫を捨てて子どもと一緒に立ち去ったのである。彼は馬を八方に走らせ、自分でも大通りをルジニツェ河畔のウースチーまで馬で行き、プラハに行ってホウストニークに帰ってくると、罪を犯して求めた妻を、新たに同じ罪によって失ったのだと確信するようになった。彼は妻を呪い、心を硬くした。それは我々と同じ血を持つ男だけができる心の硬さだった。彼は国を離れてイタリアに行き、ヴェネチアの町でドージェ[*15]に仕えた。

一方アポリーナ夫人は子どもを連れてボーヌの町にたどり着くことができた。それは厳しい旅だった。彼女は徒歩で、あるいは他人の荷車や他人の馬に乗せてもらって、見知らぬ土地を通り、山や森を越え、富める人にはものを乞い、貧乏な人々には微笑みかけ、我が子に向ける眼差しによって兵士たちの心を和らげた。修道院の院長の許でスープをもらい、履物や布きれを恵んでもらった。

雨の中も嵐の中も彼女はひたすら日の沈む方角に向かって歩き、乗せてもらって進んで行った。着物はずたずたになり、身も心もぼろぼろになった。ようやく青い湖の湖面とその向こうに聳える氷山を見かけ、ユーラ[*16]という不思議な名を持つギザギザで奇怪な崖のある土地を通り過ぎて、二つの大きな河の渡しを越えた。彼女が出会った最初の河は、南の海に向かって流れていた。この時彼女はソーヌ河畔の葡萄の国の中に立ったのである。

そして彼女は僅か数年前に安らかに暮らしていたボーヌの町の家の前にいた。彼女だと分かるものは誰もいなかった。ラミュ・ローラン卿の家に乞食女のように入ってひと切れのパンを乞うた。一人の娘が彼女にケーキをくれたが、それを食べず、立ち去るように言われて、彼女は、ラミュ・ローラン卿は在宅か、と訊ねた。

「一時間ほどすれば来られます、葡萄園におられますから」という答えが返ってきた。

しかし乞食女は立ち去らないで葡萄の房の形に彫られた礎石の上に坐って静かに待っていた。子どもは地べたに坐ってホウストニークの家でしていたように小石で遊んでいた。

それから彼女はラミュ・ローラン卿がやってくるのを見た。彼は肥《ふと》っていて少し白髪が混じっていた。彼女の心は動かなかったが、ラミュ・ローラン卿の所に子どもが走ってきた。それは彼女の子どもだった。彼女が会いに来たのはこの息子だったのだ。

男と子どもは門の中に入ろうとしていた。女は立ち上がって彼らの後を数歩追った。子どもは蹟《ひざまず》いて立ち止まると乞食女をじっと見て恐ろしくなり、父の後を追おうとした。

アポリーナは叫んだ。「ピエール!」

子どもは振り返って自分の名を呼んだ見知らぬ女にもの問いたげに近づいた。その時、ラミュ・ローラン卿が叫んだ。「急いでおいで、ご飯だよ！」

子どもは再び走り去ったが、それを追って女は勝手を知った門の中に入った。そこは楽しく幸福なときにしばしば入ったところだった。彼女は子どもの手をつかまえ、引き寄せてキスし始めた。母がよその子どもにキスするのを初めて見た娘のジャンヌはアポリーナ夫人のスカートを引っ張って泣き始めた。その時ラミュ・ローラン卿が戻ってきた。彼は子どもを連れた女をちょっと見て彼女だと知った。彼は蒼白になり、額に手を当てて何か言おうとした。アポリーナは許しを乞うようにラミュ・ローラン卿を見た。女は震える手で素早く息子の黒い髪を撫でた。

「その子は誰の子か？」とボーヌ市の市長は訊ねた。

「私の子か？」

アポリーナ夫人は首を振った。

このブルゴーニュ男は真っ赤になって拳《こぶし》を振り上げた。

「それなのにおまえは私の家に入ろうとするのか？　姦婦め。おまえの死はとうに弔った。おまえが夜の間に消えて皆が川で溺れたと考えた時にな。それでもおまえは自分の罪の証《あかし》を連れてきたのか。出て行け！」

「私の子どもから離れません」とアポリーナは叫んで男の子の肩をつかんだ。ラミュ・ローラン卿は女に抱かれて突然快い気持ちになった子どもを引き離し、顔を険しくしてこの息子を家に追い立てると、女に向かって叫んだ。

「出て行け、さもないと犬をけしかけるぞ」

アポリーナは反抗するかのように夫の目を覗き込むと更に進もうとした。夫は彼女の胸を突いた。アポリーナは叫び声を挙げた。夫はもう一度彼女を叩いた。肩をつかんで彼女を家の扉から押し出した。だが家の前にはすでに市長の叫び声を聞いた商店主たちが物見高く集まり、そこらの女たちが腹を立てた男の叫び声を聞きつけて嬉しそうに立ち話をしながら、この戦乱の日々に道に溢れている臭い乞食女のことを話し合っていた。どこかの黒衣の尼僧がそこにやって来ると直ぐに、二人の痩せた僧が大股で近づいて来た。

尼僧たちは僧に門からよろめき出てきた女を指さした。娘のジャンヌは大声で泣きながら誰にも分からない異国の言葉で母を呼んでいた。

一方今度はラミュ・ローラン卿が皆の前に立って警吏を呼んだ。広場は静まりかえり、静寂は女の子ジャンヌの痛々しい泣き声によって破られるばかりだった。広場で商いを終えた屋台の間を歩き回っていた警吏がかけつけると、市長は彼らに子ども連れの女を指さした。

「ラミュ・ローラン卿でこの女の夫である私は、この町の法の名において、私の邸から逃げ出し、今日他人の子どもを連れて帰ってきたこの姦婦を町の門から叩き出すように命じる。追い出せ！」

アポリーナ夫人は娘を抱きしめて立ち去ろうとした。しかしその時一人の僧が道を遮り、おもむろに説教を始めた。罪深い妻は心が純で罪のない魂を持つ子どもには相応しくないので、すぐさまこの子を取り上げ、善き尼僧にあずけ、不貞な母の罪を神に祈って贖《あがな》わせねばならないというのである。

アポリーナ夫人は立ち上がって叫んだ。

「お前の汚い口を閉ざしなさい、僧よ。この子は私の子で、生きている限り誰にも渡しません！」

僧が市長の方を向くと尼僧たちが子どもに近づいた。ラミュ・ローラン卿の合図で警吏たちがアポリーナ夫人を捕らえ、棍棒で最初の一撃を加えた。打撃は見物人が笑っている間に彼女の背中と頭に何度も加えられた。幼いジャンヌは尼僧たちが母親の手から取り上げて連れ去ろうとした。僧たちは声高に主の祈りを唱え、我らの罪を許し給えという言葉を特に荘重に繰り返した。ラミュ・ローラン卿は左手を腰に当て、右手で群衆に立ち去るように合図した。

アポリーナ夫人は警吏に叩かれながら通りをすぎて城門を通り、川に向かって逃げた。背中も胸も着物が裂け、傷口は血にまみれ、振り乱した髪の毛が血の涙で濡れた顔に掛かっていた。彼女は城門の前で倒れて次の日の夜明けまで横たわっていた……気が付いて立ち上がると歩けることが分かった。彼女は何年か前に魅力的な外国人の客に馬で連れて行かれた同じ道を、背中をかがめながらやっとのことで歩いていった。

何日もかかって彼女はかつて二度目の婚礼を挙げたフライブルグの町を見下ろす村に辿り着いた。あのとき結婚式を挙げさせたのはこの教会の司祭だったが、彼女はその教会に入る勇気がなかった。司祭館に入った乞食女はひと切れのパンを乞い、入口に坐って司祭の帰りを待っていた。彼女は司祭を見て地面に跪き十字を切ると、午後に懺悔を聞いてほしい、と僧に願った。司祭は午後の礼拝の時に教会に来るようにと言った。彼女は罪の償《つぐな》いが得られる場所に入ると、入口から告解聴聞席まで跪いて行った。そこで重婚の罪を認め、罪の初めは今日の聴聞僧自身の祝福から起こったのだと述べた。司祭は当時の式を思い出して恐ろしくなり、どうしてよいか分からなかった。しかし彼女は罪の許しを与えてくれるように、同時に自分を官憲に引き渡すようにと執拗に迫った。すべてを裁判官に告げ、自分の罪に対して喜んで罰を受けよう、なぜならこの世に求めるものは何もないのだから、と言った。

司祭は自分の家にこの悔悟者が止まることを許し、次の日彼女をフライブルグの町に連れて行った。アポリーナ夫人は裁判官たちの前で自分の罪を告白し、どうしてこんな悪行が生じ、そのことからどんな恐ろしいことが起こったかを詳しく述べると、罰してくれるようにと願った。そして彼女は、尋問することも責めることもなかったために長くは続かなかった裁判のあいだ、静かに神と慈悲深いマリアに祈っていた。

彼女は有罪となり、三日目の朝にフライブルグの大きな広場で姦通と重婚の罪によって斬首された。

後になって同時に二人の男の正式の妻となったブルゴーニュ女の数奇な運命の噂がプラハに届いたので、カレル王はこの悪事の原因となり主犯でもあったかつての小姓を探させた。しかし大使がヴェネチアから書いてよこしたところでは、ホウストニークのヤン・ジェブジークは、海水と沼の中から生まれ、陽気で欲望をそそるこの町を名高いものとしている無数の隠微《いんび》な陰謀の一つに関わって、背中を短剣で刺され、殺されたという。

*

王と二人の仲間はブシェク卿の話を褒めそやした。ヴィーテク卿はプラハに大きな邸を建てたあのブルゴーニュの公をよく覚えていた。その公がプラハに楽しく滞在していた時に、医師として呼ばれたからである。

ヴィーテク卿は直ぐに次の語り手として名乗りをあげ、彼の医師としての眼力はしばしば人の心の深みを見通すことができると言った。また彼には誰も知らない事柄が耳に入るという。だからドマジリツェ[*17]の町に鞭打行者[*18]の群れが進入してきた時に起こったようなことが、彼におこることは決してないというのである。

こうしてヴィーテク卿は悔悟するマグダレーナたちのことを語り始めた。

マグダレーナたち

どうしてチェコに多数の鞭打行者が入り込み、彼らの到来が国境の町ドマジリツェの住民の考えにどのような混乱をもたらしたかという話。

我が国で多くの栄光に満ちた出来事が起こったこの一三四八年という年に、大声で祈り、叫びながら村々を歩き回る多くの人々が西部の山岳地帯に現れ始めた。彼らは先頭に木の十字架を担いで旗を翻《ひるがえ》していた。それは異国の男女で、あらゆる国の言葉を話し、都会風や田舎風の身なりをしていた。彼らの中にはイタリアやアルル[*1]、シュワーベン、フランク、バヴァリアの人々、アルプスの山岳民や南の海岸の漁師たちがいた。

彼らは全員同胞として財産も食べ物も共有し、共に暮らしていた。馬に乗り、荷車で移動するものもあったが、多くの者は歩いて旅をした。彼らは広い空の下で野宿するか、あるいはまた穀物小屋や厩《うまや》に泊まったが、家畜にも羊や穀物にも手をつけず、恭しく一口の食べ物を乞い、乞うたびに救世主キリストとキリストの祝福された母の名を唱えた。

これらの男女は悔悟者とも、鞭打つ人《ムルスカチ》とも、鞭打行者《フラゲラント》とも呼ばれた。おのが罪を悔いて懲らしめのために我が身を苦しめるからである。使徒に倣って家族や仕事、町や家や丸太小屋や掘立小屋、鋤の刃や羊や畑や森や川や海を捨て、この世の財産は虚しいものだと宣言し、貧窮の中に神の御国を求めた。この大群は裸足で半裸になって、村や町を叫びながら進んでいった。

「聖なるマリアさま、罪深い私たちをみそなわし、私たちを憐れむよう、イエス・キリストに願い給え」

彼らの泣き声と呻《うめ》き声が国中に響き渡った。雲のように埃を立てて人々が近づく時には、弔いの行列の先頭の笛吹のように、いつも皆に先立って彼らの号泣が進んでくるのである。

村々はこの国で初めて見る現象にあっけにとられ、心を怖れに満たされて正面からこれに出くわすのを避けた。

鞭打行者は南からアルプスを越えてバヴァリアの国を進み、頂から落ちてくる雪の塊が大きくなるように大きくなっていった。村ごとに新たな人々がこの群衆に加わっていった。やって来る人々は悔悟したいと思っている人々に歓迎された。新たな告白者たちは皆の前で告白すると、親戚も地所も捨てて古い告白者たちと進んでいった。

鞭打行者はチェルホフの山の麓[*2]にあるブロド[*3]の町のそばで国境を越えた。鞭打行者は村や森を避けようとせず、しばしばイエスの名が呼ばれる意味の分からない歌を歌いながら、穏やかに進んでいった。

これらの村には分別のあるしっかりした人々が住んでいて、聖書にしたがって神を愛し、教会では敬虔に説教を聴き、酒場では陽気に飲むのを常としていた。村の人々は貢税を払わなかった。ドマジリツェから始まりその愛すべき形によって聖母マリアの胸と呼ばれる山[*4]まで、見張りをするという義務を負っていたからである。この辺りの畑ではあまり多くはなかったにせよ、規則的な収穫が得られていた。これらの村にはそれまで城がなく、周辺地方を襲った多くの疫病も、森や草原から吹いてくる薫風に乗って吹き散らされた。

大地はホップの葉のように楽しく穏やかで、樅が花をつけ、森の釣鐘草《つりがねそう》や羊歯《しだ》や苔《こけ》に金色の粉を振りかける季節の、刈ったばかりの草原や春の茂みのように、香りに満ちていた。

鞭打行者は早々に村を通り過ぎていった。彼らの行進を妨げるものは誰もいなかった。己が罪を思い、それを皆の前で大声で悔いる悔悟者たちを見るのが好きだったからである。警鐘を鳴らすものはなく、どこに行っても巡礼者に向かって威嚇の斧が振り上げられることもなくて、大群衆は安心してドマジリツェの西門の前にたむろしていた。

既に秋になり、森では樫の木が黄色く色づいてきた。道には枯れた木の葉が散らばり、畑はとっくに取り入れが済んで耕されていたので、群衆はそこで休息して、夜になると秋に牧童たちがするように焚き火をした。

鞭打行者の群れは町の門の前で数日を過ごした。ドマジリツェの人々は彼らを眺め、病人が熱病で身体を震わせるように、宿泊地で異邦人たちが絶えず身体を揺らしているのを不思議がった。ある人々はこれらの人は外の踏み均《なら》した草原で踊っているのだと推測し、またある人々は祈っているのだと解釈した。

更に別の人々はこれが流浪のペテン師や道化師の集まりであって、偉大で強力な支配者である王が呼び寄せたので、一人の道化師では足りずに滑稽な連中を大勢その国に呼び集めるのだと考えた。

しかしそれと同時に皆は、群衆の上に木の十字架が掲げられて聖者の姿の描かれた旗が翻《ひるがえ》っていること、宿営地に響き渡る叫びや呼び声が祈り、連禱の様式に則った絶えざる祈りであることに気づいていた。

「この国に敬虔な人々がやって来たのじゃ」と長老たちは首を振りながら言い、「今はその時じゃ！」と言うと、城壁から降りていった。

鞭打行者は三日間町の前にうずくまって祈りを上げていた。日曜日を待っていたのである。

やがて日曜日になって村々から男女が教会にやってくると、群衆の中の歳とった者たちが町に入ることを要求した。祝日に仲間と共に祭壇の前に立ちたいというのである。そこで市会議員たちは、武器を持ち込まないという約束で、これら異国の人々が入ることを許した。そういうわけで万聖節*5の次の日曜日の午後、鞭打行者の集団は、かつて教皇が住み、多くの神聖さと罪に満ちたアヴィニョンの武具師であった、グレゴリウスという名の長老と共に町に入った。

その日は曇っていて、靄がまだすっかり晴れてしまわずに教会の塔の上に懸かっていた。遠くの山並みは見えず、靄の中から骸骨の脛《すね》のように木々の枝が突き出ていた。教会では司祭が福音書の傍に立ち、会堂の人々は十字架を切って跪くか、頭を垂れるかしていた。

聖所に外からざわめきが聞こえてきた。司祭は落ち着かない様子でちょっと頭を動かしたが、祈禱書から目を離すことはなかった。しかし物音は大きくなり、叫び声に変わった。

「罪があるのにキリストの身体を食べ、罪があるのにその血を飲んでいるお前たちは、祭壇を離れるがよい。主の食卓を汚すな！」

これはシュワーベンの言葉で発せられたが、直ぐその後に、長く尾をひくラテン語の叫びが続いた。

「サンクタ・マリア、オラー・プロ・ノービース・ペッカートーリブス（聖母マリアよ、我ら罪ある者のために祈り給え）」

教会にいた信者たちはふり返ったが、その時はまだ誰も、扉の前で何が起こっているかを見に行こうとするものはいなかった。

彼らは教会の中で待った。裸足でぼろを纏《まと》った大勢の男女が教会の中に殺到した。皆が下半身だけを覆っていた。女たちや娘たちが恥知らずにも胸を人目にさらしていた。だが皆の胸と背中は血にまみれた裂き傷や青い痣《あざ》やかさぶたで覆われていた。治りかけている傷もあれば、まだ血を流している傷もあった。

司祭は眼を祭壇からめぐらせ、指を立ててラテン語で叫んだ。

「主の家から立ち去れ、恥知らずのけだものたちよ！　お前たちは何を見ようとしてきたのだ？」

するとその時、仕事のために半裸になった鍛冶屋のように巨大な男が、信者たちの群れと烙印を押された群衆とをかき分けて祭壇の前に立ち、叫んだ。アヴィニョンのグレゴリウスである。

「悔い改めなさい。時は近づいています！　反キリストが扉の前にいて、猛獣のように嗅ぎ回っているのです。悔い改めなさい。罪を告白しなさい。義《ただ》しい者でも日に七度は罪を犯すものです。心を硬くする者には災いがあります。告白しない者には災いがあります。司祭よ、法衣を脱ぎなさい。着物を脱いで、見なさい！」

　武具師のグレゴリウスの後ろを歩いていた男が、磔《はりつけ》になったキリストの木製の十字架を祭壇の司祭の前に立てた。

「見ましたか、司祭。あなたの贖《あがな》い主は鞭打たれ裸で十字架に架かっています。主に従いなさい。黄金の着物を脱ぎ捨てなさい。自分の身体を叩いて鞭打ちなさい。罪を許されようとして私たちが行っているように」

　半裸の異邦人たちは金切り声を挙げ、またある者たちは咆《ほ》えて泣き出した。これらの人々は交差した刃を先にとり付けた三つ叉の編み鞭を振り回して、血が噴き出すまで身体を鞭打ち始めた。そうしながら皆は声を揃えて嘆くのだった。

「主よ、私は罪を犯しました、罪を犯しました。主よ、盗み、人殺し、姦淫によって。断りもなくあなたの名を籍《か》り、神聖な日を汚《けが》し、驕《おご》りによってあなたを卑しめ、嫉みによってあなたの糧《かて》を奪い、怒りによってあなたを悩ませ、密《ひそ》かな罪の力によって唾を吐きかけました。主よ、あなたは教皇や皇帝、司祭や王など、何千もの姿をかりた反キリストや悪魔の支配するこの世の荒野で、呼ばわる私の声を聞いておられるのです！　アーメン、アーメン、悔い改め、故郷を去って祈りなさい！」と。

　司祭が十字を切って祝福を与え、話を始めたが、誰も司祭の言うことを聞いていなかった。教会中が鞭打行者の叫び声や泣き声や嘆き声に満ちていたからである。彼らの執拗な叫び声が極めて強いものだったので、群衆の大部分が集まっている祭壇の司祭の声ばかりか、自分の言葉さえ聞こえないくらいだった。

司祭は「祭壇から離れて教会を綺麗にしなさい！」と命令した。僧は悪魔を払うように十字架を頭上に掲げたが、悔い改める者たちは泣き声のような笑い声を挙げて自分の髪の毛を掻きむしった。しかし司祭は更に言った。

「お前たちはキリスト教の世界でほとんど百年もの間その悪行を行っている。お前たちは神の御名において神を汚している。聖なる父がお前たちを呪い、地上から追い出されたのだ。出て行きなさい。お前たちを呪いますぞ。自分たちの罪の上に、更に教会を冒瀆して汚すという罪を重ねないように！」

司祭が祭壇の階段を下りると群衆は両側に分かれた。司祭は十字架を持ってそこを通り抜けると扉の前で止まった。彼がここで見たのは、町の人々の目の前で泣き、血を流している鞭打行者の群れであり、また広場で絶え間なく、疲れを知らぬげに「聖なるマリアさま、罪深い私たちのために祈って下され、悔い改めさせて下され」と叫んでいる、裸足の男たちと肌を露《あら》わにした女たちの嘆きに、眼を皿のようにして耳を傾けて立っている一団の黒い人影だった。

司祭は警告の言葉を発しようとしたが、聴くものは誰もなかった。既にそこには武具師のグレゴリウスがいて、彼の頭上や身のまわりに霧がたちこめ、悔悟者の背中や胸から迸《ほとばし》る血に濡れた十字架と旗が林のように立っていたからである。

グレゴリウスは両手を挙げて祝福を与えた。一団の人々はこの祝福を受けると押さえつけられたように地面に跪《ひざまづ》いた。

そこでグレゴリウスは説教を始めた。皇帝や王の代わりに司教や司祭たちを車の前に繋いで栄光に満ちてやってくる反キリストについて。今この瞬間、この時間、この日のうちにみずからの身体を露わにして罪を血で洗い清め給う主の栄光について。

「大声で告白しなされ、どのような罪を犯したかを聞くことができるように！　告白しなされ、我らがおのれの罪を告白したように！」

グレゴリウスは両手を振りあげ、三筋の血が毛むくじゃらの胸を流れるまで打った。人々は彼に従って再び叫び声を挙げて祈り、歌い、泣きながら、痛みと血を見るまで身体を鞭打って我が身を懲らしめるのだった。

鞭打行者をとり囲む人垣が狭まることはなかったが、彼らの沈黙は突然悲痛なむせび泣きによって破られた。泣き出したのはミラフチェ[*6]近くの森から来た炭焼き人クリシュトフの妻で、ドマジリツェの市場のベルト金具職人シモンの妻がこれに続いた――ドマジリツェや村々の人の輪は動揺し始めた。今見るものが最初のものよりもっと驚くべきものだったからである。鞭打行者たちは長く引き延ばしながら歌を歌っていたが、突然、切り倒されたように地面に倒れ伏し、肩と両手を十字架の形に伸ばすと、倒れ伏したまま天に向かって叫び始めたのである。空はチェルホフから風で吹き寄せられる濃い霧によって暗くなってきていた。

こうしてうそ寒い午後に鞭打行者の群れが横たわったまま歌を歌い、みずからを傷つけ、罪を告白して大声で神の名を呼ぶという、この摩訶不思議な光景に、市民たちは呆然として目と口を開けたままその回りに佇んでいたのである。

この時突然シモンの妻が金切り声を挙げて着物を脱ぎ捨て、叫びながら巨大な胸をむき出しにするのが見えた。

「見なさい、私は姦通しました。罪を犯し、今も犯していて、これからも犯したでしょう。もしこの瞬間に主を見ることがなかったなら」

シモンの妻は一人から鞭を取り上げると血がジグザグに迸《ほとばし》って白い胸を流れ落ちるまで、皆の前で身体に鞭打った。市会議員コンラードの娘のアネシカは身体をむき出しにして彼女の傍に立ち、泣きながら秘密にしていた罪のこと、聖アウグスチヌス修道会の僧のことを話し始めた。彼女は昼も夕方も悪魔と同じくらい彼と愛し合っているが、世間は彼女が淑徳に満ちていると思っているのだと。

父親が近づいて手をつかまえたが、彼女はそれを振り払い、恥知らずにも面と向かって自分の恥ずべき行いを叫び立てた。家に連れ帰ろうとすると、彼のことを——自分の父で市会議員でもあるが——寡婦や孤児の血と汗を以て反キリストに仕える盗人だと激しい言葉を吐いた。

この時アネシカの傍に鍛冶屋のヤン・ハブルーが立ち、外套を脱いで叫んだ。私は総ての罪人の中の罪人である、なぜなら二十年前に旅人を殺し、その財布の金で鍛冶屋を始めたからだと。鍛冶屋のヤンは市会議員コンラードの胸を殴り、力ずくで彼を悔悟者の群れから追い出した。空から雨が降ってきた……。シモンの妻もコンラードの娘のアネシカもそのままずっと泣いて、嘆き続けていた。鍛冶屋のヤン・ハブルーは鞭を打ち続けていたが、彼らの回りには既に新たな数人の女が加わって罪を告白し、裸になって胸を鞭打っていた。雨と靄の空の下での彼女らの泣き声と叫び声は、罪を告白した男たちの涙にくれた滑稽な嘆き声と混じり合い、飢えた犬の遠吠えのようだった。

雨は冷たかった。裸の者たちは泥と血にまみれて横たわっていた。

それから警吏がやって来て、大声でドマジリツェの人々と田舎の人々を追い払い、横たわっている人々を槍先で起こして立ち上がらせた。ここで瀆神《とくしん》行為に加わった者は目を覚まして家に帰るように、という執政官の呼びかけに対して、コンラードの娘のアネシカは髪を引きむしって言った。彼女は救われたのであって、たとえここで殺されようとも地獄には帰らない、と。

この時彼らの長老、泥と血にまみれた長身のグレゴリウスが警吏たちの槍先の下に立ち、十字架と巻いた旗のもと、石像のように皆を見下ろして主の祈りを唱え始めた。それから何か恐ろしい歌を歌い始め、寒さに震え血と泥にまみれた男女が、それに続いて歌を繰り返した。彼らの身体にはそれまで横たわっていた濡れ落ち葉が貼り付いていた。

鞭打行者の群れは警吏の槍のもと、頭を高く上げて門の方へと立ち去っていった。彼らの裸足の足がびちゃびちゃと泥濘《ぬかるみ》の中を歩き、霧で喉が詰まったような声が彼らを追い越していった。

若く美しい裸体に鞭打たれてはいたが、嬉しそうな市会議員コンラードの娘アネシカが、武具師のグレゴリウスの側にいた。後に続いたのはシモンの妻と飲み屋のイムラムの妻、布屋ヴァヴジネツの妻、鍛冶屋のヤン・ハブルー、水車小屋の息子ブシェク、ミラフチェの炭焼き人の妻などで、彼らは皆罪を告白したが、その時まで彼らが人殺しや泥棒、放蕩者や姦通者、嘘つき、後家や子どもたちを身ぐるみ剝《は》ぐ者たちだと知るものは誰もいなかったのである……

その夜、鞭打行者の群れは更に日の出の方角に進んでスタンコフの町に、更にそれからプルゼンやベロウン[*7]に達し、プラハに迫った。その群れは岸辺の弱い箇所を運び去る洪水のように嵩《かさ》を増していった。多くの人々が彼らに驚嘆し、多くの者が彼らを呪った。夫や妻の罪が白日の下に曝《さら》されて家族が壊れ、尊敬されていた人々や貪欲な正直者の悪徳が露わになって町々が混乱した。

間もなく明らかになったのは、これらの群衆が世界中を通り過ぎるということ、彼らはイタリア、ドイツ、デンマーク王国、イギリス、ハンガリー、ポーランドにも現れること、教皇御みずからが百年足らず前と同じように鞭打行者に反対する強力な回勅《かいちょく》を出されたこと、彼らの巣はかつてはペルージャ[*8]の町だったが、今また町々と教会と国の秩序を乱しているのだということである。

カレル王は彼らの長老を責めて心の秘密を明らかにさせ、自分の本心を隠さないようにさせた。そこで長老はドマジリツェの町の、かの貞淑な娘や尊敬すべき鍛冶屋のように、わが身の多くの卑しい事柄を明かした。そこでわがカレル王は彼らを異端者として火あぶりにさせようとしたが、大司教アルノシトがそれを許さなかった。カレル王は彼らを国から放逐するように命じたのである。

*

ヴィーテク卿が話し終え、皆がこの医師の物語を緊張しながら聞いて休息をとっていた時、カレル王が寝室から出てきた。王が微笑みながらテーブルに坐ると、小姓が急いできてワインを注いで立ち去った。ヴィーテク卿は王の両足を暖かいガウンで覆った。しかし王はもう手にナイフを持っていて、寝室から持ってきた乾いた木片を彫り始めた。これは彼の習慣だった。重要な謁見の席でも裁判の時にもこのように自分の手を働かしていたのである。

わが王の病は治った、とブシェク卿は考えた。同じ考えが彼の二人の友人の顔をも輝かせた。

カレルは暫くナイフをいじっていたが、暫くしてまた何か極めて不思議な顔を注意深く彫っていった。それが教会の屋根の樋口《ガーゴイル》＊9なのか、それとも鷹の頭なのか、自分でも分からなかった。

一瞬皆は黙ったが、王は優しく上手に物語り始めた。三人のお相手は誰も、カレルが魅惑的な言葉の香りを更に広げ、現実を包み込むような語り手になろうとは思ってもみなかったのである。

ブラジェンカ

父によってクシヴォクラートの小さな城に住まわせられた七歳の王子カレルが、城守の娘ブラジェンカに子どもらしい恋心を燃やしたという話。

泥の中から睡蓮が生えてくるように私の子ども時代の最初の記憶の中から浮かび上がってくるのは、クシヴォクラートの城守の娘ブラジェンカの姿である。

その城守がなんという名で、どんな顔つきだったか、もう覚えていない[*1]。覚えているのは、森へ狩りに行こうとして馬に乗った時に、城の前庭で聞こえた声だけだ。それは深くてしかも厳しい、奇妙な声だった。彼が私に話しかけることはほとんどなかった。一度も同じ食卓に坐ることもなくて、私は二人の小姓と一人の青白い顔の騎士と食事したのだった。騎士は私の健康をとても心配していて食事をしてから外に出るのを許すことはほとんどなかった。とても親しいヴァシーチェク[*2]という名で私を呼び、部屋に入る時も立ち去る時も片膝をついたことを覚えている。祭壇の世話をしている子どものことをいつも思い出す。七歳の王子の前でお辞儀する時に十字を切らないのが不思議だった。

そのほかに当時クシヴォクラートの住民で紫色のズボン下を穿《は》いていていつも袖で鼻を拭き、ひと言ごとに悪態を吐く馬丁《ばてい》がいたことをおぼえている。それから輔祭がいた。私に信仰のことを教え、私がぼんやりしているとただひとり、あえて私の頭を叩いて罰をあたえ、叩くたびに深い溜息をつくのだった。この輔祭は大きな乗馬靴を履いていて、その乗馬靴が彼の尖《とが》った踵《かかと》に完全な自由をあたえていた。私は、ミサで彼が我々に背を向けたとき、その乗馬靴に穴が空いているのに気が付いて思わず微笑んだ。輔祭はエウスタフという名だったが、この神秘的な名前[*3]に私は大きな尊敬をはらっていた。

この幼年時代の初めに私は引き続いて二度、数ヶ月間クシヴォクラートに行った。一回目の滞在は全く覚えていないが[*4]、深い森の中にぽつんと立っている小さな城に連れて行かれたのである。母と別れた時――それが彼女の賢い毅然とした顔を見た最後だった[*5]――私は涙を流して泣き叫んだ。叩くと脅かされても何の役にも立たなかった。陛下のご命令で行くのです、と言われて、やっと私は静かになった。私は父の男らしいしっかりした歩きぶりや楽しげな微笑み、愛情に満ちた、碧《あお》くて少しはれぼったい大きな眼が好きではあったが、この頃私は父が怖かった。父を怖いと思ったのは、母も父を怖れていて、私が傍にいるとき、彼らの間でたまにしか交わされない会話で、父が手を挙げ声を高めるといつも母が黙ってしまったからである。

その後も私はクシヴォクラートで泣いたが、私を囚人だと思っている保護者と心から和解することは決してなかった。やがて私はこの小さな城が本当に牢獄だということを聞いた。私がいる時、そこにハインリヒ公[*6]が閉じこめられていたのである。後になって、身代金を払えば解放されるというので、公は故郷に帰って兄弟に身代金を払って欲しいと頼んだが彼らが承知しなかったので、この公はクシヴォクラートの牢獄に帰ってきたということを聞いた。私自身は彼に会ったことはないのだが。

私はその城を一部しか知らない。前庭でひとりで遊んだり、一番端にある庭の泉の側に坐ったり、時には南側の塔に登ろうとしたり、小姓たちと宮殿の中を走り回ったりした。宮殿には王の広間と呼ばれる所があって武器や毛皮が飾られ、通路にあるチェコの獅子の紋章の下に、金を貼った肘掛椅子があった。この肘掛椅子は曾祖父プシェミスル・オタカル[*7]が死ぬ少し前にここに贈ってよこしたものだった。ある時私はこの玉座に坐り、跪いて私の手にキスをするように小姓たちに命じた。二人の男の子は反対もせずにそうすると、本当の王に向かって拝をしているのだと自慢した。こうして私は彼らに命令できるようになったということだ。

私はクシヴォクラートを四方からとり巻く森を見るのが好きだった。そういうとき私には大きな教会の中にいるように思えた。頭上に円天井の空があり、周り一面に緑の樅やエゾマツや樫、白樺やブナの木の柱や壁があって、その上にかかる太陽が金色の祭壇だった。私には近くの炭焼き窯《かま》から立ち上る煙が香のように思えた。角笛が鳴り丘から丘へと木魂《こだま》していくとき、私の子ども心は喜びに高鳴ったものだった。

森を眺めるというこの幸福なひととき、私は十二歳のブラジェンカに初めて口づけをした。この城守の娘のブラジェンカはほっそりして青白い顔をしていたが、彼女は、低く厳しい声が私の夢を不安にさせた、あの頑健で巨大な男の子どもだったのだ。

私は突然、しかも思いがけずブラジェンカが好きになった。私がもう数ヶ月で七歳になる時だった。

このおずおずとした娘をもう長いこと知ってはいたが、好意を感じたことは全くなかった。彼女は私や私の小姓たちと一緒に遊ぼうとして時々邸にやってきた。やたらに長く、しかつめらしいスカートを穿き、髪の毛は上手に編んでいて、いつもレースで飾られた胴衣を着ていた。日曜日には高くて白い帽子を被り、足には細くて尖った赤い靴を履いて教会にいた。お祈りの時に彼女が真面目そうに眼を伏せていると、黒い睫毛が青い半月のような小さな影を白い顔の上に落としていた。それを見ていて目が痛くなったけれども、私には何も見てとれなかった。

ブラジェンカは不器用で、遊んでいて鞠を手ではなく大きなスカートでとることが多かった。私たちがそれを笑うと、彼女は赤くなって額から喉の半分ほどまで真っ赤になった。まるで彼女の白いうなじに赤い頭が付いているみたいだった。けれどもその様子が悲しそうなので、私はいつも彼女のことを可哀想に思った。

ある時、ズデネクだったと思うが、たまたま私が一人の男の子の背中を突然叩いて倒した時、彼女が顔を赤くして目に涙を浮かべるということがあった。ブラジェンカは吃驚《びっくり》して私を見ると直ぐに逃げていった。

ある時彼女は私に姿勢を真っ直ぐにするようにと言った。彼女が言うには、未来の王様が騎士のようにいつも頭を下げているのは良くないというのだった。私は腹を立てた。私に向かって責めるようなことを言うのが嫌だったからである。しかしその後数日して私は姿勢を良くして歩くようにしてみた。それを見て一人の小姓が――それはズデネクではなかったが――王子よりもむしろ王様みたいな格好だといって笑った。このもう一人の子どもの名はもう分からないが、私には気に入らなかった。

乱暴なズデネクより狡猾で、教会では私よりも敬虔に祈るが、食卓では脂ののった大きなひと切れをくれようとせず、注意の仕方も、しばしば父のように私を愛してくれているズデネクとは違っていた。ブラジェンカはもう決して私の歩き方についてなにか言うことはなかったが、今になって彼女の言うことが正しかったと思う。ほかの総てと同じように。彼女はとても賢かった。彼女は私のプシェミスル家の血[*8]の怒りっぽさと突然理由もないのにはしゃぐルクセンブルグ家の血[*9]を鎮めようとしていたのだ。彼女は私にいつも言っていた。一度に一つのことをして、話す時も、勉強する時も、お祈りをする時も、ふざけてばかりいないように、と。

　私が父の荒々しい英雄気取りの何を受け継いだのか、私には分からない。だが世界中で行うつもりだった戦いの話を何時間もこの娘に話して聞かせたことを覚えている。私が獅子のようになって腕を一振りするだけで敵を粉砕し、それを鴉《からす》に投げ与えてやるのだと。そう言って私は城の塔の上に止まっていつも喧嘩しながら死肉を貪《むさぼ》っている、不機嫌そうな黒い鳥を彼女に指さしてみせた。彼女は微笑んで私の髪の毛を撫でた。彼女はこの髪の毛が好きだった。こういう髪の毛はこの国では珍しかったのだ。それは若い時には父の髪の毛や髭と同じように赤みがかっていた。私は彼女に気に入られるように特に念入りに梳《と》かしたものだ。ある日彼女が好きになったからだ。私の初恋だ。どうしてそうなったか私はよく覚えている。

　私たちは城壁を回って村に下りて行く小径を歩いていた。ズデネクとブラジェンカと私だ。道々私たちは歌を歌った。私たち三人は皆空腹だった。昼前だった。その時疎《まば》らな草の間に、赤い大きな苺が道の埃の中にほとんど埋もれているのを見つけた。ズデネクがそれに飛びつき私も彼を追った。ブラジェンカは跪いて花を集め、膝を突いたままその花束を私にくれた。私は有り難うと言って、彼女が最初に自分で食べるように、と言った。ブラジェンカは立ち上がって白いスカートに赤い染みがあるのを見つけた。赤い苺の実を膝で潰してしまったのだ。

彼女は顔を赤らめ、悲しそうにした。私はスカートの前に跪き、近づいてその染みを眺めた。その時この染みを着物から吸いとろうという考えが浮かんだ。私は彼女にそうさせてほしいと言った。彼女は本当におまじないで取るのだと思って頷いた。白いスカートの赤いところに触れた時、私は唇の下に尖《とが》った暖かい女の子の膝小僧があるのを感じた。それは幻であり、思いもかけない謎であり、美しく魅惑的だったので、私は飛び上がって彼女を見た。きっとその目に私の興奮を見てとったのだろう、どうして途中で止めたの、と聞いた。しかし私はそれには答えず、困惑したように門の方に駆け上がった。

この瞬間から私はブラジェンカが好きになり、神が創られた最も美しい女性だと思うようになった。私は彼女の眼差しを怖れるようになった。彼女にさわること、彼女の匂い、彼女の髪の毛、彼女の胴衣、彼女のスカート、彼女の履き物、彼女の睫毛を。私は彼女と話したくなくなり、彼女に話しかけられるとつっけんどんになりさえした。私に何が起こったのか彼女には分からなかったが、以前にも増して母親のような態度を取るようになった。

私はその後にやって来た長い冬の月日を、以前よりずっと敬虔に過ごした。主の祈りのひとつひとつにブラジェンカの姿を織り込み、そのために自分の言っていることが分からなくなっていたのを、神はきっとお許し下さるだろう。ミサのときに、彼女の美しく長い睫毛を眺めて私がどうして胸のときめきを抑えているのか、神はきっと分かって下さっていただろう。私は父母の健康と異国に遺体が眠っている祖父のローマ帝国皇帝ハインリヒ七世陛下[*10]の名を唱え、その魂の平安を主に願うようにと命じられていたが、いつもそこにブラジェンカの名を付け加えて、しかも父や母や祖父の皇帝よりもずっと熱心に彼女の健康を祈り、そして厳かに、しかしずっと小さな声で「未来の王妃ブラジェンカのために……」と付け加えるのだった——できるだけ早くブラジェンカを妻にしたかったからである。

私はこの考えをズデネクに話した。ズデネクは喉が詰まるほど笑い、走って行ってこのことをもう一人の小姓に話し、このもう一人の小姓は私の主たる監督者である青白い顔の騎士に話した。若いが重々しい騎士は笑うことなく、私の父王である陛下の御意志に反するようなことを考えたと言って、私を叱った。

「どういう御意志だというのか、私が王になったら好きにするぞ！」と私は言い、昂然と臣下である監督者を睨みつけた。青白い顔の騎士はそれに対してひと言も言わなかった。

一方その時、春は嵐のように森を目覚めさせていって、雪が一晩で溶けてしまい、丘から谷へ流れる雪解け水の急流の音が至るところに聞こえた。私の大きな森の教会の壁はまだ黒々としていたが、蒼穹《あおぞら》の下ではもう菫《すみれ》の花が香っていた。その時私はブラジェンカと城の東側の番小屋のそばに立って一緒に村を眺めていた。頭の上には異国の大きな鳥が細い線を描いて飛びながら互いに声をかけ合っていた。その呼び声は遠く高いところから聞こえる角笛の音のようだった。

私はブラジェンカの手を取って彼女に言った。

「もし良ければお前を私の妻になってくれるようにと命令するが。王妃になるのだよ！」

ブラジェンカは赤くなって微笑みながら私を見た。私は五歳年上のブラジェンカよりも頭半分だけ背が小さかったのだが、その時は奇跡のように彼女は私と同じ背丈で同じ年齢だった。彼女がもう一度私に笑いかけ、私は彼女の腰を抱いて口づけをした。この口づけは四枚の薔薇の花びらが触れ合ったようだった。

けれど繰り返すことはなかった。恐らくとても美しかったからだろう。

しかし私たちは約束した。私が王になったらブラジェンカはチェコの王妃になると……

この一三二三年の四月、父が南フランスのカオール[*11]近くの森に立ち寄り、ローランの剣デュランダル[*12]が懸けられている聖アマドーラの洞窟の上に建てられた教会[*13]の聖母マリアに祈った。そこはカール大帝の時代から世界中の偉大な騎士が皆参詣に訪れたところである。フランス王も父と一緒にここにやってきた。そしてこの神聖な場所で将来チェコの王妃になるのはブラジェンカでなく、ヴァロアのシャルルの娘でブランシュ（金髪の）と呼ばれるマルグリットだと決められた。そして二人の子どもの婚約は直ちに結ばれるだろうと。

父は私のところに騎士の使節団を送ってきた。今日到着すると次の日には連れて行かれた。それは四月のことだった。クシヴォクラートの胸壁の上には細い桜が二本、僅かな土に根を下ろして咲いていた。

私はなぜ立ち去るのか分からなかった。それは洪水のようにやってきた。跳ね上げ橋のゴトゴトという音、奇妙な着物を着た男たちの楽しげな声、歩兵たちの話し声、荷車と四頭立ての馬車、興奮で赤くなった城守、いつもよりもっと青白い蒼白の騎士、両手を後ろに組んで目に涙が足りないとでもいうように口笛を吹いて歩き回るズデネク、そして桜の下のブラジェンカ。私は彼女の所に走り寄ってさよならを言った。私たちの約束を忘れないようにと。チェコの王妃になるのだと……

ブラジェンカは悲しそうに私を見つめて微笑むばかりだったが、微笑みながら目から涙が迸《ほとばし》り出た。一度に両方の眼から、突然悲しみに満ちた涙が滴《しずく》のように……そして彼女は頭を垂れて静かに去って行った。その時もう私の後ろに異国の騎士が立っていて、大きな声で笑いながら呼んでいた。

「モン・プランス・ヴァンス……ヴァンス……ヴァンセスラ（私のヴァーツラフ王子は）どこに？」

それ以来私はブラジェンカに会ったことはなく彼女がどうなったのかも知らない、おそらく知りたくはないのだ。何れにしても私は悲しんだろうから……

＊

王は特に賞讃して欲しいとは思っていなかった。男たちの一人としてここにいたからだ。しかしそれでも彼は友人たちに自分の物語が気に入られたことを喜んだ。ヴィーテク卿が、王の心臓は美しい女性を見ると早鐘のように打つのだと説明すると、王は笑った。

「卿よ、あなたが私たちの話題に女性を選んだのは私のせいだろうか？　もしあなたがなにか別のものを選んでも、私は恐らく直ちに別の慰み方をしただろう」

だが王はもう立ち上がって別れを告げようとした。何れにしても長話で疲れたのである――

私たちは別れを告げ、杯を飲み干し、退出して安らかに眠った。

時は過ぎていった。もう二日と六つの物語が終わってしまった。しかし話が尽きてしまったと感じるどころか想い出や思いつきが次々と彼らには浮かんできた。

そこで彼らは火曜日の第三夜のために入念な準備をした。最初の物語を引き受けたのはブシェク卿だった。そうするのが彼らの夜語りのならいであり、イェシェク師は自分の敬虔な生活から得た物語を手短に話そうとしているようだった。しかしイェシェク師は良い聞き手でもあった。それもまた才能である。

再び斎戒の一日が過ぎたこの夜、ヴェルハルティツェのブシェク卿が語り始めた。

オルガ

トシェボヴルのズビニェク氏がフィレンツェの魔術師スカラベオをどのように嘲ったか、またその後彼が意志に反してどのような運命を経験したかという話。

フィレンツェ公の魔術師スカラベオ氏はその時イタリアからフランスに旅していたが、公の命令でプラハの宮廷に立ち寄った。それはカレルの治世の三年目の頃で、カレルはとても若くて陽気だった。スカラベオは王と尊い大司教アルノシトの宴会でいくつかその術を披露し、皆が驚嘆した。

スカラベオが術を使うと一杯に満たされた壺の中のワインが消え、そこから小鳩が飛び出した。宴席にいる人々に向かって突然口からひゅうっと火を吹きかけるが、王みずから耳に触ってみても、炎のような、あるいは聖霊降臨祭に聖霊が使徒たちの頭につける舌のようなものが付いていても、指は燃えなかった。その瞬間に二人の小姓が地面から現れて二足の靴が宴会の広間のタイルの上を動き回り始めた。学識と思慮ある言葉でしばしば王の客となっていたリトムニェジツェの年老いた聖堂座参事会員は声をあげて泣きだし、乳母を呼び始めた。

皆が笑い、皆がこのフィレンツェの魔術師に感嘆した。若いトシェボヴルのズビニェク氏だけは顔をしかめ、このすべては眼をごまかすもので、魔術というのは魔術ではなくて魔術に似せた偽物だと言った。その時はフィレンツェ人はこのうら若く好ましい若者に好きなことを言わせておいたが、その後彼の肘掛椅子の側で立ち止まって肩を叩くと今日にでも王になりたくはないか、また今日のうちにあなたの白髪頭に雪が降るとは思わないか、と訊ねた。

ズビニェク氏は窓の外を見た。外は泉のように澄んだ清々しく暖かい春だった。桜の花咲く城の堀からは鳥の囀《さえず》りが聞こえてきた。ズビニェク氏は立ち上がって言った。

「師よ、第一に、今は晩春で雪など考えられません。第二に私は王になどなりたくありません。国王陛下に比べれば――と彼は言って話を聞いていたカレルを見た――私個人など大司教の前の乞食のようなものです。それからあなたにお願いしたいのですが、あなたの魔法をしっかりお持ちになって、親しい者の運命に干渉しないで下さい」

スカラベオはただ笑って言った。

「ですが、できるかどうかお試しになってはどうです、あなた。あなたのこの椅子から窓までちょっと歩いて下さればいいのです」

「あまり遠くはありませんから歩いてもいいのですが、陛下の下さった沢山の御馳走で疲れています。足で立とうとするとワインも身体を重くします」

スカラベオはズビニェク氏の手を取って窓まで一緒に歩いていった。彼らの下には薄青い靄のヴェールを纏《まと》ったプラハが広がっていた。川とユディタ橋[*1]が見えた。家々の屋根は正午の太陽の下で輝いていた。聖ローレンス丘[*2]の頂やその向こうの遠い地平線まで、丘という丘が緑の波のように連なり、そこから突き出るような灰色の岩の崖が見えていた。ヴルタヴァは腰の細い踊り子のように、岸の間を流れながら人に呼び掛け、人を誘っていた……

「行こう！」とズビニェク氏がスカラベオに言うと、彼の目は憧れで霞んだ。彼らは宴会の広間から一緒に出て階段を降り、玄関の前に立った。馬丁がズビニェク氏とスカラベオに馬を曳いてきた。魔術師はズビニェク氏に愛想良く微笑むと、馬腹を蹴って城門から出て行った。それから彼らはこの日、のんびり楽しげにしている人々の挨拶を受けながら城壁の外に出た。田園には池の緑の水面のように青い芽が小波を立てていた。道に沿って桜が咲き、草むらには夜空の星のように花が鏤《ちりば》められていた。

ズビニェク氏は初めて野原を進む若者のように若々しく陽気だった。彼らは両岸が一面芦に覆われた北に流れる大きな川に着いた。川には無数の魚がいて、水が銀色の背中で光っていた。平原からは険しい山々が聳《そび》えていて、子どものお伽話にある道化師の帽子のように、巨大で尖った茸の生えている国を、馬で進んでいるようだった。太陽は遠くに沈みかかっていて、なだらかな山の頂が赤い炭のように燃えていた。

夕暮れのなかを進んでゆくと鳥たちが歌うのを止めた。夜の帳《とばり》が降りて川面《かわも》に月が影を映していた。こうして森に着き、燻《くすぶ》る炭の山の傍らに留まって、朝露が降り小鳥が鳴き始めるまで眠った。小鳥の声で目覚めるのは快いものだった。

ズビニェク氏は微笑みを絶やさない道連れと共に次の日も、三日目も、四日目も、絶えず川に沿い、道なき道を、森や野原、ヒースの生えた荒野や砂原を進んで海岸についた。ズビニェク氏は海を見るのは初めてだったが、驚くことはなかった。そこに帰ってきたにすぎないのだと思われたのだ。海はそれほど懐かしくも親しみ深く誘いかけていた。ついこの前、愛するヴルタヴァ川がプラハ城の窓に誘いかけていたように。

彼らは五日間舟に乗って進んでいった。陸地が水平線の彼方に消えると、舟と共に波の運ぶに任せ、鳥のように波の背の上を飛んでいった。というのは水が逆巻き、泡立って、舟が漕ぎ手の祈りと舵手《だしゅ》の呪いを誘うほどぎいぎいぱちぱち音を立てていたからである。そのうちに海原が静かになったので、ズビニェク氏が振り返って見ると、案内人は舟の上にいなかった。水夫たちに訊ねると水に落ちてぼれたという答えだった。

岩の岸辺が見えてきて、その上に高い木々が生えていた。白い鳥が泣き声のような叫び声をあげ、茂って濃い緑色をした木々の頂から飛び立った。ズビニェク氏は海岸に降り立つと漁夫に出会い、ここはどこか、と訊ねた。漁夫は濃い顎鬚《あごひげ》を掻きながら、歯のない口で微笑んで言った。

「知らないのですか、ここが血塗られたディートリヒ王*3の国だということを？」

ズビニェク氏は礼を言うと、海の白砂の敷かれた道を進んで行った。森の側の牧場で巨大なたてがみの白馬が草を食べていた。馬には鞍がおかれ、手綱には飾りが付いていた。ズビニェク氏は近づいて馬の鼻面を撫でた。馬がいななくと、青い着物を着て金の帯を締めた金髪の娘が、森から現れた。

「私は王の娘オルガです。異国の方、私の庭で何をしておいでですか？」

ズビニェク氏は今やっと、すでに人の手で耕された土地を歩いていることに気付いた。その時前方に城が見えた。それは夢のような空中の城だった。ズビニェク氏が名を名乗るとオルガは王の城まで送って欲しいといって招いた。

ディートリヒ王は長く白い口髭を生やしていて、血塗られたようなところはどこにもなかった。ズビニェク氏に挨拶し、生まれた国と王のことを訊ねた。ズビニェク氏がカレル王に仕えていると言うと、老人は立ち上がり、心をこめてズビニェク氏の右手を握った。

次の日になると、ディートリヒの心が血に塗《まみ》れていることが、ズビニェク氏にも明らかになった。五十年の統治の間、春と秋になるたびにしていたように、老いたディートリヒ王が七十歳の歳で戦いに出て行ったのである。そしていつもどこかの城が灰燼《かいじん》に帰し、海上で舟が焼かれ、周辺何マイルもの広い森が炎上した。ディートリヒ王は赤い空焼けの中を城に戻り、微笑みながらワインの杯を飲み干すと、敬虔な祈りと共に眠りに就くのだった。

ディートリヒ王はズビニェク氏を戦いに連れて行った。ズビニェク氏は戦闘で王の敵の首領を殺し、戦いが終わるとディートリヒ王から首に掛けていた金の鎖を授けられ、更に王の総司令官に任命された。その夕方に盛大な宴会が催され、ディートリヒ王は客を抱擁して、これまでこの国に迷い込んできた異国の者の中で最も勇敢な者と呼んで、親しく笑いかけた。

ズビニェク氏は王の名代として戦いに赴き、十二の城と七つの町を打ち破って、奪った敵の舟三百三十隻を焼き払うようにと命じた。それから彼は海の中にある島に上った。そこでは太陽が昇ることも沈むこともなく、絶えず地平線の上を回っていて、顔の上半分を大地に、もう一つの下半分を地獄に見せていた。彼はこの氷の島で王を捕まえて枷《かせ》をはめると、血塗られたディートリヒの城に連れてきた。

この日は国中で大きな祝いと祭りがあった。あらゆる鐘が鳴らされ、司祭が「カエサルのものはカエサルに、神のものは神に返せ！」という聖書の言葉*4を述べ伝え、ラッパ手がラッパを吹き鳴らした。ディートリヒは夜狩りに出て梟《ふくろう》を射ることに決めた。彼は篝火《かがりび》を焚き、軍を率いて森に繰り出し、馬に乗って山に向かった。

ズビニェク氏は城にとどまり、王女オルガの許に行って彼女と夜を共にした。王女を愛していて彼女の白い身体にいたく憧れていたからである。それは花崗岩《かこうがん》の上の二年目の白樺よりもほっそりとしていた……しかし翌朝王女と抱き合って寝ている寝室にディートリヒ王が入ってきて剣を抜き、二人を殺す、と言った。王女は冷たい汗をかき、美しく白い歯が恐怖でわななないた。だがズビニェク氏は寝床から立ち上ると、武器を持たないまま、裸で老人の手から剣を奪って頭を刎《は》ねた。

それから彼は着物を着て王の剣を身につけ、階段の上に出ると、ラッパ手に命じて騎士と人民を呼び集めさせた。

総司令官ズビニェク氏の命令で騎士たちが前に立つと、彼は皆に演説し、血塗られたディートリヒ王をたった今、彼自身の剣で殺したことを告げた。戦争が終わり重い税金もなくなって、皆自分の家に帰れること、今日からは彼らの司令官である彼が王であり、前王の娘オルガが彼の王妃なのだと。同意しなければ、窓の内側に待機して狙い撃つ用意のできている弓隊に、射殺されるだろう、と。

騎士たちはズビニェク氏に向かって万歳を叫んだ。その瞬間から彼は北国の王となり、黒い寺院の祭壇の前に立っているディートリヒの娘オルガが王妃となった。僧は祝福して長い祈りを捧げ、王妃オルガの額には、彼女の美しい唇のような赤いルビーが燃え立った。鐘が鳴り、歌い手が歌った。ズビニェク氏は王妃の傍らの玉座に坐ったが、彼の額には皺が寄っていた。頭上の冠は重く、王になれば笑いはたちまち止むものである。

ズビニェク氏は捕らえた氷の島の王と永遠の和平を結んでこれを許した。これまで血塗られた王が支配していた国はその国の人々にも隣国の人たちにも静かで愛すべき国になった。彼は美しい王妃オルガを愛していたが、彼女にも愛されていた。しかし助言者たちは、彼が人々に憎まれていると打ち明けた。戦争がなく凱旋の後の盛大な宴会もないからというのである。騎士たちも満足していなかった。いつも家で妻の側にいると手足が痛風で痛むというのである。王の宝物蔵の長官も、ブラバントやイタリアまで買い付けに行く商人たちに、貢税が少なすぎて王妃のために王が注文した新しい宝石を買うことができない、と不平を言った。

そこで王は氷の島の王に対して兵を起こそうと決心した。彼が平和に解放されたのにもかかわらず、この国の舟の琥珀《こはく》の積み荷を掠奪したからである。王は兵や舟や船頭を集め、ほとんど失神せんばかりに腕の中に倒れ込み、美しいが今日は青ざめている妻の唇が囁く「いつまでも」という誓いに応え、永遠にいつまでも、と誓って口づけをした。

王は出発して丸一年戦いの中にいた。敵の町が陥落し、城を焼いて裏切った敵を打ち破ったが、自分の宝は火口に投げ込ませた。狼によって汚されたくはなかったからである。しかし嵐のために帰還があまりにも遅れたので、軍隊の士気が落ちてしまった。

そのため彼らの心に士気が戻るまで島に残すことにして、彼は鰊《にしん》の漁師に姿を変え、単身帰国した。

彼は見とがめられずに城に入って妻の部屋に足を踏み入れた。王妃は直ぐに夫だと分かって叫び声を挙げた。しかしそれは悦びの叫びではなかった。王妃は身重だったのである！

王は、これはどういうことか、と訊ねた。王妃の答えは、彼、ズビニェク氏はよそ者だから、彼女に問い糺《ただ》す権利はない。彼女の夫となる王は、王座の正当な後継者で、亡くなった王と血の繋がった甥のアダマントだというのである。そしてできるだけ早くこの国から出て行くように忠告する、さもないと牢に入れられるだろうと。しかし彼女はずっと以前に彼と過ごした楽しい時を忘れない印にといって、口づけだけは喜んで彼に与えた。

ズビニェク氏は自国の言葉で罵り、狩りの刀で不実な妻の心臓を刺した。それから暖炉にくべてあった薪を掴んで塔の屋根の下まで階段を駆け上り、城の屋根を燃やした。それはかつて彼が美しい王女とたてがみの長い白馬の背景に見たものだった。屋根は直ぐに燃え上がった。

一方ズビニェク王はというと、彼は庭に走り降りると、自分の周りを四方八方猟刀で突き刺し、門の外の跳ね上げ橋を越えて、かつてオルガと会ったあの森の谷間にやって来た。

彼はそこで立ち止まって周りを見回した。白い城は高く炎を上げて燃えていた。ズビニェク氏は寒さと恐ろしさで身震いした。そして突然頭が熱くなるのを感じた。額に汗が迸《ほとばし》り、空を眺めた。空はこの不思議な国の海岸の崖のように灰色だった。彼はここにいた、そして実際にここの王である。彼が罷免され、アダマントとかいう者が王だなどと誰が言うのか？　ディートリヒは殺され、彼の娘も殺されて、恐らく彼の甥も殺されたのだ！

そしてズビニェク氏は拳《こぶし》を握りしめた……この時空から雪が降ってきた。ズビニェク氏はこめかみの上の髪の毛が濡れるのを感じて頭が禿げているのに気が付いた。彼は疎《まば》らな髪の毛を荒々しく引っ張った。拳を見ると白髪があった。

彼は両手を合わせて祈り始めた——

その時そこにフィレンツェの魔術師スカラベオが立っていて、陛下は故国にお帰りになりたいですか、と訊ねた。

「師よ、心からお願いします、故国に帰りたい、今日にでも……」

「今日にでもですって?」と魔術師は軽蔑したような笑いを浮かべて言い、ズビニェク氏に手を貸した。

そしてズビニェク氏は窓から宴会の広間にある自分の席に戻った。彼の両足は少し震えていた。そしてそこにカレル王が坐って大司教アルノシトやリトムニェジツェの年老いた聖堂座参事会員と話しているのを、小姓たちがワインを注いでいるのを、前より少し赤い顔をしており、目が楽しげで舌がなめらかになっているが、前と同じように皆がテーブルの周りに坐っているのを見て、不思議に思った。

「ご覧なさい」とスカラベオが言った。「皆はあなたが窓の所に坐っていることに気付いていませんでした。皆飲んでいます。古い樽から注がれて一杯になっていた壺が空になってしまわないうちに、あなたも急がなければなりません。覚えておいて下さい。一時間しか生きていないのに、その間に全生涯が過ぎ去ったと思う者はいないでしょう。しかしあなたの場合は全生涯が過ぎたと思ったでしょうが、それは一時間に過ぎませんでした。おかけになってもう決してあなたの知恵の及ばない事柄を笑わないで下さい！」

ズビニェク氏はその日、もうひと言もものを言わなかった。王の宴会は夕方遅くまで続き、陽が沈んだ後も王がスパイス入りのパイと塩漬けの魚を食卓に持って来させたのだが。

＊

「私たちが話してきたのは後に陰謀や火事や殺人をもたらす魔術についてですが、——とヴィーテク卿が言った——私はもっと楽しく直ぐに結果の出る魔術の話をしたいと思います。この話は尊敬すべき私たちの友人イェシェク師の学部に少し関係があるのですが、聖人の話で、しかも私に関わりあることなのです」

彼はミルク皿の上にかがんだ気むずかしい猫のような口髭を撫でて、話し始めた。

イートカ、バルチャ、アンジェルカ

鍛冶屋の息子イジークがマカベイ家の七人兄弟を殺し、一人を除くすべての女たちに愛されたが、そのことで彼にどのような災難が降りかかったかという話。

サーザヴァの僧院[*1]長聖プロコプを誘惑して成功しなかった悪魔は、腹を立てて少し遠くへ移った。悪魔はサーザヴァ[*2]が気に入っていた。それはすばらしい川でいと清浄な聖処女のようだった。ところで悪魔にとって聖処女を犯すよりも大きな悦びがあるだろうか？

悪魔はメチークの城[*3]の近くに住みついた。今はいくつかの石が残るばかりであるが、それは初期チェコ王の時代に破壊されたからである。ブジェチスラフ[*4]の治世には大部分木造で、木蔦《きづた》の生い茂る塔と大きな猛獣の口に似た門のある城だった。跳ね上げ橋を通ってオンドジェイ氏が出てくると、獣が重い息をするように鎖がゴトゴトと音を立てた。

悪魔はマカベイ家の七人の兄弟[*5]の名をもつ七人のならず者に姿を変えた。これらのならず者は城や城下にこの上もなく耐えがたい苦しみを与えた。小さな子どもたちを川で溺れさせたり、娘を犯したり、城の客の宝石や外国商人の商品を奪い、川岸の女たちの洗たく物に煤《すす》を塗りつけたり、市長が城に運んできて蔵にしまっていたビールを飲んでしまったり、市長のベッドや彼の娘ブラジェンカの部屋を汚したり、使用人の間に絶え間なく争いを引き起こしたり、市長の剣の刃を凸凹にしてみたり、夕食のために準備した血のソーセージを糞の詰まった小腸に変えたり、屋根から屋根板をはぎ取ったり、冬に窓を開け放って、すきま風で歯を疼《うず》かせたり、関節という関節を痛ませたりした。

このような悪さや悪戯《いたずら》はもう一年間続いていた。

心労のために市長の目の周りには皺が寄り、美しいブラジェンカはまた何か恐ろしい嫌なことが起こるのではないかと怖れて泣いていた。市長は異教の言葉で呪い、城下の町では人々が、今日か明日にでも恐ろしいマカベイの兄弟たちが頭上の屋根を燃やしやしないかと心配して、縮み上がっていた。皆は一軒でも燃えれば全部が灰になってしまうだろうことを知っていたのである。

やっと一人の男が悪魔の悪戯を終わらせようと決心した。鍛冶屋の息子イジークがもう五日も剣を研いでいたのである。六日目には黙ったまま父の仕事場から出て行った。彼は七人の兄弟たちを待ち伏せた。夕方だった。一番上の兄が悪党たちのいる洞窟の入口で番をしながら眠っていた。他の者は中に隠れて自分たちの悪事のことで笑い合っていた。

イジークは真っ直ぐマカベイの長男に近づき、キリスト教徒の挨拶もせずに、頭に一撃を加えた。それから洞窟に入って、六人のマカベイたちの頭を六本の実った穂のように刈り取った。切り裂かれた喉から黒い血が流れ、切り取られた食道から灰色の子鼠が這い出てきた。イジークは剣を鞘に収めて両手を藁で拭い、ペッと唾を吐くと家に帰って寝た。

これで仕事は終わったと彼は思った。

しかしそれは始まりに過ぎなかった、もっと厄介なことがまさに起ころうとしていたのだ。彼は今や彼の上に集まったあらゆる感謝を受けることになった。城は大きな栄誉を授けようとし、城下では際限もない賞讃が浴びせられた。イジークはこの瞬間からサーザヴァ沿岸地域の最も偉大な息子となり、鍛冶屋はこれほど有名な息子をもったことを自慢して、三日というもの、一匹の馬にも蹄鉄をつけず、酒ばかり飲んでいた。粉挽《ひ》きは祭りの時のようにきいきい音を立てる水車を放り出し、仕立屋は英雄のような若者の話を朝から晩までしゃべりまくった。

市長のオンドジェイ氏はイジークを城に呼んで、銀の鎖と白いキルトと緋色《ひいろ》の上着を贈った。イジークは長い雄鶏の羽根のついた緋色の帽子を頭に被り、腰には市長が長い演説をして授けた新しい剣を帯びた。それから市長は、今日からはお気に入りの従者として城内、しかも塔の下の四角い広間に住むことができる、と告げた。その広間からは、深い緑の森の真ん中で銀色に光るサーザヴァの岸辺と、森の上に聳《そび》える山並みが空の彼方まで続いているのが見えた。

それから蜜酒やビールやイタリア・ワインとともに十二皿からなる盛大な宴会が調《ととの》えられた。この宴会でイジークは、金色の塔のある厳格な修道院から馬でここにやってきた僧院長聖プロコプとオンドジェイ氏との間に坐った。イジークの正面には乙女の魅力と誇りに溢れたブラジェンカが坐った。彼女は無垢で七つの大罪を犯していなかった。宴会は長く続いて皆心から楽しんでいた。ただイジークだけはあまり食べることも飲むこともしなかった。オンドジェイ氏がどうして黙っているのかと訊ねると、彼は、よく分からないが少し胸がちくちくする、と言った。

「それは食べ物のせいでしょう。胃が痙攣《けいれん》して内蔵をつついているのですよ」とカーツォフの年老いた騎士のヴルクが言って一気に飲み干した。

しかしイジークは返事をしなかった。

真夜中になると市長は半分チェコ語、半分ラテン語でイジークを祝福した。僧院長プロコプは眉を寄せた。ラテン語があまり好きでなかったからである。*6 しかし、イジークが何かを望めば今日お客に来ている聖僧院長の取りなしで神様が望みを叶えてくれますよ、と市長が言うと、プロコプは笑った。聖プロコプは今奇跡を行う気分ではなかったが、彼自身長い間悪魔に苦しめられてきていたので、今このメチークの畔で英雄イジークがはかりごとを用いて彼らを勇敢に打ち負かしたことを思い、イジークについて神様に口添えしようと決めた。

しかしこの時イジークは長くはためらっていなかった。宴会のテーブルを見回してブラジェンカに目をつけると、大きな声で言った。

「女たちがみんな、私を好きになって欲しい！」

僧院長プロコプは頭を振った。

「悪魔の一族を一掃したという功績によってあなたの願いが聞き届けられるよう神に祈りましょう。だが光には総て陰があります。あなたは闇のない光を得ようとつとめねばなりません。あなたの願いが叶いますように。これからあなたがすべての女たちに愛されますように。ただひとりを除いて……」

イジークは唇を曲げただけで再び辺りを見回した。ブラジェンカは目を伏せた。ほかの女たちはこれから何が起こるか、やきもきしながら待ち構えていた。

聖僧院長は立ち上がり、東方教会のやり方で[*7]十字を切って祝福を与え、小声で祈りを唱えるとイジークの額に手を当てた。それから少し大きな声で言った。

「ひとりを除くすべての女たちが」

イジークは顔を赤らめもせずに坐っていた。それは生まれついての英雄だった。オンドジェイ氏が彼を従者にしたのは不思議ではなかった。イジークはひたすら飲んだ。その時楽士たちがヴァイオリンを弾き始め、笛吹が笛を吹き始めた。数人が広間で踊り始めて皆も踊り始めた。いかめしい僧院長は、その間に香の匂いを後に残して立ち去った。

一方、最初の女がもうイジークに愛を告白していた。それはカーツォフの騎士ヴルクの妻、すでにいい年をして八人の息子の母親であり、長子はブジェチスラフ公の従士団の一員としてチェコの原始林で戦い[*8]、数千年を閲《けみ》した羊歯《しだ》の下に永久に消えてしまっていた。

この夫人はイジークの前に跪くと彼に向かって両手を挙げ、彼が聖像のようだからこの聖像に口づけて許しを得たい、と言った。イジークは礼儀正しく彼女を助け起こして踊りに誘った。騎士ヴルクがこのダンスを見て言い訳をした。夫人の目が泳いでスカートが翻《ひるがえ》り、カールした頭が一方に傾くかと思えば今度は他方に傾くのが何か滑稽だった。ヴルク氏は少々きこしめしていたので、輪の中から妻を引っ張り出して、脇腹を痛めないうちに車に戻れ、と大きな声で命令した。

ほかの女たちがイジークの周りに群がりはじめた。老いも若きも蠱惑的にイジークに微笑みかけ、ダンスの時は意味ありげに手を握りしめ、挑発するように口を開けては、歯や新鮮な果物のようなあどけない唇を見せた。だがイジークは見ようともせず果物をかじろうともしなかった。ただブラジェンカだけを気遣っていたのである。けれど彼女はもう広間にいなかった。

この金髪の英雄を囲んだ宴と踊りが終わると辺《あた》りはもう暗くなりはじめ、イジークは悲しくなった。松明《たいまつ》が燃え尽き、イジークが塔の下の自分の部屋に帰ると、ベッドに花が敷き詰められていて、横になろうとするとドアがそっと開いて馬丁の妻のアンジェルカの頭が現れた。彼女は今夜は楽しかったかと訊ねた。イジークは欠伸《あくび》をして、「ええ」と言った。

アンジェルカが出て行くと、鍵番の娘イートカが入ってきた。神様、この娘はなんて醜いのだろう！　だが今彼女は光輝き優しく潤んだ目で、寝ようとしているイジークを精一杯愛撫した。

「あなたに頭の下の枕を直してあげたかったの」

だがイジークはもう鼾《いびき》をかいていた。そこで寝ている彼にキスすると、つま先立って立ち去った。

朝は夜よりも大変だった。イートカの母親がイジークの行く手に立ちふさがり、私たちみんなを悪魔の魔法から助けて下さったお方、と言って彼の髪の毛に口づけをしたがった。料理女は朝食に三倍も濃いスープを持ってきてせめてイジークの額になりとキスしたがった。イジークは彼女の汗だくの顎を見ただけで食欲を失ったが、善良な人間だったので礼を言ってスープを味わった。それには三倍も塩が利いていた。

イジークはアンジェルカと会うのを避けていたが無駄だった。今日の夕方塔の階段のてっぺんで待っていて、と呼び出され、イジークは返事をしなかった。

その後イジークが再び城下に降りてくると、蜂が熟れたリンゴに群がるように女たちが彼にくっついてきた。一人は右から、二人目は後ろから、三人目は左から、四番目は前からくっつき、一人は髪の毛を撫で、二人目は身体を押しつけ、三人目は彼の剣に感嘆し、四人目は両頬にちゅうちゅう口づけをしていた。粉挽きの女は食べて貰おうとパンを持ってきた。お針女は上着にちっちゃなリボンを縫い付け、水車小屋の娘たちは彼を欲しがって互いに汚い言葉で罵り合い、薬草売りのバルチャは彼と踊り始め、髭のある自分の顔を髭のない彼の顔にすりつけた。男たちは女たちを、女たちは男たちを罵り始め、これらの女たちがどうなっているのか誰にも分からなかった。彼女ら自身にだって……

イジーク自身はどうかといえば、その日もその夜も城下にとどまり、酒を飲んでは大勢の女たちと愛し合った。朝になるとこうしたすべてのせいで気持ちが落ち込み、森に行ってそこでぐっすりと眠った。彼はブラジェンカに愛されているように思ったが、そうではなかった。ブラジェンカはイジークに興味がなかったのである。彼女は時折り言葉は交わしたものの、ただそれだけで微笑むこともなかった。

こうしてもうかなりの時が経ち、夫たちは嫉妬して妻を叩き、母は娘に、娘は母に嫉妬し、そのために城では叫び声が、城下では喧嘩が起こった。その間もオンドジェイ氏は笑っていた。市長とその娘は魔法に縁がなかったからである。オンドジェイ氏はかつてマカベイたちに対して英雄的だった他ならぬその男がブラジェンカに近づいてきて、突然彼女だけが好きになったと言われやしないかと怖れていた。イジークはブラジェンカも自分が好きに違いない、また彼女は敬虔な僧院長が祈りの中で言ったあの一人ではないと思っていたが、次第にそうだと思うようになった。

そのためイジークは腹を立てて自分の間違った願いを諦めた。それで塔の下の彼の部屋はアラブ人や旧約の族長のように、女たちの罪深い集まりの場となった。オンドジェイ氏は暫くは黙っていたが、むしろ城下に行って女を探してくれと要求した。確かに七人のマカベイは打ち負かしたが、七人の女を打ち負かすことはできないからだと。

心も体も疲れはてたイジークが城下の水車小屋にやってきてそこに住みついたので、小屋の娘は大いに喜んだ。彼を訪ねてここに通ってきたのはアンジェルカと醜いイートカ、そしてリボンを持ったお針女バルチャだった。彼女らはせめてもと窓の外に立って、血の気の失せた唇を舌なめずりをするように舐めていた。城でも城下でも見たこともないような大混乱が起こったが、そのすべての原因であるイジークは毎朝早くから森に通い、そこで若い樅の林の下の苔の上で眠り、夢の中でブラジェンカを想って泣いていた……

大きな名声を長い日々持ち続けるのは辛いことであるが、激しい恋を幾夜も持ち続けるのはもっと辛いことである。イジークはものを食べることも水を飲むことも止めた。しかし不和と諍《いさか》いがサーザヴァを覆った。不思議な奇跡の話が国中に広がり、すべての女が愛するという若者を見ようと、近隣の女たちが森を通り、群れをなしてやって来た。そしてメチーク近在の女たちと同じように彼が好きになり、同じように欲情を催したので、土地の女たちは道や川に番人を立てて余所者が入ってくるのを妨げようとした。このために女の戦いが始まったのである――

しかし戦いの元凶は、敵の涙をそそるほどすっかり意気消沈して打ちひしがれていた……

その時彼のうちにもう一度心に秘めた大きな決意が生まれた。彼は決然として立ち上がり、両手をポケットに入れると森の道を通ってサーザヴァ修道院の聖僧院長の許に歩いていった。道を行く彼の上でツグミが歌い、カナリヤが足跡を追い、カブトムシが狂ったように旅人を歓迎した。イジークはまた楽しくなった。聖僧院長の許に着くと素直に跪《ひざまづ》いてはっきりと願いを述べた。

「聖プロコプさま、女たちの愛から私をお救い下さい！」

僧院長は微笑んで訊ねた。「すべての女たちの愛をと言うのかな？」

イジークは黙って顎で頷き、断固として言った。「すべてです！」と。

そこで聖者は再び十字を切ると祈りによってイジークの頭に奇跡を呼び起こし、同時に彼の罪の許しも与えた。イジークは立ち上がって礼を言うと僧院長の手に口づけをした。彼はツグミや、銅色や緑色、黒などあらゆる色のカブトムシをひっくるめたよりも楽しげに家路を辿った。

家に帰ると真っ直ぐ塔の下にある自分の部屋に行き、ベッドに横になった。彼は十日間昼も夜も眠った。時々目を覚ましてパンの耳を食べた。アンジェルカはそれを持って来ると、大きな鼾《いびき》をかいている若者に向かってフンと鼻を鳴らし、「城下の水車小屋にいることもできたのに」と言った。

十一日目に外に出ると、世の中は再び前のようになっていた。オンドジェイ市長は以前と同じように愛想が良かったが、そこにはもう女たちの微笑みも握手も口づけもなかった。彼女らは彼の周りを歩き、給仕し、ベッドを作り、パンを焼き、焼き串をひっくり返したが、イジークは、粉挽き女やアンジェルカ、お針女やカーツォフの騎士ヴルク夫人やバルチャや娘たち、貴族や平民の妻たちから解放されて、この国が快適になった。

この時ブラジェンカは父のオンドジェイの膝に坐って言った。

「お父さん、イジークさんはどうして私を見ようとしないのでしょう？　ねえお父さん、ねえってば、私がこんなに好きなのに……」

オンドジェイ市長がイジークにこのことを言い、彼はブラジェンカと話をするようになった。ブラジェンカは魅惑的にしかも慎ましくイジークに微笑みかけ、それをきっかけにその後そのただひとりの女と結婚した。そしてイジークはもっとこの国が気に入るようになった。

*

ヴィーテク卿は一同が満足するようにこの物語を終えた。ブシェク卿はとりわけ大きな声で笑い、卿は道を誤ったと指摘した。彼の話し方や手振りや顔付きがさまざまに変化して、謝肉祭の劇の見物人が揃って大笑いするほど可笑しかったと。

「あなたは仮面劇の役者になるべきだった」とイェシェク師が言った。

「どうして私が仮面劇の役者になってはいけないのですか？」とこの著名な医師が言った。

これを聞いて王も笑った。彼は食卓に坐ってナイフと木片を手に取り、穏やかな声で言った。

「謝肉祭の喜劇の後には受難劇を聞くのが適当じゃ。だから神が煉獄の苦しみを与えられた、真面目で敬虔な若者の受難についての話を聞きなさい。その若者というのは私なのだよ」

そう言って王は話し始めた。

ディーナ

どうして王子カレルがルッカでロラン・ロッシの結婚式に参加したか、その夜彼に何が起こったか、恐ろしい夢の中で天使が悪徳に満ちた生活を前にしてどのように彼に警告したかという話。

私が十六歳を少し過ぎた時だった。数ヶ月前、聖カタリーナ*[1]がその祝日にサンフェリーチェの城でイタリア諸都市に対する大勝利を贈ってくれた。*[2]しかし喜びの後には悲しみが来るように、勝利の後には敗北がやって来た。そして父と私にとって敗北は、我々がこれらの強大な都市と和平を結び、ルクセンブルグ家の手中に収まるものは収めて理性と心をより身近なものに向けるためにも必要なことと思われた。

ジャン（ヤン）王はパルマをロッシ家に、レッジオをフォリアン家に、モデナをピイ家に、クレモナをポンツォーニ家に引き渡した。しかし私が魅惑的な春を過ごして私の名を戴く城*[3]を築いたルッカの町を父が分割して、金と引き替えにピサあるいはフィレンツェに引き渡そうとした時、私は父を説得して、未熟ではあるがみずから望んで行った私の仕事を無駄にせず、ルッカを分割しないで既にパルマ[*4]を支配しているロッシ家の世話に任せるようにしてもらった。

しかしロッシ家の感謝は私にとって幸いとはならなかった。

男の最大の喜びは女とワインだと考え、父と私のためにルッカの町と近郊の温泉で祭りが催された。それはこれまでこの町で行われたどんなものよりも罪深いものだった。ロッシ家の三人兄弟のうちで最も創意に富んでいたのはマルシリオだった。

ルッカは土地の美しさと聖マルチン教会の簡素な厳しさ、そこで作られる金襴《きんらん》によって特に私が好んだ町だった。私はいつも金そのものよりむしろ黄金色をした豪華さが好きだった。だからルッカを好んでいたのだ。

私はさまざまな戦いの後ここで憩い、自分自身初めて国々の諍《いさか》いにおける正真正銘の主人となり、かつ判官となって我が一族の利益を護り、ルクセンブルグの栄光を広くしらしめたのである。間もなく私は本心では誰がゲルフ党で誰がギベリン党であるかを知り、一片の商品のように商人から商人へと渡り歩く都市に、せめて騎士としての誇りの一滴なりと注ぎ込もうとした。[*5]ロッシはそのことを理解して私に感謝した。

私のために、またその後に父のために宴会が催された。宴会は初めはその豪華さと絢爛さによって私を惹きつけたが、その後私は嫌悪で一杯になった。確かにどの皿にもどのステーキにも私の頭文字が輝き、音楽は私ひとりのために奏でられ、私の乗った二頭の軍馬がサンフェリーチェで殺されたことを強調して、歌い手たちが私の勇気をたたえ、私に向かって詩人たちがソネットを朗誦した。その追従《ついしょう》ぶりは、私の名を文頭の文字に綴り込めたソネットを上下に読みあげて、*6私をルッカの町の仁慈ある支配者としてほめ讃え、ギリシアの衣装を身体に巻きつけ剣を手に持つ女性が、聖カタリーナのように進み出て、私の頭に月桂冠を載せるまでになった。それに対して私は彼女の血塗られたような口と、聖カタリーナが首を刎《は》ねられたことを示す赤い輪を描いたうなじに、口づけせねばならなかった。こういうスペクタクルのすべてが私の自尊心を一瞬のうちに驚かせ、困惑させた。

しかし、間もなくもっと快く安全な網が私のために用意されていることを知った。

その頃この町の風俗がときにしばしば地獄絵さながらになることがあった。宮殿や庭園や温泉で催されるこうした祭りで結婚前の娘に会ったかどうかは分からない。娘らは何重もの鍵をかけてしまわれ、私たちの目に触れるのは祭りの礼拝の時だけ、それも敬虔に神の前に立つというよりは、むしろ宝飾と衣装を麗々しく展覧するというものだった。代わりにそこには夜の更けるまで数多くの既婚女性がいて、嘆くようなリュートの音が奏でられるかと思えば陽気な弦の音が響いて、このなかのどの女性が誰ものか見分けることはできなかった。確かに彼女らの話は機知に富み、それぞれ皆プラウトゥス*7やキケロ*8を心得ていて一通りは読んでもいた。その不実を皆が知っていて読み物にさえなっているこの淫靡《いんび》な妻たちは、祭りの時には我が国でふだん廓《くるわ》に隠されている別の種類の女たちの蔭に隠れているが、ここでは歓迎される客だった。

これらの女たちは美しさと知恵において衆にぬきんでていた。その言葉のひとつひとつが詩人の詩のようで、その笑いはさながら頰を叩けば抱きつくかのように、極めて蠱惑的《こわくてき》で大胆だった。大抵は客のうちの誰かの愛人だったこういう女が私の側に坐って、戦争のことや町の噂や騎士の名誉、あるいはお金についてしかつめらしく話しかけてくると、私はどう振る舞えばよいか分からずにいた。私には女たちの存在がただの目の迷いではないかと思われた。しかし女たちに対しては、私はそれがどんな女で何のことか分からないかのように振る舞った。彼女らはそのことで私に感謝し、王族の娘に相応しく深いお辞儀をして私から離れていった。しかし一時間もすると、その女たちが糸杉の間に敷き詰められた絨毯の上で髪に薔薇の冠をつけ、一糸纏《まと》わぬ姿で踊っているのが見えた。音楽と泉の水音のなかで、銀色の光を浴びて青い夜の影に隈《くま》どられた女たちの身体を見ていると、夢のなかにでもいるような気がした。

父はこのようなお祭り騒ぎが好きだった。彼の陽気で騎士的な性格がお祭りや馬上試合や女やワインを好んだからである。晴れやかな旅の道連れであるギヨーム・ド・マショウ*9の描くところでは、チェコ王は恋の審判における最良の裁判官だった。

そういうわけでいつも父を支えていた堕落した悪人たちは、ジャン（ヤン）王が二つの戦闘の間の休息の時に耽《ふけ》っていたようなことが私も好きだろうと推測したのだ。そこで彼らは私を正しい道から逸らして悪事と放蕩の罠に誘おうとし、私の滞在もほぼ終わろうとする暑い夜、手を伸ばせば届くかのように深く透明な空の直ぐそこに輝いているトスカナの星の下で私を庭園に招いて、ロラン・ド・ロッシと、もう名は忘れたがとにかくパルマ出身の寡婦との結婚式が挙げられた。

昨日のことのように覚えているが、朝方教会で行われたこの式典は——証人の中には我々の友人シモーネ・フィリッピがいた——午後はリマの温泉場にあるロッシの宮殿に移され、夜になると更に庭園に移された。今でも見ることができるローマ時代の大理石の柱が松明《たいまつ》に照らされていた。かげろうの群れが、薄青い夜を背にした松明の光の中で、炎に飛び込んでいた。それが極めて印象深い光景だったので、私は宴を忘れ、この光に魅せられ光に照らされて金色に輝く虫が、おのれの炎の墓の周りを嬉しそうに飛び回っているのをただ眺めるばかりだった。

ワインはこの上なく美味で、食事は東方のあらゆるスパイスで調理されていた。父は庭から出て行き、私は退出の合図を虚しく待ちながら、辺りを見回していた。これほどの歓迎が父と私に向けられているのに、早々に宴会の座を立ち去って主人たちの気持ちを傷つけるようなことは、したくなかったのだ。

しかし松明が消えてゆき、庭が糸杉の黒い柱列に変わり、その下でカップルの男女が淫《みだ》らに笑いながら放埓な口づけを交わす逍遙の時となり、リュートの音も止んで、マルシリオ・ロッシが噴水も夜の休息に入るようにと指示したので、私は数歩離れた庭に入って、草むらから立ち上る新鮮な空気で頭を冷やそうとした。まだ露は降りていなかったが、草刈り場にはもう朝の匂いがしていた。

その時私は鶯《うぐいす》の囀《さえず》りを聞いた。私の心がそれに無関心でいられることはかつてなかった。

私は鶯を求めてすすんだ。庭園の草原を彷徨《さまよ》っていると、たまたま金襴の衣装を着て赤い薔薇を髪に挿した女性に出会った。私は昨晩彼女を見かけていた。それはマルシリオ・ロッシ氏の愛人ディーナで、もう若くはないが美しい女性だった。たまたま出会ったと言ったが、それは言い訳ではない。この女性は私を引きよせて傍らの地面に坐らせた。突然のことで私は気を失いそうになり、これから起こるであろうことを怖れて息が止まりそうになった。放蕩な若者だった従兄弟のグイグ・ド・ヴィエンヌ公[*10]の姿が私の頭に閃《ひらめ》いた。フランス貴族の宮廷で過ごした罪深い青春の日々のアヴァンチュールを、彼が私に物語ったことがあった。そこで私は女の胸を突き離した。

しかし彼女は自分を突き離した手に口を近づけその手を咬《か》んだ。それから後の私は、突然雌馬の腹の下にとび込んだ戦場の騎士のように、助けを求めて空しく両手を突き出すばかりだった。雌馬が立ち上がることができずに激しくもがいたので、乗り手の身体はその力で粉々になった。

この酔い痴れた夜は恐ろしいものだった。朝になって私が草の上で寝ているのが見つけられた。私が襲われ、噛み付かれ、青白い毒をもった地獄の七丁目の雌馬に引き倒されたところで。シモーネ・フィリッピ卿が私の上に身をかがめて、起きるように、と声を掛けていた。宮殿前の通りに馬車が停まっていて私の指示を待っているというのである。

次の日は一日中寝ていた。三日目に私はパルマに行った。私は鞍に乗るのが辛かった。間もなく私を追って父が出発し、八月十五日の日曜日、聖母マリアの昇天の日に、パルマの領地にあるテレンツァの村に着いた。

眠り込んで私はこんな夢を見た。主の天使が私のベッドの左側に立ち、私の脇腹を突いて言った。

「起きて私と来なさい！」

私は答えた。

「あなた、どこへ。どうしてあなたと行かねばならないのですか！」

だが主は険しい顔をして頭のてっぺんの毛を掴み、私を立たせた。始めは痛みを感じたが、痛みはまもなく止んだ。私は髪の毛を引っ張られたことに気付かなかったが、その代わり膝に焼けるような痛みを覚えた。私は空中を飛んでいて、甲冑を着た騎士が大勢見えた。騎士たちはどこかの城の前で横列を敷き、頭上には槍がハリネズミの毛のように突きでていた。私には宝石の前立てと羽をつけ、剣を抜いて城の城壁を指している男たちが見えた。

天使は群衆を見下ろし、空中で私を支えて言った。

「眺めてみなさい！」

また私は別の天使も見た。その天使は空から降りてきて燃える剣を手に持ち、馬上の騎士を打つと、剣で城を指していた。天使はその騎士の膝を打ち、男のものを切り取った。騎士は馬に乗ったままだったが、瀕死の疵《きず》を負い、血みどろで死にかけていた。

その時私の髪を摑んで天使は言った。

「お前は天使に打たれて瀕死の疵を負った男を知っているか？」

私は言った。

「知りません、場所も分かりません」

天使は言った。

「よいか、これは王太子[*11]グイグ・ド・ヴィエンヌで、私通の罪で神がこのように傷つけられたのだ。だからお前も父に、心して同じ罪を犯さないようにと言うがよい。さもなければお前たちにもっと悪いことが起こるだろう！」

それを聞いて私はルッカの町の近くにあるリマの温泉の庭園でのあの夜の出来事、そしてグイグの顔が頭の中にちらついたあの瞬間を思い出して、ぞっとした。

ちょうどそのとき、群衆の左手に極めて身分の高い様子をして白いマントを着た、多くの男たちが見えた。彼らは槍兵たちを見ながら、また群衆の前で馬上の騎士に何が起こったか見ながら、互いに話をしていた。しかし私にはこの立派な人たちが誰で、どういう人々なのか訊ねる力はなかったし、天使も何も言わなかった――

そのうち頭がくらくらして、天使が私をベッドから引きずり出した時のように髪の毛が痛くなった。だが膝の痛みはなくなっていた。それから私は空中を飛んで、連れてこられた元の場所に帰った。

外が明るくなってきて木々の間で小鳥の歌が聞こえてきた。私の寝ていた城は村のはずれの木の茂る庭園にあり、オリーヴの葉の香りがしていた。私は起きようとしたが同時に休んでいたいとも思った。また痛みを感じたからである。私は長旅の後のように物憂《ものう》かった。

とその時、父の侍従であるリエージュ[*12]の騎士トマ・ド・ヴィエヌーヴが私の上にかがみ込んで言った。

「どうなさいましたか、殿下」

私は答えた。

「父が軍勢を集めてサヴォアの司令官と戦っているドーファン・ド・グイグ・ヴィエンヌを助けに行こうとしている。しかし援軍は無駄になるだろう。グイグは死んだ」

自分の名に誇りをもっているトマはこれを信じないで、ワインも飲んでいないのに夢を見たのですか、と私に言って笑った。彼は三本飲んだ時にしかそうはならないというのだ。そして彼は私に急いで行って父にすべてを告げるようにと言った。

その日パルマに着くと父は私を呼んで、どんな夢を見たのか、と聞いた。

「信じて下さい、ドーファンは死にました！」と答えた。

私はそれ以上のことは言わなかった。トマ・ド・ヴィエヌーヴ氏も父も私の夢がどんなだったか聞かなかった。父は声をあげて笑い、友人のように私の肩を叩いて言った。

「夢なんか信じるな！　それに顔が蒼《あお》いぞ」と。

数日すると使者が来て、ドーファン・グイグ・ド・ヴィエンヌが死んだことを知らせた。彼の祖母と私の祖母は姉妹で、彼自身ハンガリー王カーロイ一世の妹の子であったが、サヴォアの司令官の城を攻めるために大軍団を集め、司令官として城の正面にいて攻撃に移る前に、石弓で深い傷を受けて死んだのである。

私がいる時にこの報せを受けた父は、私の方を向いて赤い口髭を撫でながら半ば真面目半ば冗談交じりに言った。

「息子が彼の死を予知したというのは不思議なことだ。息子は夢判断の聖人になるだろうよ」

しかし私はこうしたすべてについてなにも言わず、長旅とワインが饗応される頻繁な宴会を苦にしていた。私は心と体にとって危険の多いこの放浪の旅が嫌だった。それで父が私に、資金不足で戦争ができないのでロンバルディアの町々に行き、兵を動かして彼らと戦うようにと言ったとき、私は断った。

私は以前にもまして強く北の国を懐かしく思った。そこでは星はこれほど頭上近くにはなく、千年を経た大理石の柱が地面から立っていることもなく、響きのよい小唄を作る者もなくて、言葉は槍の穂先のように響いて殻棹《からさお》に当たる槌《つち》のように硬い音をたて、人々はいつもなにかを求めてなにかに不平を言っている。額に汗して土から麦を収穫するからだ。そこにはオリーヴの茂みもなければ、分かれ道に黒い蠟燭のように美しく立っている糸杉もない。しかし私はそこで母の足跡を探し[*13]、緑の野原の上で澄んだ雲雀《ひばり》の声が早朝から辛い仕事へいざなう空の下、高く冷たい星々にまで届くであろう栄光に向かって、この大地を捧げたいと思った……

＊

王が物語っているとき、聴くひとの顔を重い影が掩《おお》っていたが、最後の言葉でその想いが晴れた。王は最後の言葉を語り終えると静かに寝室に入った。彼が語った痛みや哀しみを王は既にずっと前に克服し、今は現在の英知に満たされた年齢の高みからそれを見ているのだと、皆は感じていた。だが聞いていた人々は王に起こった出来事にそれ以上触れようとしなかった。皆は敬虔な沈黙をもって王の率直さに対し敬意を表したのだった――

次の夕方、人々が集まると、王は直ぐに友人たちと夕餉《ゆうげ》の食卓に就いた。ヴィーテク卿は王に、明日になればきっと城の前庭に出られるだろう、と言った。だから今日はもうベッドで過ごさなかった。カレルは今日は気分が良く、ブシェク卿と共に外国へ行った旅のこと、戦いや見事な騎乗のこと、ジャン王の宴や馬上試合のこと、ラインやブルゴーニュのすばらしいワインのことを思い出していた。

ブシェク卿はアヴィニョンの想い出、かつてまだ若いころ、足に翼が生えたように通った楽しく美しい町の想い出が一番楽しかった、と言った。それは山からも海からも吹いてくる軽やかな空気のせいだった。しかしアヴィニョンにもそれなりに困難な時があった。それはあのとき、世界に黒い死が吹き荒れた時だった。だが今日話したいと思う出来事はかの日々に起こったのだ。黒死病の時代の愛についてである。

イネース

チェコの聖なる玉座の官房のピェチジェチツェのヂヴィシ氏が、黒死病*1の時代に、アヴィニョンでどのような愛を経験したかという話。

アヴィニョンの橋の上にはもう踊りはなかった。

その代わり絶え間ない葬列が急いでそこを通り、牧者聖ベネゼ*2が建てた十七のアーチをもつこの有名な橋がその下で撓《たわ》んでいるかのようだった。初めは日中に埋葬されていたが、黒死病が市内に入ったと医師が認めたので、その後は夜にだけ埋葬が行われるようになった。しかし市内にはもう生きているものより死んだ者の方が多くなっていたので、人々は昼夜を問わず屍体をもって墓に通うようになった。

最初、柩《ひつぎ》は教会に運び込んでそれから桶に入れて墓地にもっていった。しかし後になると覆いをかぶせた屍体を二本の棒の上に横たえて棒ともども穴に投げ込んだ。その際、故人の手足は生きている者たちに別れの挨拶をしているかのようにぶらぶらと揺れていた。そして彼らの顔は歯をむき出し、絶望的な死の笑いを見せていた。

本当にもう長いあいだアヴィニョンの橋の上で踊ることはなかった。

聖ペテロ教会と聖アグリコラ教会の墓地は一杯になっていて、聖クララ教会にもすでに余地がなく、教皇庁[*3]の聖母マリア教会でも追善ミサは行われていなかった。死者たちは歌も司祭も弔《とむら》いの鐘の音もないまま穴に入れられるか、通りに置かれたままになっていたのである。

アヴィニョンの城壁は堅固かつ装飾的である。三十九の塔が町の平安を見守り、教皇の座所には極めて堅固な門からしか入れない。しかし黒死病は城壁も門も頓着しない。跳び上がって跳び越え、身をかがめて忍び込み、空中に飛び上がるともう教皇の邸のある石灰岩の崖の上に立って一番高い塔から哄笑する。ある者は黒死病は手に鎌を持っていると言い、また他の者は人々の集団の息の根を一度に止めるのに十本指だけで事足りるのだという。乞食が金持ちと同じように死んでいるのが初めて見られた。枢機卿にも、輔祭にも、公にも、また居酒屋の主人にもまず最初に同じ斑点が現れる。

黒死病はまず人間の身体を叩く。関節の下に突然腫瘍が現れる。あるいはまた黒い斑点だけのこともある。それから鼻や口から出血する。肺が破れるのだ。その後で人は目を見開き、拳《こぶし》を握りしめ、全身黄色くなって寝たきりになる。多くの人々は、小さくなって隠れようとするかのように、身を縮める。ある人々は怖がる子猫のように、小部屋か穴倉にこもる。また別の者は木の下に坐って小鳥の歌に聴き入る。彼らは天国が近づいてくると思うのだ。顔つきは死んだ時にも仕合わせそうである。

だが道を歩いている時に捕まえられ、拳で殴られたかのように地面に倒れるのを見るのは恐ろしいことだ。美しくて若く、力持ちの枢機卿モデスト・ダヴェイロンは、愛人のところから帰る途中にこうして死んだ。

とても不思議なのは多くの者が痛みを感じないことだった。それは皆が望むことではない。誰でも死は自分に相応しいものでありたいものなのだ。

黒死病は人を選ばなかった。宮殿でも小屋でも人は死んでいった。司教も、乞食も。絹商人、仕立屋や靴屋、ワイン売りや警備人たち、子どもたちに囲まれた有徳《うとく》の母たち、若者に抱かれた娼婦たちも。

やがて人々は祈ることを学んだ。教皇が祈り、枢機卿や僧院長が祈り、人々が広場で祈った。泣き叫ぶ人々の行列が、教会から教会、村から村へと巡礼していった。しかし黒死病は行列をあざ笑っていた。それは十字架の下でも棺桶の下でも人々を次々と殺していった。

黒死病を招いたのは教皇たちだという噂が囁かれていた。反キリストたちが聖ペテロの墓を捨て、互いに戦いながら教会の中に悪行を撒き散らしているのだと。だが別の者は、悪の根源は僧や尼僧たちに求めるべきだと言った。しかし一番信じられたのは、世の終わりが近づいているということだった。

多くの者たちはこう信じて町から逃亡しようとした。しかしそこで薬も医者もなしに死んでいくのはもっと恐ろしいことだった。もし野犬に屍体を貪《むさぼ》り食われたら、最後の審判で自分の手足を見つける希望さえなくなるだろう。

それゆえ、人々はまた町に戻って家にこもり、昼も夜も酒を飲んだ。せめて無意識のうちに天国に入りたいと願っていたのである。この時アヴィニョンの酒蔵はすべて空になり、教皇自身も夕方には素面《しらふ》ではいなかった。

富めるものは自分たちの家に集まり、暴飲暴食と情事に耽《ふけ》った。彼らのうちの最初のものが黒死病にかかる瞬間まで。かかった時は皆ちりぢりに逃げ出して新たに宴会を催し、死んだ乞食のどこか甘い匂いが排水溝から入ってこないようにと、戸を閉め切って新しい宴会を行うのである。

男たちはこの数ヶ月ほど好色だったことはかつてなく、女たちを誘惑するのがこれほどたやすいことはなかった。黒死病の時の恋の恐ろしいことよ！

黒死病は冬にやって来るものだが、今度は春のまっただ中に来た。それにもかかわらず、木々は花を咲かせず草は低く疎《まば》らだった。人々は、黒死病の前に干ばつがあって遠くの地震を感じたこと、そのとき聖アグリコラの祭壇の前の常夜灯が揺れて油がこぼれ出したことを、夢のように思い出していた。教会の前にいた盲人は、これを聞いて目が見えるようになり、ローマ時代にこの町が造られて以来経験したことのない災難が来ると予言した。

「私たちの運命が尽きるのだ」と盲人は言って指を立てた。

皆は彼を笑ったが、その後このことを思い出すことになった……

だが私は、この時書記として神聖な都に滞在していた一人のチェコ人のことを話したいと思う。

ピェチジェチツェのヴラチスラフ卿の第二子である息子ヂヴィシ氏は、カレル王が我が国に対する配慮を任せていた枢機卿に仕えるために、アヴィニョンに派遣された。ピェチジェチツェのヂヴィシ氏の任務は、チェコから教皇庁に送られてくる手紙や嘆願をラテン語に翻訳することだった。彼はプラハで輔祭の位階を受けていて、そのうち教会の高位の僧になるはずだった。学識があり、雄々しい心を持ち、叔父たちの中には王国で最も有力な貴族たちがいた。大司教アルノシトその人も母方の伯父だった。ヂヴィシ氏は快活な性格で、彼が必要以上に長くお祈りをしていると断言するものは誰もいなかった。善良な若者でワインや歌やちょっとした論争を好んだが、それ以外は法王の宮廷の他の若い僧たちみんなと変わるところは何もなかった。当時そこでは罪人百人に対して心正しい者はせいぜい五人を数える程度だったが、そのことについては、聖フランシスコその人でも恥じることはなかっただろう。

　教皇庁の長でチェコの事柄も監督していたイタリア人枢機卿シモーネ・デッラ・ロッカもその五人のうちの一人だった。シモーネ枢機卿はヂヴィシ氏と同じく教皇の邸に住んでいた。この宮殿の六つの塔はローマの栄光を分かちもつ町を、誇り高くというよりはむしろ厳しく見下ろしており、イタリア人の枢機卿も世の中を厳しく見ていた。彼はワインも女も、学問的な論争も恋愛詩も好まず、ペトラルカ氏[*4]は嫌いだと言った。なぜなら僧職にありながら悪魔の一族[*5]や、例えプラトンの指示に従ったにせよ、女を敬っているからだという。[*6]その代わり枢機卿は姪のドニャ・イネースを優しい愛で崇拝していた。彼女は、未開なバスク人鎮撫《ちんぶ》のためナヴァラの戦いで亡くなったカスティリヤ貴族と枢機卿の姉との娘である。

　輔祭のピェチジェチツェのヂヴィシ氏はこのイネースを愛していたが、悪疫の間に二人の愛は更に燃えあがって甘いものとなった。彼女の唇が触れる口づけのひとつひとつが愛する相手に死をもたらすかも知れなかったが、それでも彼らの唇は互いの愉悦を口一杯に飲み込んだ。彼らが死を怖れていなかったとは言えないが、彼らには一方が相手を愛することを止める方が死よりも恐ろしかった。だから互いの愛を絶えず確かめ合ったのだ。

悪疫がアヴィニョンに侵入して三日目には、既に教皇の邸にまで達した。亡くなった修道会員は盛大な儀式によって埋葬されたが、次の日は修道会員の魂のためにミサを行った僧が亡くなった。教皇は城の階段と廊下全体に清めた水を撒かせ、宮殿の前庭には警吏を置かせた。これらの警吏たちのうちの二人は直ぐ病気に罹《かか》った。

枢機卿たちは僧坊に閉じこもり、町に住む者は来るのを止めた。ドン・シモーネ・デッラ・ロッカは日中は祈り、夜になると神に平安を約束された者として眠りについた。朝になって姪がやって来ると、朝食の時には町に死などなかったかのように楽しいことを話し合った。ギヴィシ氏も書類をもってきては同じように微笑むのだった。悪疫などないようなふりをしていたのである。

しかし教皇の邸でもう二十人目の死者が出て、町ですでに千人目の人が亡くなった時、ギヴィシ氏は一緒に逃げようとドニャ・イネースを説き伏せた。彼は、近くの葡萄畑に小屋があり、そこに葡萄畑の番人の後家が住んでいることを知っていた。この搾酒場に彼女を住まわせようとしたのである。夜の間に彼女を変装させて城から連れ出した。

娘は自分のしていることを深く考えなかった。輔祭が彼女の安全のために必要だと説き伏せたので、微笑みながら橋を渡って驢馬に乗り、曲がった背中にまたがって、ギヴィシ氏と一緒にその搾酒場に着いた。

最初の夜、二人の若者は小屋の前で星に向かって、また自分たちの恋について互いに話し合った。翌朝ギヴィシ氏はアヴィニョンに帰った。枢機卿は姪を捜し回っていたが、彼のために探しに行く者は誰もいなかった。枢機卿の願いや金よりも死の恐怖の方が強かったからである。

　枢機卿は腹を立てたが、その後黙り込んだ。一方、ギヴィシ氏は翌日の夕方、再び葡萄畑に行った。彼が近づくと番人の後家が、イネースお嬢様が病気になられたことを報せようとして、目を泣きはらしながら待ちかまえていた。ギヴィシ氏が娘の所に入ると彼女は部屋のベッドに坐って微笑んでいた。そして彼がとても好きだった胸をギヴィシ氏に見せた。そこには青い斑点があった。

　ギヴィシ氏はその場に跪いて母国の言葉で長いこと祈った。イネースは黙ったまま彼を眺めて言った。

「家に帰りたい！」

「だめだよ」とギヴィシ氏は言った。「君の伯父さんは君がどこにいるか知らないんだ」

「私は明日にでも死にます。行って伯父に言って下さい。明日には姪のイネースをあなたは失うでしょうって」

「反社会的な罪を犯したとして拷問され、そして君も呪われるだろう」

「行って、私がいつも愛していたと伯父に伝えて下さい。けれど今はもっと愛していると。彼は分かってくれるでしょう……」

「君を置いてはいけない！」

「是非そうして下さい。あなたが帰ってくるまでは死なないと約束します。けれどその前にあの老人の平和と安寧を祈りたいのです。私にとって父も同然だったのですもの」

　その時突然ある考えがギヴィシ氏に浮かんだ。行ってできるだけ長く帰らないようにしよう。そして罪の悔い改めをしよう。そして神様にお願いしよう。誰もお許しにならないことはなかったのだから。

そうして彼は膝をついたままアヴィニョンへでかけた。

葡萄畑には石がごろごろしていて谷間の小径は堅かった。ヂヴィシ氏は大声で祈りながら跪《ひざまづ》き、村へ、ローヌ川へと進んでいった。膝をついたまま二つの村を過ぎた。埃の道を膝行《しっこう》しながら大声で神の助けを求めている僧衣の男に注意を払う者は誰もいなかった。門に着くまで数えきれないほどの時間が過ぎたが、その間にも五つの葬式に出くわした。松明《たいまつ》の明かりの中を覆面をした者たちが逃げていった。門で止められることはなかった。番人はあらゆる種類の絶望に慣れてしまっていた。身体から血を流して膝をついている人間を、どうして通さずにいられよう?

ヂヴィシ氏は一晩中町を歩き回っていた。朝早く、彼は跪いたまま枢機卿のベッドの側にいた。老人がまだ眠っていたので彼は老人の名を呼んだ。僧は目を覚ますと何をしようとしているのかとヂヴィシに訊ねた。

「ドニャ・イネースが病気になりました!」

「きみはどこにいるのか知っているのかね?」と枢機卿は叫ぶとベッドから飛び降りた。

「知っています!」

「彼女のところに連れて行きなさい!」

そこでヂヴィシ氏は何が起こったかを物語った。老人は黙ってヂヴィシの顔を血が出るほど殴った。

それから二頭の馬の支度を命じて若者のように鞍に飛び乗った。彼らは死臭漂う朝の中をだく足で進んだ。ヂヴィシ氏は涙を流したが、老人は彼を見ようとしなかった。

彼らは葡萄畑に着いて小屋に入った。イネースはベッドに横になり、放心したような目つきで老人と若者を見ると、微笑んだ。老人は養女の手を取ったが熱くはなかった。その熱は悪疫の兆候を示すものではなかったのだ。

「僧衣を脱ぎなさい！」と老人はヂヴィシに命じた。「跪《ひざまづ》きなさい！」

ヂヴィシ氏が跪くと、枢機卿はイネースの手を彼の手に握らせて、大きな力強い声でイン・アルティクロー・モルティス*7（死の間際に）を唱え、二人の結婚を宣言した。宣言してから彼は指でヂヴィシに出て行くように合図した。

ヂヴィシ氏は外に出ると顔を下にして地面に倒れた。今日は彼の血が沢山失われ、とても恐ろしい日だった。見張りの後家がやって来て、濡れた布で彼の顔を拭った。気が付いて彼は地べたに坐って再び祈り始めた。

恐らく黒死病はこの若い恋を壊したくなかったのだろう、例外を作ったのだ。さもなければ最も美しい人と最も堅い絆とを大喜びで壊したろう。イネースの病気が治ったのだ……

三ヶ月後にヂヴィシ氏は妻とアヴィニョンに帰った。この町のすべての階層に属する六千人の人々を滅ぼし、広く周辺の村々を人気《ひとけ》の絶えた原野に変えてしまった伝染病は、始まった時と同じように突然止んだ。黒死病は更に遠くパリやロンドンに去っていった。同じ頃フィレンツェも破滅させられた。

枢機卿はイネースと別れる時涙は見せなかった。あまりにも老いて疲れていたのである。

ヂヴィシ氏はカスティリヤ生まれの妻とチェコの地に帰った。恐らくそれは我が国最初のカスティリヤ女性だったろう。三年の間に二人の娘を設けた。娘たちは髪の毛が黒く、母親のお腹の中でもうダンスしていた。

ピェチジェチツェのヂヴィシ氏は王国の使節となり、頻繁に外国に出て行った。アヴィニョンにも。そこでは悪疫などなかったかのように、再び多くの人々が橋の上を楽しく行き交っていた。

*

ブシェク卿が話し終えると皆満足して大きな息を吐いた。恐ろしい事件が平和な幸福に変わり、アヴィニョンの橋の上で再びダンスが行われていることに満足したのである。

一方ここでイェシェク師が発言を求めた。彼が言うには、もう充分長く休んだこともあり、神が肉体と世界と悪魔を打ち負かす力を与えられた地方と人々について、もう一度話したいというのである。彼が話そうとしているのは、長い年月の間に色あせて知られなくなりはしたが、年寄りの記憶と目に触れられないままの記録に残されている、チェコの国の愛する守護者、聖ヴァーツラフの事蹟である。

「ヴァーツラフ公の夫婦生活についてあなた方にお話ししたいのです」

皆はこの学識ある僧が何を聞き、何を読んでいるか知りたがった。そこでイェシェク師が物語った。

聖ならざる女

我らのヴァーツラフ公がどのようにして既にこの地上で人から聖人に変わったか、またそれゆえどうして妻を捨てたかという話。

チェコの国の正統な王で護り手である敬愛するヴァーツラフ聖公[*1]の生涯についての物語は、祖先たちの記憶にとどめられてはいたが、この物語は既に忘却の淵に沈み、カレル王[*2]の敬虔な書きものにも書かれていない。王は母方の一族[*3]の中で最も神聖なこの人物の崇拝者であり、ヴァーツラフの事蹟と首天使聖ミカエルの祝日前夜に起こった殉教の死[*4]をあますところなく誌《しる》しているのだが。

祖先たちは確かにヴァーツラフの敬神の行いのすべてを物語っている。神に対する敬虔な祈り、貧しい者や病んだ者に惜しみなく分け与える慈悲深さと施し、溢れる蜜のように甘くその口から溢れ出る言葉、謙虚さと勇気、学識深い思慮と賢明な統治、みずから畑を耕し、種を植え、葡萄の枝に接《つ》ぎ木して房を収穫することに表れた労働への敬意、壮麗な建物によって神に愛でられたいという望みについて。その最も記憶されるべきものは、ヴァーツラフ公の城のあるヴルタヴァ川を臨む丘に、聖ヴイート[*5]の教会を建てたことである。しかし聖ヴァーツラフに妻子があったことを彼らは知らなかった。

ヴァーツラフの治世が一年を過ぎると、この地は彼の至福な手の下で繁栄した。以前にはその権力に反抗していた公たちも、すべて彼の玉座の前に跪き、服従した。更にまた公や土地の長老たちは、ヴァーツラフの跡継ぎをどう保証するか相談するために集まった。皆が公の粗暴な弟ボレスラフ[*6]とその一族を怖れていて、もしヴァーツラフが未婚のまま死ぬことでもあればと心配していたからである。

そこで彼らは公のために若く美しい女性を見つけ、レーゲンスブルグ[*7]の司教みずから、二人の結婚を祝福するためにはるばるやって来た。この女性がどこの出身か、なんという名か、ヴァーツラフの結婚についてただ一つ証言しているスラヴ語で書かれた聖ヴァーツラフの伝記[*8]でも、知ることはできない。

公妃はプラハ城に移り住んで法に従い、心のすべてをあげて若者の妻となり、若者も与えられたこの女に、同じように愛を注いだ。

婚儀は盛大なものだった。公の宮廷が富める偉大な国に相応しい豪華さを必要としたからである。客たちがメルセブルグ[*9]やクヴェドリンブルグ[*10]、バヴァリア、フランク、ザクセンからもやって来た。モラヴィアの公たちが祝いの言葉を添えて、新郎と新婦が安らかに眠れるようにと貴重な熊の毛皮を送ってきた。鐘の音が響き、人々は歓声を挙げた。公は祖母ルドミラと父ヴラチスラフ[*11]を想い、祭壇の前で涙ぐんだ。

ヴァーツラフの弟ボレスラフはこの晴れやかな式典を暗い顔で見ていたが、結婚式の宴会の時になると、ワインを飲み、脂の乗った料理を楽しんでいた。レーゲンスブルグの司教だという僧は、食事の席で他国の使節たちとラテン語で会話し、ヴァーツラフもまた同じように彼らと会話を楽しんでいた。彼の話はしばしば宗教に関わる事柄に触れた。彼はクリュニー修道院[*12]の教父たちの生活ぶりについての最近の情報、ザクセン、バヴァリア、フランクに建てられてゆく新しい教会について、新しい教会の祭壇の床の下に安置された聖遺物について、世俗的な君主たちの絶え間ない戦いによって分裂した世界を融和させようとする教皇の意志について訊ねた。

宴《うたげ》の後、夜が更けて弦の音が響き、宴会の広間やネクラン[*13]の時代に植えられた菩提樹がまだ生えている城の前庭に若者たちが楽しく踊ろうと進み出た時、公は花嫁をダンスに連れだすよう僕《しもべ》のポヂヴエン[*14]に命じた。公と同じように神についての会話は好んだが、世俗的な踊りは好まなかったポヂヴェンは、顔を赤らめ困惑しながら彼と踊りの輪に入るようにと公妃にたのんだ。

女たちは十一時過ぎに公の寝室に新婦を連れて行って、古いしきたり通りに着物を脱がせ、夫を待たせた。それから女たちは公を呼び、土地の老女の行列に囲まれて妻の許に赴き、夫婦の床に入るようにと言った。

公は星の色が褪せるまでまだ飲み続けようとしている客たちに、愛想よく別れを告げた。そうして彼は妻のところに行き、彼女は神の御意志によって彼の妻となった。時が経ち、公妃は男の子を産んでズブラスラフという名が与えられた。

ヴァーツラフ公は世の父が子の誕生を喜ぶようには喜ばなかった。雨粒と露の滴《しずく》のように自分によく似た子どもがおのが弱さ故に生まれたことを、喜べなかったのである。彼は妻と子を遠くを見るような目つきで見るのだった。果たして自分の肉体のこの果実がこの世の光を見て、救世主の死によって贖《あがな》われた人々の間で生きるという大いなる慈悲に値するだろうか、と考えていた。

夫が去ったあと、公妃は父の無関心から守ろうとするかのように、子どもをひしと抱きしめた。このとき彼女は、ヴァーツラフがその生涯の最後の局面を迎えようとしているとは、思っても見なかった。死すべき者には驚嘆すべき人、天使たちには好ましい人に変わりつつあるのを。

彼は祈りによって日々の単純な過ちを受けつけないという、恵みの境地に既に達していた。肉体はこの世にあるが、心は既に天に昇っていたのである。

彼はこのとき、この世の頑迷な姿を微笑む楽園に変えた人々に伍《ご》したのである。それは私たちの心のなかの悪魔と戦う戦士にして勇敢な人々であり、自己を克服し、悪魔がたやすく地獄に引き込もうとして魔法によって我々の目の前に繰り広げて見せる、あらゆる楽しみと偽りの幸福を拒否する人々である。彼らは斎戒と清い生活に生き、大食と放蕩にこの世の旅の目的を見出す者たちに、範を示している。彼らは修道院や新しい寺院で悔悟者の衣を纏い、頭をそり、裸足で履き物を履き、施し、神聖な書物を著《あらわ》して見たこともない華麗さで飾り、異教のローマが終わった後には、救われた魂の偉大で栄光に満ちたもう一つのローマが来るという喜びの報せを、町から町へ運んで行くのである。

そのために敬神の念がヴァーツラフに、日常生活の最後のくびきを離れて妻を遠ざけるようにと命じた。その愛が常に彼を罪に向かわせるからである。

彼は大きな敬意をもって迎えられた皇帝の宮廷から帰ってきたところだった。彼が皇帝の会議において衆にぬきんでる知恵を示したので、遠いチェコの国の奇跡としてすべての者が感嘆し、異口同音に祝福したのである。しかしある朝、彼は会議に遅れた。一晩中眠らずに祈っていたのである。皇帝は怒って、ヴァーツラフが遅れて入ってくるまで席を立たないように、と公たちに命じた。

しかしチェコの公が入ってきた時、ヴァーツラフの前を金の甲冑をつけた二人の天使が歩み、ヴァーツラフ自身の額に金の十字架が輝いているのを見て、皇帝と他のすべての者は怖れた。ヴァーツラフは何も知らずに遅れた言い訳をしようとした。皇帝は彼を許し、何なりと欲しいものがあれば願い出るように、と公に命じた。

そこで公はプラハに建てようと決めた教会のために聖ヴィートの腕を乞い、それもまた叶えられた。ヴァーツラフが地上の生活を去って天国の公に変容しようとしていたことは、このことから明らかだった。

更にある晩彼は妻の許に行き、彼女の手を取って言った。

「私たちはもう多くの罪を犯した。だから今日という日、人の性《さが》に従って自分の果実を受けるという罪を犯すのは止めよう。どうか私を兄と思って欲しい。私はお前を妹と思うことにする！」

公妃は同意した。彼の言葉の発する力が、何を約束したのか考えもせぬうちに彼女を納得させたのである。公は喜び、妻を祝福して去った。夫婦は二人とも長い月日をこうして過ごし、彼らの間には、聖人を父とし人間の娘を母とする子どもが育っていた。それ故に起こるべき事が起こった。いつのことだったか貴族や長老たちが食事を終えて退出し、従僕たちが仕事に戻り、公妃が、まだ公と話をしていたポヂヴェンの側に坐っていた時、ヴァーツラフはこの女と男が聖人の頭から立ち上る光彩のようなものに包まれているのに気が付いた。だがこの光彩は少し異なっていた。新鮮な花と暖かい大地の香りがしたのだ。

ヴァーツラフ公は彼らを見て言った。

「どうしてお前たちは愛し合っていると私に言ってくれなかったのだ」

二人はその場に跪いて苦い涙を流した。そして心の想いが彼らを苦しめ、身体は荒野における渇きよりも激しい苦痛によって死にそうだ、と告白した。

ヴァーツラフ公は少し考えて、二人に立ち去るように命じた。それからレーゲンスブルグの司教に手紙を書いて妻を離婚する許しを求めた。なぜなら彼は霊的生活に身を捧げており、跡継ぎを得ているので、神にこれ以上の子どもを願うことはないからだというのである。そして妻が掟と慣習に従って子孫から祝福され、新しい結婚生活に入れるように、と願った。

公の使者が手紙を携えて山や川を越えレーゲンスブルグに赴いている間、ヴァーツラフは返事を待っていた。同じように公妃も忠実な僕《しもべ》ポヂヴェンも待っていた。しかし二人はもうあえて公の面前に現れることはしなかった。

しかしレーゲンスブルグの司教の返事が届かないうちに、かつてヴァーツラフの一族である祖母ルドミラを飾った殉教の死という運命が、ヴァーツラフに定められた。すべてのキリスト教徒が知るとおり、かの日の夕方、晩餐ののち、狡知に長けた弟ボレスラフによって殺されたのである。子どものズブラスラフはプラハ城で絞め殺され、同じ日に忠実な僕ポヂヴェンも首を刎《は》ねられた。

九二九年という年にチェコの国でこの悲しい事件が起こった。[*15] 流された血は天に向かって叫び声を挙げた。しかし我々の使節として、我らの公は神の玉座の前で罪人たちの許しを請うたのである。

＊

「イェシェク師よ、あなたのこの物語には驚きました。我らの公ヴァーツラフに妻子があったとは知りませんでした。少なくとも我々には最も親しく、多くの祖先の遺体とともに眠っているズブラスラフの名が、誰に因《ちな》んでつけられたか分かりました。だがあなたの物語によって私の守護者の姿が新たな美しさをもって見えてきました。ありがとう」と王は言った。

　イェシェク師は彼の物語が王に気に入られたので安心した。

　ヴェルハルティツェのブシェク卿は微笑んで言った。

「イェシェク師よ、地上のことを天上の言葉でいとも見事に話されましたな」

「天は今でも大地に繋がっているのです。ヴァーツラフの時代にはそれがもっと近かったのですな。徳と罪とは双子なのです」

「ヴァーツラフ夫人は気の毒ですな」とブシェク卿が言った。

「私もそう思います」と陽気な修道僧が言った。

　しかしカレルは彼らの会話を遮った。

「私は自分のことをもう二回話したので、続きを話したい。イェシェク師よ、あなたの物語にはヴァーツラフの妻の名が挙げられていない。聖人の無名の夫人。私も名を知らぬままになった女のことを話そう。私が熱に浮かされた夢の中で一夜だけ愛した女のことを」

見知らぬ女

ローマ王カレル*1が傷つき、戦いの後クレシーの海岸の漁師小屋で過ごした一夜、熱に冒《おか》されたまま経験した物語。

耳にはまだ荒っぽい射撃音が鳴り響いている。それは人類の記憶によれば、この日、初めて戦場で轟《とどろ》いたものである。私の立派な馬が私を乗せ、静かに暮れてきたフランドルの地を進んでいた。我々の遙か後方にはクレシーの町*2があった。その小さな町は炎上していて私は背中に焼けつくような炎を感じていた。私の側にはヴェルハルティツェのブシェク卿*3の他に二人の騎士と数人の武装兵がいた。

私は左手に包帯をしていた。それは深い傷ではなかったが、焼けるようだった。私は父の許にとどまって負け戦を最後まで戦おうとした。父はこの戦いに賛成ではなかったのだが、どういうわけか知らないがフランスの貴族《シニョール》たちはしびれを切らしていた。

そもそもの初めからあらゆる点で負けていたので、和平の交渉をするのが最上のことだったのだろう。フィリップ王*4は戦争にあまり積極的ではなかったのだが、彼の弟であり私の勇猛な友であるド・

アランソン伯[*5]が大声で戦いを急がせたので、ソンム川[*6]がフランス軍の公たちの叫び声で波立つほどだった。みずから元気づけようとしたのか、それとも状況がどんなふうか本当に知らなかったのか？名誉という言葉とそこで好まれていた栄光という言葉を、私はこの日の午後千回も聞いた……しかもこれら叫び立てている騎士たちの戦列がどんなに無秩序だったか、徒歩の射手たちが腹を空かせながら、やって来ない食糧を積んだ車をどんなに探し回っていたか、騎士たちが村々をどんなふうに掠奪したか、殺した鶏を手に小屋を後にするとき、明らかに掠奪した村人たちへの感謝の印に、どんなふうに藁屋根に火をつけたかを見て、私は驚いた。

　ここアブヴィル[*7]の北には雑多な集団が集まっていた。ドイツ人、ジェノヴァ人、フランス人、ナヴァラ人、スイス人、サヴォア人、そしてそれに遅れず、父ヤン（ジャン）王配下のチェコの公たち、総勢およそ五千の兵である。これら老練な戦士たちは既に、エドワード三世軍と、ソンム川を渡ってレミへと通じる橋の上で干戈《かんか》を交えていた。チェコ軍はこの時フィリップ王の軍の背後に布陣していた。フィリップ軍は、イギリス軍が後退しているので、海を渡って逃げてしまわないように直ぐにでも攻撃せねばならないと考え、隊伍も組まないまま戦闘に突入しようとしていた。しかしイギリス軍は引き揚げることなどは考えてもいなかった。チェコ軍は、クレスチャク――チェコの公たちはクレシーの町をこう呼び変えていた――の城壁の下に立って待機していた。

　ロジンベルクのインドジフ卿[*8]はその日機嫌が悪かった。血の色をした太陽が昇るのさえ気に入らなかった。その後、昼前になってそれが聖ルフ[*9]の日だったことを思い出した。それはチェコの騎士にとって不吉な聖人である。[*10]インドジフ卿は気落ちして母を敬うようにと息子に手紙を書いた。私は戦いの前に一刻ほど彼と話した。それからもう一度父の側にいる彼を見かけた。卿は兜《かぶと》に赤い駝鳥の羽を挿していた。ロジンベルクの人々はいつもこの色に弱いのだ。[11] インドジフ卿の薔薇の兜が父の黒い羽根飾りと並んで進んでいった。父が目が見えないので[12]戦いではぐれないためである。そして目の見えぬまま父は天国に行ってしまった……

私は父の死に目には遭わなかった。彼が私やサヴォアの司令官と隊列の先頭に立って進んでいき、我々はイギリス王の子である黒太子[13]その人と遭遇した。砲撃を始めた巨大な大砲がまだその音も聞かないうちに一瞬にして軍馬を撃ち倒した。父も一体これはどうしたことかと訊ねた。嵐が始まったのではないかと。だが嵐ならどうして雨が降らないのだ！　彼は、イギリス軍が新しいやり方で怒鳴り声を挙げたので馬が驚き人が倒れたのだ、という報告を受けた。

王は言った。「よろしい。だが我々の心臓は脅かせないぞ！」

そう言うと彼は楽しそうに自分の馬の頸を叩いた。ロジンベルクのインドジフとバーゼルのムニフという名の王の親衛隊騎士がクリンゲンベルグのヘンドリヒと共に父を間に挟み[14]、黒太子の騎士たちが打ち掛かって来た時に、王は「プラハ」という合い言葉と共に再び戦いの中にとって返した。

この時私は矢で手傷をおったが、戦場は離脱しなかった。だが誰かが父に、私が血を流していると知らせた。父は戦闘の響きの中でもよく通る指揮官らしい大声で私に向かって命じた。

「ローマ王《カレル》を戦場から連れ出せ！　チェコ王《ジャン》は戦場から逃げ出さないが、ローマ王は護らねばならん！　これは私の最後の命令だ、息子よ。お前は傷ついている、神の恵みにかけて立ち去るように命じる！」

私は父の左手にはめた鉄製の手袋を握りしめた。右手が剣を放せなかったからである。王は私に手を振って別れを告げた。今でも彼の驚くほど若々しい顔と――私にはそう見えたのだが――生気を失った目が見えるようだ。この落ち着きのない戦士が[*15]おのれの一族の希望を私のうちにどのように託していたか、皇帝の不肖の子である彼に[*16]とって、自分の息子が再びローマ皇帝の玉座の階に足を踏み入れるという栄光の日をどのように夢見ていたのか、私は今になってようやく理解できる。

　ブシェク卿は私の馬の手綱を取って隊列から連れ出した。私に付いて行くように命じられた者のほかは隊列を離れるものはなかった。我々は南西に向かった。

「どこへ連れて行くのか」と私は訊ねた。今になって後ろ髪の辺りがぞっとして全身が震えているのが分かった。疵《きず》が疼《うず》いてずきずきしていた。

「海です」とヴェルハルティツェのブシェク卿が言った。「揚げ魚とワインが一壜見つかるかどうかみてみましょう。フランドル地方は食べ物がうまいのです。きっとベーコンもありますよ。胡椒入りの血のソーセージと白パンをひと切れ食べたいですな。ここら特有の細くて長いパンを。ここらの連中は大の美食家ですからな。しかしどうして奴らはイギリス人などに味方するのですかな、気が知れませんな」

　ブシェク卿は喋ったり鼻歌を歌ったりしていたが、私は彼の話を聞きながら歩みを馬に任せてうつらうつらしていた。何度か牛の群れに出会った。それは乳房の張った角の短い美しい色の獣だった。我々の国の牛よりもがっしりしていた。恐らくここには良い草があるか、あるいは湿った海の空気のせいだろう。

それから我々は、ずらりと並んだ水車小屋のそばを通り過ぎた。水車小屋は丘の上の道の両側に建ち並び、中で粉を挽《ひ》いていた。このソンムのはずれで大きな戦いがあり、それまで軍隊が見たこともなかった新しい武器を戦いに投入したことなど、気にかける者は誰もいなかった。遠くで砲声がしていた。八月だったのでそれは嵐かも知れなかった。羊飼いもチェコ王が推測したのと同じように思っていた。

黄昏《たそがれ》になって我々は波打っている痩せた土地に入った。草の代わりにここには土塁があった。黄色い砂が赤錆《さ》びた色合いになった。前方遠く突然目に入った海に、この不幸だった一日の太陽が沈みつつあった。

我々の後ろから馬の蹄《ひづめ》の音が響いてきた。それはフィリップ王の命令で、この間にクレシーで起ったことを我々に伝える伝令だった。大地が騎士たちの血を飽きるほど飲み干したこと、赤い流れが多くの筋をなして道を流れたこと、帝国の公や伯爵や男爵たちの屍体が地上に横たわっていることを。チェコの地も勇敢な貴族や騎士を失い、その中に今朝方自分の息子と別れたロジンベルクのインドジフもいた。またウルム伯とリヒテンベルグのジャン、その他父の親衛隊の騎士たち五十人とチェコ王ルクセンブルグのヤン（ジャン）も倒れた。ヤン王は敵が見えないまま戦いの響きが聞こえるところに向かって剣を振るい、神の栄光への道を拓《ひら》いたのである。彼の身体は馬上から地面に落ちた。王が運ばれて行くまで馬は頭を垂れたままだった*17……伝令はこれだけ言うと、カイユー*18に向かって更にギャロップで走り去った。

私は兜を脱ぎ、両手を組んで泣いた。これほどの名のある人々の死、特に父ヤン（ジャン）王の死に対して。ブシェク卿は主の祈りを唱え終わって剣を抜き、私に向かって厳かに祝福をした。

「チェコの王、カレル万歳！」と。

チェコ王に対するこの初めての忠誠の誓いは不思議なものだった。海岸の北風で吹き散らされた砂の中、疎《まば》らな草の間、遠い波音の響く中で……私はブシェク卿に手を与えた。

我々は更に進んで漁村に着いた。ブシェク卿が先頭に立って小屋の間を進んで行き、その中で一番大きな小屋に行き当たった。馬から飛び降りて中に入り、暫くして戻ってくると、私についてくるようにと言った。私の随行者は散らばり、小屋の前には番兵が立てられた。私たちを迎えたのは四十歳くらいの男だった。白髪交じりの鬚《ひげ》が顎の下を隈《くま》取り、房になって両方の耳まで届いていた。それ以外は剃り上げられていて、目の回りの無数の皺の中に愛想の良い微笑みがあった。その後ろから彼の妻が現れた。でっぷりした健康そうな胸の広い裸足の女で、目の粗いシャツを着ていた。

彼らは私とブシェク卿に広間に坐るようにと言った。そこは綺麗になっていて海藻の匂いがしていた。私たちは海藻のスープを飲み、その後で彼ら風の食事が出された。それは薄闇の中でヴェルハルティツェのブシェク卿が想像していた通りだった。彼らは我々がどこに行くのか、どういう人なのかと訊ねた。戦争のことは知っていた。ブシェク卿がいくらか説明した。私はその話を聞いていなかった。死んだ父のことを考えていたからである。一体彼の屍体はどこにあるのだろうか、敬意をもって扱われているだろうか、後継者である私に引き渡してもらえるだろうか——突然頭に血が上った。私がここ、外国に異邦人として、何人かの忠実な兵とたった一人で海岸にいること、私は二つの国の王*19なのにいかなる力も持っていないことに気付いた。もし敵が望めば見つけ出して、殺すか捕虜にすることができよう。私の祖国はどこだ？　祖国は私を知っているだろうか？　私は祖国を知っているのだろうか？　いつ帰れるのだろう？　私はローマ皇帝の冠を追い求めているが、自分自身王冠は戴いていない。[*20]私はワラキアの国の半分を教皇に贈ったが、明日私がどうなるかも分からないのだ。[*21]

　窓の外を番兵が通り過ぎて行く。真っ暗闇だ。海さえ光っていなかった。曇り空で星が見えなかったからだ。一日かけて雨もよいになっていた。恐らく夜は嵐が来るだろう。雨水で弓の弦が濡れてしまい矢を射ることができないと、ヤン（ジャン）の麾下《きか》が不平を言っていたように。

　私はどこで寝たらよいかと訊ねた。私とブシェク卿と漁師が軋む階段を登って屋根裏に上がると、そこに小さな部屋があった。それは故郷の村では見られないような部屋だった。全体がレースと白い布でできていた。私は密かにこの漁師はこんな富を魚と交換に手に入れているのだと考えた。しかしこんなレースを喜ぶのは誰だろう。腰の大きな彼の妻だろうか？

　一方ブシェク卿はもう私の疵《きず》を洗って新しい包帯を巻いていた。私は眠くなった。灯《あか》りが持ち去られ、私は着物を脱いで清潔な掛布団の下に横になった。金の鎖だけは頸にかけていたが、剣はベッドに立てかけていた。――突然風の音がして海のゆっくりとした波音が聞こえた。

　それから波音が静まり、海に太陽が昇って太陽の中に大きな城が見えた。城には天まで届くほどのほっそりした沢山の塔があった。いくつかの丘をめぐらし、一本の道だけが城に通じていた。道は降ろされた跳ね上げ橋に繋がっていた。城の向こうには東方キリスト教の絵で見るような空が輝いていた。空は見ていると目が痛くなるような金色《こんじき》だった。

　私は手首に脈を感じた。また熱が出たのだ。私は掛布団を蹴飛ばして立ち上がり、城を近くで見ようとした。そこで跳ね上げ橋に繋がる道を上り、飾りの付いた門を通って城に入った。城の前庭で一人の金髪の騎士が私を迎えた。

「この城はモンサルヴァージュ[*22]と言います。なにを見に来られたのですか、外国のお方？」と騎士は訊ねた。

　私は騎士に私がローマとボヘミアの王で城を見たいと思ってやって来たのですと言った。騎士は微笑んで言った。

「立ち去って悔い改めなさい！」

　こういうと彼は城門を指さした。私はがっかりして立ち去りかけた。

　しかし再び谷間で立ち止まると、丘の上に城が輝き、城の背後の雲はますます金色を濃くしていった。目が眩《くら》んで草の中に坐り込むと草が身体を冷ましてくれた。私は目を背けた。

　私は海の香りを感じた。塩と海草の匂いが非常に強くて目が眩んだ。私はベッドに横になった。すると暗闇の中なのに白いものが見えた。外は月が出ていてどうやら雨は止んだようだった。

　その時女の声が聞こえた。

「あなたは手が痛いの？」

　そこで私は知らぬ間にベッドの側に寝ていた女と話し始めた。私がひとりぼっちで他国にいること、心が裂けてしまっていること、罪を悔い改めたのにまた罪を犯した重い罪人だということ、この戦いは小さい時から続いていること、今私は三十歳で、それはキリストが人々を教える仕事に出ていった歳だということ、これからやってくる日々が恐ろしいことなどを告白した。娘は私の側で黙ったまま、ただ髪を撫でるだけだったが、やがて言った。

「ご覧なさい、こんなに冷たくなって。もう頭は熱くないわ。手は痛む?」

手は痛くなかった。彼女は微笑んだ。

「じゃあキスしてもいいわよ」と言って全身を寄せてきた。

私は彼女に口づけしたが、それは夢のように魅惑的だった。

私は再び女の声を聞いた。

「あなたがどなたかは知りません。けれど私はあなたが好きです。どうしてキスしてくださらないの?」

その時私は今日父が死んだことを思い出した。そのことを考えて私は黙っていた。だが娘は言った。

「何か分からないことを言ってたわ。でもキスで分かります。あなたは身分の高い人でしょう。あなたはあの絵の王様みたい。ほらマリア様の前に跪いている。どうして私には跪かないの?」

私はこの言葉が神に不敬なたわごとだと思い、女に身を変えた悪魔と寝ているのではないかと恐くなった。けれどこの悪魔はとても優しい声をしていてその唇がとても情熱的だったので、悲しい一日のことは考えるのを止めて、悪魔の誘惑ではないかという危惧を追い払った――

傍らの女は聖母だった……

「悪魔が聖母に身を変える筈はない」と喜ばしげに言うと、突然私は女主人に仕える騎士になった。両手に口づけて、彼女には分からない言葉で彼女のための詩をつくり、最も甘美な秘密の恋について話をして、どうして私の所に来たのかと最後に訊ねた。

「だって好きになったんですもの、あなた。それに一週間すればお嫁に行くことになっています。あなたの哀しみを慰めに来たことは神様もお許しくださるでしょう。あなたはとても賢そうな目をしているわ」

この素朴な言葉が私を正気に返らせた。突然また疵《きず》が痛み始め、寒気で身体が震えた。そこで私は言った。

「名は聞かないことにしよう。私も言わない。けれど覚えていて欲しい……さあ行きなさい！」

私は頸から金の鎖を外してそれを彼女の左手首に何回か巻いた。娘は鎖を貰うと私に口づけをした。私には彼女が泣いているように見えた。一方私は突然関心を失ったみたいに心を堅くして壁の方を向いた。

頭の中で鐘が鳴り、誰かの声が三回「モンサルヴァージュ」と繰り返した。それから再び私は金色の空を眺めたが、その前にもう城はなかった。私は夢の中で恥ずかしくなった。女と罪を犯したので、聖杯の騎士として受け入れられなかったのだ。

次の日、正午近くに私は目を覚ました。漁師と妻が私に食事を与え、私は旅を続けるのに充分な力をつけた。熱が引いて翌朝にはもう熱くなかった。

私が家の前に姿をみせて馬が曳いてこられた時、美しい漁師の娘が見えた。被りものはつけず、裸足でとても清楚なシャツと色鮮やかなスカートを身につけて、くったくなく快活に私に笑いかけていた。

彼女は近づいて言った。

「村長のところではあなたは昨日クレシー近くの戦いで亡くなった王様の息子だという話です。だからあなたは本当の王様なのですね。私はそのことを知っていました……」

そう言うと何歩か下がって左手を挙げた。袖が上がってその手にあの金の鎖が見えた。

やっぱりあれは熱に浮かされて見た夢ではなかったのだ！

＊

この夜は王の話で終わった。

ブシェク卿は王が彼について触れたのを嬉しく思ったが、他のものがなにか言いだすまで黙っていた。

「今日は特に重要な日だった」とヴィーテク卿が評した。「それは否定できない。明日は癒し人にできるような、少なくとももっと楽しい話を注文したい」

ブシェク卿が言った。

「知りませんよ。私が用意しているのはもっとおそろしい話です」

そう言うと彼は王に向かって言った。

「陛下、覚えておいでですか、あのときプラハで私たちがワインに酔って寝込んでいると、飲み差しの壜が夕食の席を飛び回って私たちを怖がらせたのを」

「お化けのことなら聞きたいものだな」と王は言った。

そういうわけで五日目、聖霊降臨祭前の木曜日[*23]に、集いの話し手は緊張して席についた。王は昼食のあとヴィーテク卿を連れて前庭を散歩していたので、心が爽やかでよい気分になっていた。黄昏に夕食が終わった。王はいつもよりよく話し、そのために料理はゆっくりと運んでこられた。

しかしそのあと王はもう急ぎだした。灯火が持ってこられると、お化けの話を始めるようにとブシェク卿に促した。

そこでヴェルハルティツェ卿が物語り始めた。

ドーラ

学のある若者と、美しい居酒屋の女と、地上に還ってきて死んだ自分の仇を討とうとする溺死人が登場する、不思議な事件の物語。

これがプラハで起こったのはカレルの高等教育所[*1]が創設された最初の年だった。この時世界のあらゆる国から数千人の教師や弟子が来て、私たちの町プラハに住み着き[*2]、学問だけでなく悪事にも身を捧げ始めたのである。

この時ラーレツのヤロスラフがやってきて、人文学部に登録した。彼は、神を敬い、様々な戦いのうちに六十年を生きてきた同名の騎士の、十八歳の息子だった。ヤロスラフはたった一人の従僕を連れてプラハにやって来た。ラルスコ・ナド・プロウチニツィー[*3]の城では当時四十五歳のマグダレーナ夫人が泣いていたが、父は若者の出発について丸一週間何も言わなかった。町で息子を脅かしている危険を考えて二人の心は締め付けられていたのである。それは新しいアカデミーの創立以来、あまり芳しくない行状が聞こえていたせいだった。

ヤロスラフは優しい体つきで顔は女の子のようだった。父や祖父には似ないで戦いのことに興味をもたず、剣にも触らず、男の子のように弓を射たことは一度もなく、父の甲冑を着たこともなかった。その代わり啓蒙派のような理性をもち、書物を愛することでは並はずれていた。早くからラテン語を話し、読み、本で読んだ外国の知識で養育係の老司祭を論破し、ジャン（ヤン）王に仕えて自分の目で広い世間を見てきた父をも凌駕していた。近所の人々はヤロスラフを見て頭を振り、本を読むのを禁じるようにと父に忠告した。そうでないと視力が弱くなり、空気にさらされた屍体のように脳が崩れてしまうというのである。

「だってラーレツ卿の息子が坊さんになるわけではありますまい？」

しかしヤロスラフの優しい体には堅い意志があった。神と人に関わる事柄について自分で論文が書けるほどの学識を得たいと思っていたのである。彼は学士の帽子を得るまでは幸福だと思わないと言った。母は進んでというわけではなかったが、それを取りなして父の許可を得た。こうしてヤロスラフは心配する二人を残して出発した。

ヤロスラフはプラハで一年間学び、教師たちの講義をその自宅や修道院で聴講した。次の年には書物を読み、議論を聞いた。次の一年は屋根裏部屋に住んで、他人の世話を受けた。養う金がなかったのでラーレツの従僕を家に帰したからだ。ヤロスラフは父が送ってよこすすべてを貴重な書物を買うために費やしていた。

友人たち[*4]がこの若者をドーラの「ヘシ、ヘシ！」という名の酒場に連れて行った。ウゴルの王に仕えていたどこかの騎士の行列に加わってプラハに来たこのモルダヴィアの女は、川の向こう岸に悪徳のねぐらを拵《こしら》えた。そこはブルスニツェ*5の汚い流れがヴルタヴァに流れ込んでいて、低い漁師小屋や網を干している垣根、小屋の上に緑のヴェールを作っている柳、朽ちた木の橋、どの町のどの川岸でも多く見かける打捨てられた小舟などで岸辺がはっきり見えないようなところだった。

あらゆる国の学生や学士たちがさいころ遊びをしたり渋みのあるワインを飲んだりするこの酒場で、ドーラはしばしば覆い布もなく胸をはだけ、短いスカートを穿《は》いて裸足で奇妙な踊りを踊った。美しい腹を淫らにくねらせ、褐色の小さな手を頭上でひらひらさせながら「ヘシ、ヘシ!」と叫ぶのである。この言葉に意味はなかったが、それは男を暗い情熱に誘った。笛吹が笛を吹き、楽隊が音楽を奏で、太鼓がドンドン打ち鳴らされ、ワインが壜から口に注がれて頭にのぼる。男たちは音楽に聴き入り、目をひんむいて踊り手を眺め、この黒いモルダヴィア女が腰を曲げ、右足を前に出して左膝を折り、腕を突き出し、両手の指を震わせながらあの奔放な言葉を叫ぶ瞬間を息を潜めて待っていた……。

男たちはこの瞬間にそわそわしながら椅子に坐り、額の汗を拭い、無意識に舌を突きだして帽子を被り、脱いで髪をなでつける。ドーラがいつものように絶叫して手近な客の膝に坐って抱きつくと、客として来ているお巡りに助けられて店の騒ぎを収めない限り、いつもとっくみあいが始まる。噂ではメンシー・ムニェスト*6の区長その人が酒場の保護者であり、それゆえたとえ近所の漁師たちがいつもおちおち眠ることもできないと苦情を言っても、プラハ大司教*7その人が関わっているという高等教育所で庇護されている学生が王城の足下のオピシ*8の巣窟で誘惑されていると、聖トマス教会の隠者が説教壇から訴えても、ここで夕暮れから明け方まで遊んで飲んで踊ることが許されているというのである。

若くて学のあるラーレツのヤロスラフが初めて訪れた時も、ドーラは「ヘシ、ヘシ！」と叫んだ。そして偶然か、あるいは下らない学生たちにけしかけられてか、彼女はこの若者に抱きついた。この叫び声とモルダヴィア女の裸の身体を抱くのを怖れていた腕の中に女が倒れかかったことが、この若者と女にとって運命的なものとなった。

ヤロスラフが心の底からこの酒場女の美しさに魅入られ、その瞬間から子どもの頃から愛し、大切に思ってきたもののすべてを失ってしまったからである。

このときから彼は毎晩ドーラの酒場に行き、ドーラが毎日叫び声を挙げ、一番近くにいるものの胸に身を投げかける瞬間を待って、自分以外の誰かが身を投げかける彼女を抱きとるのではないかと、嫉妬の苦しみに苛まれていた。

この若者は老い込んで学ぶことを止めてしまった。目は生気を失い、顔は窪《くぼ》んで両手は震え始めた。若者はワインとさいころ遊びに耽《ふけ》った。有り金をすべてドーラの酒場で飲んでしまったのだ。父や母に自分のことや学問の進みぐあいを報せる手紙も書かず、長い間教会にも大学の講義にも出なかった。以前は一つの授業も疎かにせず、自分たちの言葉をひと言ひと言貪《むさぼ》るように目で追っていた若者を、教師たちは空しく見回して探すばかりだった。

彼はドーラの「ヘシ、ヘシ！」の最も親しい友人の一人になった。彼は彼女のただ一人の友人だと思っていたが、この種の経験が不足していた。ドーラはこの若者に優しく従順で、同じ食卓につき、時には同じ椅子に坐った。皆が立ち去ると直ぐに彼女は小部屋にヤロスラフを呼んだ。そこにはオリエント風の毛皮を敷いたベッドがあった。しかしこの若者の心にどんな火をつけてしまったのか、彼女には理解できなかったのである。

しばらくの間ヤロスラフはこの美しい酒場女にいかがわしい冗談を言う他の客たちに注意を払わなかったが、やがて腹を立てるようになった。恋する騎士として、女性を卑猥な言葉や接触から護ろうとしたからである。

あげくのはてに彼は皆と口論することになった。若者や老人、学生や卒業生、教師や警官たち、また長官とさえも。彼はたった一人で坐って飲むようになった。あるいは黙ってさいころ遊びをした。高利貸しの負債で金が要ったのである。だがいつも負けた。眼で絶えずドーラの一足一挙動を追っていたからである。

他の者が郷里に帰るか、あるいは楽しい放浪学生《ヴァガント》*9としてこの国を町から町へ歩き回っている間に、ヤロスラフはこうして夏の時間を空費し、やがて秋になった。ヤロスラフはドーラを愛していたが、その愛は彼の心も魂も、考えさえも苦い毒で満たした。

秋もたけなわになるころ、ヤロスラフは絶望的な嫉妬を感じ始めた。ドーラが他の多くの者も彼女の好意を受けていることを、もうこの若い愛人に隠さなくなったからである。ヤロスラフは昼も夜も彼女の許にとどまろうとしたが、ドーラは許さなかった。そこで今度は不意にやって来て、昨夜飲んだ時に知り合った男と会ったりしたが、そこにはこれまで会ったこともない者もいた。彼が問いただすとドーラは、酒場という商売は誰にでも優しく愛想良くしなければならないのだと不機嫌に答えるのだった。ヤロスラフは自宅で密かに涙を流し、もう一度また読書に取りかかろうとしたが、できなかった。酒場に戻り、賭をし、酒を飲んで、ドーラのヘシ、ヘシ！　を貪るように眺めた。

秋の終わりにヤロスラフは訪問を受けた。父と母が来て息子に訊ねたのだ。どうして手紙をよこさないのか、なぜ夏に帰ってこなかったのか、なぜ教会にも先生の講義にも出ないのか、勉強をしないのならこの町で何をしているのか、一晩中どこに坐っているのか。彼は答えなかったが、その顔からぞっとするような恐ろしさが迸《ほとば》しった。両親は息子を恐ろしいと思った。幾多の戦いで鍛えられた老騎士は初めて震えを感じた。彼の優しく若い息子の目が、この上なく険しかったからである。

そこで父と母は朝早く酒場に向かった。二人の老人が、こぼれたワインの刺激的な匂いや、最後の飲み残しの饐《す》えた匂いが、空になった茶碗から立ちこめている広間に入った時、ドーラはまだ寝ていた。

父と母は両手を合わせ息子を自由にしてほしいと頼み、もしヤロスラフを酒場から追い出してくれるなら、お金を払うと申し出た。

「未来の先生を追い出すことはできません」とドーラは言った。「私が呼んだのではありません。自分で来たのです。勝手に帰ればいいでしょう！　魔法をかけたわけでも、私が招き寄せたのでもありません。だから追い出すこともできません。おわかりでしょう！」

そう言うとドーラは白墨《チョーク》で落書きされた汚い長椅子に坐っている老人たちに背を向けた。マグダレーナ夫人は涙を拭い、父はしわがれた声で言った。

「母さんや、かえろう」そして後ろ手でそっと扉を閉めた。

その日ドーラはヤロスラフにいつもよりもずっと優しかった。彼女はこの若い騎士に彼女の小部屋に朝までいることを許した。

ラーレッツの老騎士は、先生方に学費を支払って家に帰るように、と息子に書き残すと、マグダレーナ夫人と共に立ち去った。しかしヤロスラフには支払う金などなかったし、家に帰りたいとも思わなかった。

冬が近づいてきた。ヤロスラフは今や昼も夜も酒場女のところにいた。皆は彼に微笑みかけたが、本当のことを言う者は誰もいなかった。彼はいつもみんなのなかでただ一人愛されていて、ドーラの心は彼が感じているのと同じ愛情をもって彼に捧げられているのだと思っていた。だが午後に彼が酒場女のところから出て市場の高利貸しのところを回っているあいだに、ドーラは客をとっていた。今日はこの男、明日は別の男と。そうこうするうちにある日ヤロスラフが一時間早く帰ってきて寒さで凍《こご》えて酒場に入ると、甘えるような淫らなドーラの声が聞こえた。小部屋に入ると、ドーラの毛皮の下に男が寝ていた。それは彼がさいころ遊びをしていた相手の一人だった。

ヤロスラフはドーラが魚を放り出していたテーブルの上のナイフを取ると、寝ている男の心臓めがけて突き刺した。それからドーラの目をじっと見つめて静かに居酒屋を出て行った。背後でドーラのけたたましい叫び声だけが聞こえていた。彼女のところで人殺しが起こって、市場から帰ってくるとベッドに死人がいたというのだ。

ヤロスラフは凍った川のほうに向かった。雪の上に印された彼の足跡は、大きくて黒いロザリオのようだった。彼は氷の上を円を描くように歩いてなにかを探していたが、見つからなかった。すると突然立ち止まって、目の前の氷の面をじっと見た。そこには大鴉《おおがらす》が坐って死んだ鳩を貪っていた。ヤロスラフの足跡はもう円を描かなかった。若者は身体を真っ直ぐに立てて大鴉について行った。

そして再び夕方になり、学生や学士たち、教授や警官や治安判事らが、ドーラの「ヘシ、ヘシ！」に坐っていた。殺人の話が出て、ある者たちは心中穏やかでなかったが、別の人々は笑って飲み、さいころ遊びをしていた。そして再びドーラが例のモルダヴィアダンスを踊り始めると、また胸がむき出しになり、両手が突き上げられ、手のひらが震えて「ヘシ、ヘシ！」という叫びが口をついて出た。そしてドーラはいつものように一番近くの男に抱きついたが、その男を直ぐに突き放した。

それはヤロスラフだった。全身ずぶ濡れになって冷たかった。彼の身体から水が滴り、歩いたあとに水溜まりができた。濡れた足跡がドアからベンチと樽の間を通って彼が立っているところまで続いていた。

「あんた、濡れてるじゃない、ヤロスラフさん。でも外は雨じゃないのに」とドーラは言った。

「雪が降ってるのさ。それが身体の上で溶けたんだ」とヤロスラフが答えた。

「でも手が冷たいわ！」とドーラが言った。

「凍えてるんだ。寒いぞ！」とヤロスラフが答えた。

彼は再びドーラを捕まえると、初めてそれまでとは違ったふうに抱きしめた。ドーラは震えだした。

「なんだか愛し方が違うわ、ヤロスラフさん」と彼女は言った。だがヤロスラフはもっと強く抱きしめた。彼女の裸の身体を寒気が走った。その時、彼は笛吹の一人から笛をとり上げて自分で吹き始めた。客がテーブルから立ち上がった。その歌はあまりにも不思議で猛々しく、あまりにも恐ろしかった。歌に合わせた太鼓も全く聞いたこともないような響きで、楽人たちのヴァイオリンの弦も怒ったような拍子を奏でた。

「急いで、急いで！　時間がない」とヤロスラフが叫んだ。「ドーラ！　ドーラ！　ヘシ、ヘシ！」

そこでドーラが踊り始めた。客の誰もこれまで見たことのない新しい踊り、ほとんど恐る恐るとでもいえそうなゆっくりした踊り、注意深く懇願するような踊りを。押し殺した鼠の呻《うめ》き声のようなヤロスラフの笛と、葬列で打ち鳴らされるような太鼓の響きが、踊りに合わせて奏でられた。

「ヘシ、ヘシ！」と今度はヤロスラフが命令した。するとドーラは裸のままヤロスラフの頸に倒れかかった。ヤロスラフは笛を地面に投げ捨て、それを踏み砕いた。

それからドーラの手を取り、重々しく洗練された踊りを踊りながら、樽の間を通って扉に向かった。扉の下には水溜まりが広がっていた。扉が開き、ヤロスラフは客たちに手招きをすると、ドーラとともに表に出た。客たちは皆、自分たちの犬と一緒に白い寒気の中に足を踏み出した。行列は進んでいった。始めはそこから湯気が立ち上ったが、そのうち人々の四肢が寒さで固くなり、踊っているヤロスラフとドーラの後をゆっくり歩いていくだけになった。彼らは町はずれの川に出た。月が輝き、雪は青白かった。ヴルタヴァ川の向こうにミルクのように白く新しい教会の真新しい塔が真珠色の靄の中から聳《そび》えていた。

ヤロスラフはドーラとともに川の真ん中まで来た。彼女は半裸だったが、寒さで震えてはいなかった。ヤロスラフも振り返って群衆を見ることはなかった。太鼓打ちが太鼓を打ち、ヴァイオリン弾きが奏でていたが、笛吹は息を凍らせて黙り込んだ……最後には氷の上の陰気な群衆のなかで打ち鳴らされる太鼓の音だけが聞こえていた……

その時ヤロスラフとドーラがジャンプして行列を離れ、太鼓の音も消えた。

この瞬間、彼の顔が一変した。体内から黄色い光に照らされて歯をむき出し、ドーラとキスした時に窪《くぼ》んだよりももっと深く顔が窪んだ。皆は目の前に立っているのが死神だと悟った。死神が氷の上で足踏みをすると、皆が飛び退いた。氷がみしみしと音を立て、川の真ん中が割れて黒い水面が見えたからである。そしてこの水面に踊り手の男女が落ちていった。二人の上で氷がふさがり、恐怖で凝然となった群衆は岸に向かって氷の上を逃げて行った。

再び雪が激しく降り始め、冬の川が暗くみえるところに灰色の雲が重く垂れ込めて、雲の後ろに月が隠れた……

＊

この日は激しい北風が吹いて皇帝の部屋が寒かったので、ヴィーテク卿はイタリア製の暖炉を焚《た》くように命じた。それでもブシェク卿が物語っているあいだはいくらか寒かった。彼の話は冬の夜など乳母が子どもたちに話す物語を思い起こさせた。おとぎ話に現れるのは死んだ人たち、騎士の亡霊、狡猾なルサルカ[*10]や冷酷な水の精、魔法にかけられたお姫さまや盛大な饗宴を訪れる死神その人、我々は塵《ちり》であって塵にかえるのだという微苦笑を誘う註釈である。カレルは死の勝利と言われるピサのあの情景を覚えていた――ブシェク卿の物語では、死神はこのとき未熟な若者を誘惑して、墓に引きずり込んだ淫乱女とともに、踊り狂ったのである。

イェシェク師はヴェルハルティツェ卿の物語が三人の聞き手みんなに与えた感銘を失わせたくはな

かった。しかしそれでも暫くして彼は言った。

「同じような事件ではありますが、僧の義務としてもっと神聖な事件についてお話ししましょう。それから悪魔に誘惑された人間についても話したいと思います。私の場合それは女で、尼僧でさえありました」

ヴィーテク卿は心得たというように微笑んだ。イェシェク師の物語に興味をもったのである。しかしイェシェク師は言った。

「あまり期待しないで下さい。私の話は今日のような天気に合ったものです。その中には遠い荒々しい世界の風が吹いていています。そして抗《あらが》えない不合理な力に運び去られる木の葉のように、この風によって貧しい娘の魂がつれ去られるのです」

王はじれったそうに頷いて興味があることを示した。彼は両手で乾いた菩提樹の木片をいじっていたが、できあがってきた形を見つめる目は期待で輝いていた。天国と地獄が人の魂をめぐって争う事件が王は好きだったのだ。

ブシェク卿も待ち遠しそうにぶつぶつ言い始めたので、イェシェク師は物語り始めた。

ベアータ

外国人の学生がどのようにしてベアータ修道女の道を誤らせたか、また至福なる王女アネシカによってプラハに設けられた修道院でどのような奇跡が起こったかという話。

女子修道院に美しい鍵番の女をおくのは間違いなく危険なことである。しかしプラハの聖クララ修道院の院長はこの仕事をうら若いベアータ修道女に任せた時、さほど心配はしていなかった。この修道女が最も美しいというだけでなく、修道女の中で最も敬虔な一人だったからであり、また修道院の門の鍵が十字架と護符だけを胸につけている者の手に委ねられるものだったからであった。ベアータ修道女は空のように青い目と健康な乙女の赤い唇を持っていた。しかし彼女の快活さはこの世のものでなく、修道院の創立者である尊いアネシカ[*1]さえも、きっとベアータの顔の、りんどうのような青い瞳と桜の花のような唇を、天から満足してご覧になっておられただろう。それが彼女の淑徳の花であり果実だからである。

ベアータ修道女の心は清純そのもので、口もとは奇跡のようだといわれていた。それが苺のように新鮮だからというのでなく、甘い香りのようにそこから漂ってくる安らぎのせいだった。彼女の微笑《ほほえ》みのひとつひとつが修道院の門で病人に施される薬草の根のようだった。彼女の白くほっそりとして小さな手が厳かに、礼を言う必要も感じさせないほどの優しさで、パンの塊とひと摑みの桜んぼを、物乞いの子どもたちに渡すのだった。彼女が門を出ればさながら早春がやって来たかのようで、水溜まりは虹のように輝き、いかめしい壁は野薔薇のように身を装った。道を行けば彼女の歩みは教会の音楽を奏でるかのようだった。彼女のすべてが聖母マリアのようだったのである。

祝福されるべきアネシカ・プシェミスロヴナ修道院にこのような美しい鍵番がいても何の危険もなかった。プラハのクララ修道会の淑徳が国中にあまねく知られていたからである。そしてベアータ修道女はその中でも最も有徳《うとく》のひとであった。彼女に修道院の門の鍵が任されたのはそのためだった。

その後、隣のフランシスコ会の病院に外国から一人の学生がやって来て、そこで医術を学び始めた。この学生は正午に施しを受けようとする群衆の後ろに姿をみせ、日曜日のミサの時にはマリア教会の柱の蔭に立ち、夕方になると修道院の扉近くの蔭に身を寄せて、ベアータ修道女が扉を開け、二人ずつ組になって病人の訪問から帰って来る修道女たちを通すのを、待ちかまえるようになった。

この学生は顔つきがクマン人[*2]に似ていた。恐らくキリスト教徒でもなかったのであろう。きっと一目見て彼はベアータ修道女のような神聖な娘に哀憐の情を催したのだろう——実際、ヤン（ジャン）王の治世の初期には全世界から不思議きわまる種族が我が国にやってきて、しばしばそれが人か悪魔かと思い惑ったものだった。彼らはあらゆる言葉を話し、あらゆる民族衣装をつけて、キリスト教徒風にもサラセン風にも戦え、侵入すればどこでも暴力をふるったのである。考えただけでも恐ろしいことだ！　貧しい学生はその一人だった。

その冬何が起こったのか誰も知らない。しかし我らの川なるヴルタヴァの氷が溶けて、教会とチャペルのあるクララ修道院の建つ岸辺にざわめく泡を若々しく打ち上げ始め、人々の話す声の響きが高くなり、足取りが軽やかになって、草むらにたんぽぽが咲き乱れ、菩提樹が合掌している手のひらのような淡い色の芽を吹き、春が突然、はしゃぎ回る小鳥の歌とともに天から嵐のようにやって来た時、ベアータ修道女は自分の鍵番部屋で聖母マリアの石像の前に跪き、長い間一所懸命に祈っていたが、突然涙にくれて叫んだ。

「もうだめです、もうだめです、大切な、大切なマリアさま！」

そう言うと彼女は鍵を聖母マリアの足下に置き、再び手を合わせて聖母マリアに話しかけた。

「マリアさま、私はもう一瞬も長くはお仕えできません。私の身体は焼けてしまい、私の魂は燃えるような炎で一杯です。マリアさま、私にはあなたを傷つけることはできません。あなたを侮辱することも。立ち去ります。ですから鍵はあなたにお返しします。お返しするのは、罪深い私の手ではもうこの家の扉を開けることができないからです。さようなら、マリアさま。あなたのことは決して忘れません。私が子どもだった時からあなたが私にとってどんなに大切な方だったか。さようなら。私のために泣かないで下さい。私はあなたの一粒の涙にも値しないのですから」

ベアータ修道女は十字を切り、もう一度マリアの像と彼女に返した鍵を眺め、急いで修道院から星空の夜の中へと出ていった。この時聖バルボラ教会[*3]の尖塔は人を脅しつける指のようだった。

この夜ベアータ修道女は修道服を脱いで、彼女がクマン人に似た顔の学生と寝た部屋の窓の上に十字架と護符を置いた。翌朝、彼女はこの男の部屋に僧衣と十字架、護符と純潔を残して、彼と一緒に出て行こうとしていた。

ベアータの運命の恐ろしかりしことよ！

学生はまず彼女を辺境伯の領地に連れて行き、そこで旅の商人たちを掠奪してひと財産つくった酔いどれ騎士が主人になっている、どこかの城に彼女と住みついた。彼は毎日罪の許しを与えて彼女を正式な妻にしてくれる司祭がやってくると彼女に約束していたが、司祭はやってこなかった。

「司祭を迎えに行こう」と彼はベアータに言った。

二人は十人の騎士を連れて荷車で出発した。十番目の森を越え、三つ目の川を渡ったところで夜、外国の言葉を話す別の一行に出会った。この一行の中に学生の知り合いがいた。彼らと挨拶をして暗い木の小屋に泊まったが、その夜火事が起こった。ベアータは裸足で部屋から走り出ると、両手を合わせて遠くから火事と教会の塔の上の赤くなった空を眺めた。塔の上からは輔祭がしきりにラッパを吹いて助けを呼んでいた。

学生は彼女を小屋に連れ戻し、横になって彼が来るのを待つように、さもないと絞め殺すぞ、と命じた。彼の目は恐ろしい白目に変わり、指が彼女の肩に深く食い込んだ。しかし彼女は叫び声を挙げなかった。その夜初めてこの学生を恐ろしいと思ったからである。

明け方近くベアータのところに口髭のある老婆がやってきて、彼女の夫が――老婆は貧乏学生をそう呼んだ――夜の戦いで負傷して近くの町に運ばれた、と告げた。そして別の歩兵と一緒についてくるようにとベアータに頼んだ。この一行には他に二人の女がいて、荷車には楽に乗っていけるように干し草が積んであるというのである。ベアータはついていった。

しかし次の晩、彼らは町には入らず森の中にとどまった。老婆が言っていた二人の女は、かつての尼僧にするようにベアータに笑いかけた。ベアータは学生が彼女のことをすべて話したのだと分かった。女たちは食べ物を少しくれて、ウゴル王の兵士たちといれば食べ物も飲み物も十分にあるといって慰めた。ベアータを連れ出した男のことを聞くと、女たちはまた笑って、食わせものの亭主が彼女をたいそうなお金でウゴル兵の隊長に売り渡したので、きっと隊長が呼びに来るだろうと言った。

それには答えずベアータは、女たちが食事の準備に取りかかると直ぐにそこを離れ、踏みならされた道をめくらめっぽうに逃げた。しかし一刻もすると馬に乗った騎兵たちに追いつかれた。

「俺たちから逃げても駄目だぞ、いいな?」と彼らは笑って無理矢理彼女の顔にキスをした。「隊長さんは尼さんがどんな愛し方をするか知りたがってるぜ……」

彼らはそう言うと彼女を森へ連れて行き、そこでベアータは荒っぽい兵士たちの酔っぱらった隊長の生贄《いけにえ》となった。こうして彼女の運命は定まった。かつてのベアータ修道女はキリストの許婚《ネヴィエスタ》から娼婦《ネヴィエストカ》のベアトカに変わったのである。

この夜からベアータの道はめまぐるしく変わった。彼女はウゴル王国に連れて行かれ、そこから海岸の町ドゥブロヴニク*4の売春宿に着いた。ヴェネチアの船乗りがここで彼女を見つけ、船に乗せてイタリアに連れて行った。彼女は二年間ヴェネチアとパドヴァで暮らした。そこでは大学生が、彼女の時には金持ちの、時には貧しい友人になった。すでに彼女は数ヶ国語を話し、目隠しをしていても自分を愛している学生がどんな種類のワインを飲むか、どこの学部の学生か分かるようになっていた。

パドヴァで彼女をひいきにしてくれたのはモンペリエ[*5]の町の聖堂座参事会員で、その年彼は大学で教理学を講義していた。彼女は住いと豪華な衣類、小間使いと大きなベッドと高価な布団を与えられ、そこで夜は起きていて朝方眠り、昼間は食べて過ごすのだった。彼女の好意をめぐって聖堂座参事会員と町の警察長官の間で争いが起こり、聖堂座参事会員が町から追放の罪を課せられそうになったので、彼女は聖堂座参事会員とともに海岸沿いに彼の生まれ故郷のモンペリエへと逃げていった。そこは短いが急な流れのルレ川がレオの入江[*6]で青い海に注ぐところに近かった。聖堂座参事会員の自宅がここにあって、彼は有名な司教ばかりか、町の著名な医師たちにも多くの友人をもっていた。

彼女が聖堂座参事会員の肥《ふと》った夢遊病者のような愛人としてそこに住み始めてから既に二年目になったある日、通りで彼女は国の言葉をいくつか聞いた。目の治療に来ていたジャン（ヤン）王[*7]に随行する騎士たちが、この土地の女には暗い魅力があると話していたのである。望郷の念がベアータを捉えた。

彼女はチェコ王をとり巻く男たちを探したが、見つけることができなかった。そこである夜、たった一人徒歩で町の城門を通り、真夜中の郊外に出た。彼女の旅は長い年月の間続いた。顔は萎《しお》れ、モンペリエの聖堂座参事会員の家の娼婦から再び修道女のベアータらしくなった。川を渉《わた》り、山を越え、最後の宝石と高価な着物を売り払い、靴を履き破り、屋台の商人に最後のお金を渡して。

至福なアネシカ修道院を出た日から十年経って、彼女は再びプラハに着いた。それは夏の初めで、満々たる川が岸の間を流れていた。再び聖バルボラ教会と隣の聖フランシスコ会の教会、マリアのチャペルと閉ざされた修道院の門の扉が見えた。彼女は建物の周りを回り、目に涙をため、楽しく美しかった青春を閉じこめた、神聖な場所を眺めた。再び彼女は長い間聞いたことのなかった古いヴァーツラフの歌を歌いたくなり、手のひらで目を覆った。尼僧たちの歌と楼上の鐘の音が聞こえて来たからである。

その時誰かが彼女の両手をとって目から離させた。見ると年老いた尼僧が眺めていた。尼僧は彼女にお腹が空いているのか、それとも別のことで泣いているのかと聞いた。ベアトカは初めは吃驚《びっくり》したが、そのあとでこう言った。

「昔の知り人を想い出していたのです。この修道院のシスター・ベアータです。彼女はどこで亡くなったのでしょう？　こんなに年月が経ったのですもの」

「シスター・ベアータですって？」と老いた修道女は急いで答えた。「彼女はいつものように元気で、いつもとても親切で陽気ですよ。彼女をご存知でしたら行ってお会いなさい。鍵番の部屋にいますよ。いつも同じように神様のお気に入りで大切なお役目をしておいでです。さようなら！」そう言うと、尼僧は昼食の邪魔をしないように、ひたひたと修道院の方に歩いて行った。

ベアトカは何歩か歩いたが、そこで立ち止まった。

「年とった修道女はなんて言ったのかしら？　気でも違っているのかしら？」

しかしそれでも彼女は進んでいった。そして誰かに命じられたかのように手を挙げて鍵番の部屋の鐘を振った。鍵をギーと回すと扉が少し開いた。誰かの指が彼女を入るように招いた。

彼女が入ると広間には昔なじんだ香炉、台所と独身女の匂いがしていた。ベアトカはつま先立って小部屋に入った。そこはかつて彼女が鍵番として寝起きしていたところだった。誰にも会わなかった。部屋には人気《ひとけ》がなく、ただベッドの上に僧衣が載っていた。スカートと外套、帽子と十字架と護符が。彼女はこれらのものに触り、頭をベッドに伏せて長い間泣いていた。すると声が聞こえた。

「私はお前を哀れに思っていました。それは十年前にお前が置いたところにあります。さあ僧衣を着て貧しい人々にその俗世の着物を与えなさい。鍵を取りなさい。それは十年前にお前が置いたところにあります。自分の務めを果たしなさい。祈り、懺悔《ざんげ》しなさい。お前の恥を知っているものは誰もいません。みんなはお前がずっとここにいたと思っています。その間私がお前の仕事をしました。私がお前に代わって働き、お前のために祈り、お前とともに歳をとりました。あのとき罪を犯したのでお仕えできないとお前が言ったただひと言のために。そのために私はお前を許し、お前に代わって働いてきたのです」と。

修道尼ベアータにはそれが聖母マリアの声だと分かった。彼女は立ち上がると急いで着替えた。聖母の像を見た。像の下には彼女がかつて置いたままに鍵が置かれてあった。その時ベアータには思われた。自分が世界のどこに行っていたのでもなく、いつもこの門番の部屋にいたのだと。教会ではいつも聖クララの修道女たちが歌を歌っていたこと、そして扉の前では乞食たちがお腹を空かしていて、今にも不平を言わんばかりなのだと。

そこで彼女は鍵を取り上げ、微笑みながら聖母マリアの目を見ると、キスして、三個のパンと新鮮な桜んぼの籠を手に取った。

彼女は誰にともなく「もう時間です」と言うと、門の前に出て行った。そこには老人の群れが立っていた。そこには子どもと話し好きな老婆たちがいた。彼らはいつものように口々にベアータに祝福の言葉をかけてきた。しかしベアータはその奇跡のような唇で微笑むばかりで、彼女の小さく白くほっそりとして重々しい手が、パンのひと切れとひと摑みの桜んぼを乞食たちに分け与えた。それはもう一度感謝する必要もないほどの優しさだった。

水溜まりが虹色に輝き、到る所に野薔薇が咲いていた。

*

イェシェク師が話し終えた時、聞き手の顔を見るのは興味深いものだった。王は真面目な顔をしてちょっと手を休め、落ち着かない指で菩提樹の木くずを机から払い落とした。ブシェク卿はいたく感動し、修道尼ベアータにとってこのようにすばらしい結末に終わったのが嬉しくて泣きそうになった。だがヴィーテク卿は笑って言った。

「誓って言うが、私はこの事件のことをボローニャで聞きました。そしてその修道尼もやはりベアータという名でした」

イェシェク師は言った。「卿よ、私もどこかで聞きました。悪魔も護れなかった夫人の話や、すべての女の愛から逃げだした若者の話を。ところで卿よ、あなたの話に戻れば、それはどうでもよいことです。ベアータはいたし、今もいるのです！　たとえプラハかボローニャにいなくても、ノリンベルグかパリにいるのです」

「私はあなたの物語をけなそうとして言ったわけではありませんぞ。あなたが言われたように、それが私たちの町プラハで起こったことが嬉しいのです」

　一方王は言った。

「こんなに気持ちよく坐っているこのテーブルを懺悔の部屋にしたことを許してほしい。私は自分のことで誰にも知られることがなかった多くの話をしたが、更にそれを続けたいと思う。私たちは女たちについて話すと約束したのだから、その約束を果たそうではないか。今日は悲しい思いをするためにだけ王妃となった妻、ヴァロアのブランカの話をすることにしよう……」

ブランカ

七歳で同い年の王子カレル[*1]に嫁いでから、神によって絶えず彼から引き離されていた王妃ブランカの、悲しい愛の話。

私は常ならぬ白い肌をした金髪で青い目をした娘に初めてパリの宮廷で引き合わされた時のことを覚えている。初め私はそれがクシヴォクラートの城守の娘ブラジェンカ[*2]のことだと思っていたが、その後私の叔母でフランスの王妃マリア[*3]が、この女の子が私の妻になるだろう、と私に言った。私は妻はもう選んだと答えた。マリアはルクセンブルグ風に軽く笑いかけ、私の顔を手袋で軽く叩いた。

王妃マリアの戴冠の日、私は祝賀の行列に加わって教会まで連れて行かれ、そこで祭壇の前に立たされて私の手と王妃の姪であるヴァロアのブランカ[*4]の手が結ばれた。そうして皆は長い間祈りを捧げた。五月の暑い日[*5]だった。

私は好ましいとは思ったが、とても理知的な目をしていたのでその前にいると怖れを感じ、自分の妻にキスするようにと言われるまで当惑のあまり汗をかいていた。私はブラジェンカの代わりに彼女にキスするのだと自分に言い聞かせて、儀式張った慇懃《いんぎん》さで言われた通りにした。

私は、これからは妻と一緒になって彼女とともに独立した家に住むことになるだろうと思っていた。私は赤煉瓦の梁が組み合わされた細いファサードをもつパリの家の一つを想像した。私はこうした家の高い屋根とその彩られた窓に憧れていて、そこに妻と一緒に住みたいと思ったのである。

しかし戴冠式の宴会の一部であった婚礼の宴が終わると直ぐに、私の妻は私の側から連れ去られた。彼女は七歳、私も七歳だった。私たちは勉強せねばならなかった。彼女は女性の嗜《たしな》みを、私は騎士としての徳と支配者としての知識を。フィリップ*6王は読むことも書くこともできなかったが、それでも学問のある人々には好意的だった。

王は私ができるだけ早くラテン語ができるようになることを望んだ。最初に宮廷付司祭のジャンが私の先生になった。主な内容は、毎日九つの主の祈りと聖母マリアへの祈りをラテン語で唱えることだった。私は早くからフランス語も話せた。マルケータがパリの宮廷でブランシュになったように、ヴァーツラフという自分の名を失ってカレルになった*7のは、善意のフィリップ王が私を騎士道のすべての源たるカール大帝の後継者となるようにと願ったからだろう。私の父もそう望んでいた。

しかし私が計りがたい学識と敬虔の人であるフェカン*8の僧院長ピエール・ロジェ*9のもの柔らかな手に任ねられた時、私の魂をめぐって天と地の争いが始まった。天は、すなわち教会、信仰、敬虔さであり、地は君主の権力への子どもらしい憧れ、好戦性と豪華さへの嗜好である。私は権力、戦闘性、贅沢を身近で嫌になるほど見ていた。実際のところ敬虔なのは師のピエール・ロジェだけだった。彼は後に教皇となり、私は皇帝になった。二人とも私たちの目指していた頂点に達したわけである。夢というものは時に実現するものなのだ。

ブランカは私の手の届かないところに消えてしまった。彼女は暗いパリ城の婦人用の区画で、おのが日々を費やしていた。彼女に会うのは宴会か祭り、あるいは宮廷の人々が礼拝に行く教会で、皆が見ている前でだけだった。この時私はブランカの側に連れて行かれた。私たちは互いにあまり話さなかった。ブランカはいつも独特の静かで威厳のある目をして、足取りはゆっくりと重々しかった。一度だけ私に言い聞かせるように言ったのは、以前にクシヴォクラートでブラジェンカが言ったのと同じだった。

「カレル、ちゃんと坐りなさい！」

私は口を尖《とが》らせ、背を伸ばして坐ったのを覚えている。しかしミサの間はもうブランカを見なかった。私たちが祈禱台から立ち上がると、ブランカがとても可愛らしく笑いかけたので、彼女の手にキスすると側に寄って行って彼女の馬車に乗り込み、小間使いには御者台で我慢するようにと命じた。後で咎められたが、私は自分の妻と共に教会を出てもいけないのかと答えた。

僧院長のピエール師は私に聖なる信仰と教皇たちの歴史を教え、ルネ・ド・ミルフルール氏[*10]が戦いの技をたたき込んだ。それと同時に私は当時のフランス詩人の全作品と、この上なく驚嘆すべき諸年代記を読んでいた。ブランカとはサヴォア使節団の歓迎の宴会で再び会う時まで会わなかった。彼女が手を洗っていて、召使いが洗面器を持って私に近づいてくると、ブランカは笑って私の顔に水をかけ、何事もなかったかのように静かに横を向いた。それから大きな黄色いリンゴを取ってひと口かじると、真面目な顔をして残りを私にくれた。この天国のような好意の表現が私にとっては限りない喜びだった。

それからまた日々が過ぎ、週と月が過ぎていった――ブランカは食事にも馬上試合にも教会の礼拝の時にもいなかった。具合が悪いという噂だった。この娘は身体が弱く、白い肌がこめかみと眼の下に青い静脈を浮き立たせていた。私は私《ひそ》かに未来の王妃は身体がとても弱いのだと思った……

その後、私は金色に染まった夏の並木道を彼女が馬に乗っていくのを見た。ド・ミルフルール氏の代わりにフランドルの騎士ランスロー・ド・ネヴェール氏が私の世話をしてくれていた。彼はあまり厳しくはなく、私に女性の話をするのが好きで、私もそれを知りたがった。その時は馬上の彼女がとても気に入ったので、馬で後を追いかけてもう彼女を離さないようにしたかった。ド・ネヴェール氏は声を立てて笑い、私が自分の妻をたらし込もうとしていると言った。

私はブランカの夢を見るようになった。一番長い夢は、彼女が馬から下りようとしている時に私が彼女の小さな靴を手のひらで支えるというものだった。

その後のある日、私の父は私とブランカをルクセンブルグに移すように命じたが、一緒に行くわけではなかった。私たちはどちらも十四歳だったが、彼女は内気な娘で、私は年不相応に口髭を生やした荒っぽい少年だった。ルクセンブルグで私たちの養育を取り仕切ったのはトレヴィール[*11]の大司教ボードゥアン師だったが、実際に私たちの世話をするものは誰もいなかった。私たちはそれぞれ城の別の場所で暮らし、ボードゥアン師の年老いた叔母がとり仕切る夕食の時に会うだけだった。叔母はシュワーベン家の血統を継ぐルクセンブルグ家の筆頭だった。

かつての私の小姓ズデネクがチェコから派遣されてきた。彼は今では騎士ズデネク・ルリーク[*12]と名乗っていた。私は昔と同じように彼が好きだったので、私は嬉しくてしばらくブランカのことを忘れた。彼は私にかかりきりだった。しかし彼とはドイツ語で話さなければならなかった。私がもうチェコ語を話せなかったからである。私が去ってから長いあいだブラジェンカが泣いていたと彼が言った時、私は胸の高鳴りなしにその報せを聞くことができなかった。

結局、私は妻の暗黙の同意を得て、彼女をルクセンブルグからドゥルビュイの城*[13]に連れて行った。ズデネクが私を助けた。彼は私の神聖な権利を認めていたのだ。大司教ボードゥアンは、トレヴィールに来た急使によって、私のしたことを知らされた*[14]。好むと好まざるとにかかわらず起こってしまったことを認め、その日からブランカと私がいつも、昼も夜も、共にいることを許した。

ドゥルビュイは豊かな城だった。周りの庭園には、枝を茂らせた菩提樹と棘《とげ》のある藪が生い茂っていた。藪の間には鶯《うぐいす》の巣があり、その夜は鶯が鳴いて、私の心は幸福で満ち溢れていた。それは魅惑に満ちた夜だった。ブランカは私にトリスタンと呼びかけ、私は彼女をイズー*[15]と呼んだ。

しかし水平線の上を黒い帆を持つ舟が近づいてきていた*[16]。私たちは別れなければならなかったのだ。

もしもブランカの許にとどまっていたら、今私は皇帝にはなっていなかったろう。彼女は私をこよなく愛していて、側から私を離そうとしなかった。書物を手に取るといつも彼女が寄ってきて、話をしなければならなくなった。書きものをしていると彼女がペンを私の手から取り上げるので、私が読めないでいた書物の中の話を話して聞かせなければならなかった。狩りに行くこともできなかった。彼女は馬上試合も馬鹿にして、謝肉祭の時の戦争ごっこみたいで滑稽だと言った*[17]。あんなに賢い頭を持っていながら私の義務を理解していなかったのは、不思議なことだ。王妃となるべきこの娘は優しい愛人に過ぎなかったのだ。

父は執拗に私にイタリアに来るように促した。私は丸三年イズーをほったらかしにした。私はメッツと薫り高いローザンヌ[*18]を越え、微笑むようなローヌ川の渓谷を抜けて空のように青い海に至り、その暖かな岸辺に沿ってイタリアのルクセンブルグ諸国[*19]に着いた。

イタリアにおける私の生活は極めてめまぐるしく、どこかにルクセンブルグの町があり、そこに七歳の時から教皇の許しを得て配偶者となり、数ヶ月前に妻となった金髪で白い顔をした娘がいることなど、想い出す暇さえなかった。私たちは手紙など書かなかった。

荒々しく危険な生活のあと、私はモラヴィア辺境伯としてイタリアからプラハに帰ってきた。その後すぐ、一三三四年六月のことだったが、フランスの使節団がプラハに妻を連れてきた。辺境伯夫人ブランカは当時廃墟のようだったプラハ城に足を踏み入れた。プラハの僧たちが人々とともに城門まで迎えに出た。到着した時彼女はいつものようにとても可愛らしく、静かで、理知的で、金髪で、白い顔をしていた。彼女は遥かな憧れるような眼差しで私の目に見入った。彼女は美しい臙脂《えんじ》色《いろ》の衣装を着ていて、使節団は見たこともないほど盛装していた。プラハの人々は黄金と金襴《きんらん》とレース、男たちの細いズボンや女たちのヴェールから目を離せずにいた。この時からプラハではフランスの風俗がはやり始めたのである。

私の古い友人ランスロー・ド・ネヴェールもブランカと一緒にやって来た。彼は来た途端に私の邸の三人の女と、ヴルタヴァの対岸にある飲み屋の女が好きになった。ブランカは指図して城の自分の住いを一晩でフランス風に模様替えした。そしてこの住いで私はイズーに仕えるトリスタンを演じることになった。それは絶え間ない愛の戯れのひと月だった。城は熟していないワインのようにざわめいていた。窓の眺めはブランカに海を想い出させた。彼女は地平線の森が一番好きで、それを遠くの島だと言った。彼女は仕合わせだった。皆が彼女を愛し、皆が彼女をあやし、悪く言うものは誰もいなかった。私は一日中彼女の足下に坐り、薔薇物語[*20]の騎士とその貴婦人のように愛し合った。

ブランカは馬でも外出したが、我が国の人々には好ましく思われなかった。しかし人々が一番気に入らなかったのは、城の宮殿の最も良い広間を占拠し、日曜日の聖ヴィート大聖堂[*21]では異国の言葉で聞こえよがしにお祈りをして、夜になれば異国の歌を歌いながら町で飲み歩く、多数の外国人だった。皆が不平を言い始めた。

そのため私は妻についてきたフランス宮廷の人々に礼を言うと、沢山の贈り物を与えてひと月後にはパリに送り返した。ド・ネヴェール氏は秋になって飲み屋の女の許を去った。私のところにはまれにしか訪れなかった。別れる時彼は、ここで少なくとも十回は心を奪われたと言った。しかし私はいつまでも心を奪われているわけにはいかなかった――私はブランカにチェコ語とドイツ語を学ぶことを求め、非常に忍耐強い男を二人教師としてつけたが、ブランカは新しい言葉をなかなか覚えなかった。

母が亡くなってから父が妻として迎えたブルボン家のベアトリスが、新しい王妃としてプラハに来た時、辺境伯夫人は王妃が血統も言葉も共有していることを見出した。しかし彼女は直ぐに泣き出した。私がモラヴィアに出発しようとしていて、ベアトリスが彼女を寄せつけなかったからである。[*22]

私は反抗する領主たちの城を陥《おと》し、交渉し、誓約し、半ばばらばらになった国をもう一度根本から立て直した。ブランカは私と話したがっていた。突然ひとりきりになって誰も彼女を理解せず、皆が彼女を憎んでいたからである。私は彼女がこの苦悩をひたすら楽しんでいると思った。しかし彼女はそんなことはすべきではなかった。出産を控えていたのだ。

ブランカは子どもを産むのを怖がっていた。夜になると子どもが生まれる前に死んでしまうとか、自分は綺麗でないとか、私が前のように愛してくれないとか言っては、手で顔を覆って泣くのだった。彼女は醜くなった身体を憎み、そんな身体がとても好きだと言っても信じようとしなかった。聖書を引いて慰めても無駄だった。未来の王妃で一族の母になるのだから神の御意志に従うようにと私が言うと、彼女は腹を立てた。彼女は私が愛してくれさえすればそれで充分で、覚えている限りではイズーは子どもは持ってはいなかったと言った。私は彼女をクシヴォクラートへ連れて行った。

そこには新しい城守の家族がいた。私は彼女と共に馬に乗り、彼女の許にとどまった。モラヴィアの貴族たちは辺境伯が妻の世話をしているのを見て喜んだ。夜になるとブランカはしばしば夢を見ては、物の怪《け》を追い払おうとして叫び声を挙げた。

五月が近づいてきた。それは十二年前に私たちが結婚式を挙げた月であり、子どもが生まれる予定月だった。私はドゥルビュイの鶯の想い出で彼女の苦しみを少しでも慰めたいと思った。

そこで私はズデネク・ルリークに命じ、そこら中の小鳥捕りたちに最も声の美しい鶯を捕えるように命じて、崖も含めて城から谷間に通じる小径の茂みに放たせた。五月には囀《さえず》りが最も美しくなる。巣を作るからである。我がズデネクの奇跡によってかあるいは老練さによってか、鶯たちは小径に住み着き、一羽また一羽と囀り始め、やがてブランカのお産の時には大合唱となった。

夜の間にブランカの陣痛が始まり、朝には女の子が生まれた。その子はマルケータと名づけられた。お産は経験に富む女たちが驚き、医師が首をかしげるほどとても軽くて短かった。かわいい赤ん坊に添い寝しているブランカは気高く、肌が少し薔薇色がかっていて、感謝するように私を見ると、鶯の歌のことで礼を言った。

「私はそのことを聞きました。あなたは立派で優しい騎士ですわ。娘ができたのですから、もうずっと私と一緒にいて下さいますね」

だが彼女はこの子が気に入ったかとは訊ねず、自分が幸せかどうかも口にしなかった。

側にずっといると約束すると、彼女は私の手にキスをした。

結局私は辺境伯領に赴いたが、ブランカは子どもを連れて私の許にやってきた。君主としての仕事だけでなく、子どもだって私から彼女を遠ざけることはできないというのだ。ブランカは結局母親にはなれなかったのだ。

私たちの間に冷たい感情が生まれ、そしてそれは私たちの心から消え去ることはなかった。彼女が私を愛していることは分かっていた。私だって彼女を愛していた。しかし彼女がずっとイズーであり続けたとしても、私がトリスタンでいつづけることはできなかった。ブランカはプラハに住んでいたが、私はローマやドイツやリトアニアを行き来していた。私はプラハに大司教区を置き、[*23]ローマ王に選ばれ、皇帝になるというルードヴィヒ[*24]と戦い、アヴィニョンの教皇と相談し、建設し、支配していた。父とともにフランスに行き、イギリス王と戦っていた。[*25]その間に私たちの二番目の娘カテジナが生まれた。ブランカにはその子も眠っている間に生まれたかのようだった。彼女が子どもたちを好きだったかどうか私には全く分からなかった。二人とも彼女にそっくりで、二人とも短い間しかこの世に生きていなかった。[*26]

その後私たちの間で最初で最後の口論があった。その原因は再び私がいないことだった。

私の命令によって金細工師がなくなった昔の王冠の代わりに新しいチェコの王冠を作っていた。出発する前に私は金と宝石を王妃に渡した。働いていた金細工師たちが金が足りないと王妃に言うと、ブランカはあまり考えもせず当時聖ヴィート大聖堂の聖ヴァーツラフの頭蓋骨にかぶせてあった宝冠を持っていくように命じた。とんでもない聖物毀損《きそん》を冒《おか》すことになることが外国女性には理解できなかったのである。

妻が何をしでかしたか知った時、私は大きな恐怖に襲われ、彼女の行いに将来のチェコ王冠に対する不吉な徴《しる》しを感じた。大司教アルノシトは私の怒りをなだめて、その王冠はまさに聖ヴァーツラフの王冠になるだろう、それが作られる前に既に部分的にはその王冠が捧げられるべき公の頭に載せられていたのだからと言った。ブランカは一晩中泣き通し、こんなに頑固で迷信的な国の王妃には決してならないと言い、一片の金の指輪ほども私を愛していないのなら追い出して下さい、と私に迫った。その晩私はブランカに彼女を離さない、彼女の側を離れることがないようにあらゆる可能性を探ると誓わねばならなかった。

間もなく私たちの晴れの戴冠式が行われた。それを執り行ったのは初代のプラハ大司教、我が雄々しく信仰深い友人のアルノシトだった。皆は覚えておられるだろうが、チェコの貴族たちが馬に乗って私たちの介添えをし、かつて私の費用で饗応された盛大な宴を群衆が見守っていたあの聖ハヴェル教会の前で人々が楽しんでいるのを見て、ブランカはやっと機嫌を直して楽しんだ。この年私は彼女の側を離れなかった。私がいないと彼女は水のない花のように萎《しお》れてしまうことが分かったからである。次の年、世界中を破滅させた黒死病が我が国に侵入した。私たちは二人の子どもと一緒にクシヴォクラートに住んで客を迎えなかった。世界中が破滅するかも知れなかったのに、ブランカはこの恐ろしい時代にも満足していた。私が彼女と一緒だったからだ。六月頃に私は辺境伯領に行くことになった。私とブランカは特に別れを告げることはしなかった。それはほんの数日だった。するとブランカがそれまでは病気でもなかったのにこの数日間にふとした病いで死んだ。死ぬ前に子どもたちを呼ぼうともせず、悲しそうに咎《とが》めるように私の名ばかり呼んでいた。彼女は僧に言った。もし私が彼女を愛して側を離れなかったら死ぬことはないのにと。彼女が何の病気で死んだのか誰も私に言わなかった。恐らくそれは黒死病で、クシヴォクラートで罹《かか》ったのでないとすればプラハ城で罹ったのだろう。

私のためにだけ燃えていた金色の光が消えてしまった。

地上には様々な女がいる。そして様々な愛し方がある。ブランカの愛には独特の痛々しさがあった。彼女は巻きついている樹を奪われれば滅びてしまう、宿り木のようだった。そしてその蒼ざめた宿り木が王だったのだ。

王たるものは妻に愛されるべきなのだろうか?

*

王のこの問いにイェシェク師が答えた。

「神の前では人間はすべて平等です。王であってもなくても妻の前では常に夫なのです。だから陛下がなさったようなかたちでこの問題を立てることはできません。妻は神が命じられた義務から夫を遠ざける権利を持っているかと問うべきなのです。私はそうすべきではないと答えます。しかし妻が人生のすべてを夫に捧げるなら夫はせめてその人生の一片を妻に捧げるようにと要求する権利があるでしょうか？　私は権利があると言います。それは陛下がなさったことです。だから非難すべきことは何もないのです」

このようにイェシェク師は言った。彼がそう考えるのは容易だった。僧で妻をもたなかったからである。ブシェク卿もヴィーテク卿も少なくともそう考えたにちがいないが、彼らは黙っていた……

話し手たちが辞した時には夜はもうかなり更けていたが、カレルは寝ていなかった。聖カタリーナの像の下に跪いて更に長い間祈っていた。暖炉は暖かく、森の中ではつむじ風が巨大なバグパイプを奏でていた。蠟燭が燃え尽きかけていた。赤いランプに照らされた肖像画の傍らで今日物語ったひとのこと、最初のそして最も愛していたブランカのことを想い出すのは楽しいことだった。

そして彼はもう暫く彼女の魂のために祈った。

金曜日にはまた王の寝室も、簡単な謁見《えっけん》を行う広間も夕べに坐っていた控えの間も、母の想い出のために聖エリシカに捧げた小さなチャペルのある仕切りの間も、すべてが陽の光に満ちていた。

王は前庭の樹の下に出て、城守や僧団の僧の幾人かと言葉を交わし、聖カタリーナ教会に入って輔祭の控えの間にいる画家たちの許を訪れた。彼らはペトル・パルレーシ氏の注文で木の楯に彩色した紋章を描いていた。それは卿の身分と騎士の身分からなる城の番人の紋章で、武器をしまう戸棚の飾りにするのだった。それから王はブシェク卿の許を訪れたが、この友人は留守だった。彼は馬に乗って川へ、城下へと出て行ったのである。

カレルは満足して部屋に戻ってきた。午後には暫く微睡《まどろ》んだ。それからヴィーテク卿が彼と話した。彼は王が明日はもう聖霊降臨祭*27の礼拝に行くことができると言った。その夕べにヤノヴィツェのイェシェク師が祝福を与えることになっていた。王は喜んだ。

「もう私が健康になったと思うかね？」

「そう思います、陛下。あなたが医師の言うことをよく聞かれたので神様がお助け下さったのです」

夕方皆が集まった時――金曜日で精進料理だけだったが――ブシェク卿が楽しげに不平を言い始めた。この一週間があまりにもはやく終わってしまうので、陛下が治られるのが少なくとも三倍くらい長ければ良いのにと。しかしヴィーテク卿は首を振って言った。

「何事も適度がよろしい。物語もそうです」

「たぶんまだ今日もできるのでしょうね？」

「もちろんですとも、楽しみましょう」

「もっと楽しみにしていて下さい。いいですか、今度は私がまた偉大なる真実について話します」

「聞きたいものです」とヴィーテク卿がにっこり笑って言った。

だがブシェク卿はもう話し始めていた。

ビアンカ

王のピサの大使であるヴラトのオルドジフ卿がどうしてローマのビアンカを妻としたか、またどうして栄光あるイタリアの詩人フランチェスコ・ペトラルカがプラハで美しいローマ女性と出会ったかという話。

サンフェリーチェで王子カレルと共に戦い[*1]これに勝利した、かの栄光ある騎士リンハルトの弟であるヴラトのオルドジフが、王の使節として不穏なピサの町に派遣された。それは私たちの王が親しくプラハの新市街の礎石をおいたまさにその年のことだった。[*2]そこで自分の役目を果たすと彼はローマの町を見たいと思った。彼の祖先がその門の前で戦い、オルドジフの父がその名に因《ちな》んで洗礼を受けた聖クレメンス[*3]の墓のあるところだからである。彼はローマに十ヶ月間滞在したが、サンタマリア通りの彼の住居は公の小さな宮廷のようだった。彼は机や着物や召使いに沢山のお金を費やした。オルドジフ卿の許にはローマの最も身分の高い一族の子息が集まり、オルドジフ卿自身もまた彼らの家に招待され、チェコの国から来た若く魅力的な外国人としてその姉妹と知り合いになった。

したがってある日ヴラトのオルドジフ卿が七十歳のパオロ・マンフレディに娘のビアンカを妻にしたいと申し入れたのも、不思議ではなかった。パオロ・マンフレディは近縁の者がレッジオを治めていて、何百年も前に聖ヴィート[*4]が自分の一族から出ているのを自慢していた。最近三十歳若い妻をうしなったこの老人は、喜んで十六歳の娘をチェコの騎士に与えた。彼が勇敢で思慮深く優れた人物になるだろうと確信したのである。

ローマやその近くの海辺の保養地で数ヶ月間遊んだあと新婚夫婦はチェコに旅立った。プラハでヴラトのオルドジフ卿はマリー・リネク[*5]の新居に落ち着いた。彼はストシェダのヤン[*6]の宮廷官房の一員となり、機転が利いて弁が立ち、同国人や外国人のために催す夜会で有名になり、それによってたちまち頭角を現した。

ビアンカ夫人は魅力的な女主人であり、二人の息子の賢い母であり、善良な夫人だった。夫を愛していたので夫の同国人とその国を愛していた。この長身で広い割に小さな胸をした女性は、直ぐに夫の母語をとても上手に話すようになった。習慣に従ってプラハの衣装は着ていたが、濃い茶色の髪型はローマ女性の趣味を表し、歩き方もローマ女性のゆったりした優雅さを残していた。かつてグラックス兄弟[*7]の母が元老院議員たちの讃嘆に満ちた眼差しの前に見せた姿も、このように誇り高くまた慎ましいものであったろう。だがこのローマ女性を知るものすべてがとりわけ賞讃したのは、彼女の妻としての誠実さだった。多くの者がユーモアに満ち、老練な廷臣であるオルドジフ卿を羨《うらや》んだ。彼はこのような女性に相応しくないという者もいた。

年月が過ぎ、ビアンカ夫人はカレルの宮廷にやってくるイタリア人とあちこちで会い、時にはこれらの人々の一家の誰かれと生まれ故郷のイタリア語でちょっと言葉を交わしもしたが、年とともにビアンカの記憶にある故郷の姿の上に、新しいカーテンが降りて来た。かつての故郷ローマを想い出そうとすると、幼い日に眼前にあって陽光を浴び、錆色《さびいろ》をした平野の、哀しみに縁どられた白っぽい灰色のかの町よりも、むしろ新たに建立された聖ヴィート大聖堂を戴くプラハの姿が心の中に見えてくるのだった。

　彼女がもうすっかり忘れてしまったといってもよいくらいに忘れかけていたその時、このプラハにイタリアの桂冠詩人で私たちの王の友人である、フランチェスコ・ペトラルカ氏がやって来たのだった[*8]。

　当時フランチェスコ・ペトラルカは大司教ジョヴァンニ・ヴィスコンティ[*9]に仕え、主人の味方を求め敵と戦うために、名代として諸公の宮廷を旅して歩いていた。ペトラルカの夢は数年前に追放されてプラハにやってきた、かの気の狂ったローマの聖者コラ・ディ・リエンツォ[*10]の幻想のようなものだった。この聖者はカレル王に挨拶して、最も優れた説教師をも凌駕するような弁舌を以て、ローマはカレルによって復活するのだという考えを披露したものだった。

　しかしコラ・ディ・リエンツォは教皇に呪われており、また我が王が賢明だったので、家をもたない巡礼に自分の将来進むべき道案内を託すことはしなかった。コラの言葉によれば、大司教アルノシトその人によって囚われ人として送り込まれ、ロウドニツェの城にあった自称「神の護民官」の許に、しばしばヴラトのオルドジフ卿が訪れたという。この同じヴラトのオルドジフ卿が今度はフランチェスコ・ペトラルカ氏の饗応役になった。彼がプラハにやってきたのは同じ目的ではあったが、遙かに信頼の厚い王の古くからの友人としてであった。

というのはアヴィニョンでの宴会のおり、カレルは身分が高く大きな領地を所有する貴族の一団を無視して、ペトラルカが愛していたラウラ[*11]に近づき、彼女の両目と額にキスして詩人の心を嫉妬で満たしたという、愛すべき出来事がまだよく記憶されていたからであった。

皆はカレルについてペトラルカが言った言葉を知っていた。彼は響きがよく内容豊かな詩でカレルの王に相応しい性格、天使のごとき理性、澄んだ心、目ざとい眼差し、心を見透かすような目、比類なく気高い思想を祝福していた。こうした言葉の背後にあるのは追従ではなく、偉大な王に対する偉大な詩人の讃嘆の念だということを、誰もが知っていたのである。

ペトラルカは、半ば城に住み、半ばヴラトのオルドジフ卿の邸で過ごしていたが、宰相ストシェダのヤン卿の面前で、我々が王に対してもう二年も前に言ったことを卿に繰り返していた。プラハを離れてローマに住み、そこから、即ちカピトル丘の上のペテロの座から、ローマ皇帝たちの帝国を復活させよ、と言うのである。カレル王はやはり軽く微笑んでこの友人に分かったという合図をした。取り敢えずローマはアルプスの北に移り、ティベレ河畔で栄光を失った帝国がそこから新しい形で生まれるというわけである。

その時ペトラルカは五十歳を少し過ぎていた。顔が幾らかでっぷりしていて、以前は少女のように物思わしげだった眸《ひとみ》は、かつての輝きからほんの少し火花が少なくなってはいたものの、まだ美しく雄々しかった。

そして詩人というものは当然ながら誰か自分の言葉を聞いてくれる者を必要とし、大抵は自分の声が止むときまで考えごとをするものだから、フランチェスコ・ペトラルカはビアンカ夫人に語りかけるのを常としていた。

富裕な生涯の大部分をイタリアの外で費やし、ホラティウス[12]のようにヴォクリューズ[13]の谷間で騒がしい世間や贅沢から遠ざかって男盛りを過ごし、故郷の姿に深く思いを潜めていたこのアレッツォ[14]の男の言葉には、そのひとつひとつにローマの牧場の苦い草の香りがただよい、ローマの松毬《まつかさ》のごとく厳密に並べられた文章のひとつひとつに、不思議な沼の空気と、海の塩気をたっぷり含んだローマの風の香りがしていた。

彼はカトー[15]のように会話を配置し、キケロ[16]のように言葉を発し、ヴェルギリウス[17]の戦争や田園風景や田舎の描写を源泉として、比喩を汲み上げていた。彼の生き生きした手の動きのひとつひとつ、優しい顎を頷かせる仕草のひとつひとつ、言葉の抑揚や溜息のひとつひとつによって、低い僧位[18]を得て以来僧の十字架を胸につけてはいても、この詩人が古代ローマ人の末裔であることを示していた。

ペトラルカは長い時間をビアンカ夫人とともに坐ってイタリアのことを話した。イタリアの空や険しい崖、月桂樹の茂みや葡萄畑や城を描写する彼の言葉には、知ってか知らずかいつも批判的な響きがあった。ペトラルカは彼女が野蛮な民族の夫と運命を共にしたこと、ローマ民族の母体がローマ民族以外の民族の子孫を産むこと、この土地の言葉の粗野な響きに紛れてその口からローマの言葉がゆっくりと消えていくこと、新しい帝国でローマ女性のために復活するであろう古代の寛衣の下でのびやかに育つはずの彼女の神のような肉体が、この冷たい国の衣服に押し込められていることを熱っぽく批判した。

彼がビアンカの子の七歳のヴァーツラフと三歳のリンハルトに会った時、ローマ人の女性が産んだのにその子たちと話せないと言って涙ぐんだ。恐る恐るその名を声に出して言おうとしたが巧く行かず、ビアンカ夫人が彼の努力をただ笑うだけで自分はたやすく発音できることをしてみせると、ペトラルカは腹を立てて彼女は軽薄だと非難した。

そして直ぐまた彼女の美しさを褒めちぎった。彼の言葉は午後の太陽が射し込む巣箱から流れでる蜜のようだった。詩人の言葉を聞いてビアンカの心はそれまで感じたこともないほど震えた。彼女にはこの客の頸に抱きついて白髪のこめかみに口づけせねばならないように思えた。最初の日にビアンカは彼の人を咎《とが》めるような口ぶりによってこの客が嫌いになり、次の日にはその言葉の魅力を恐ろしいと思ったが、三日目には客の発する不思議な力によって彼が好きになっていた。

彼女はラウラのことを尋ねたがペトラルカは話そうとしなかった。言えることはすべて詩に書かれています、と彼は言った。ラウラは死んで、今となっては長い沈黙がこの世のものではなかった愛を覆うことを望んでいるのだと。こう言うと彼は、彼女がこの世にいること、そしてこの世にいるのは仕合わせなことだと言いたげにじっと彼女を見つめた。

ビアンカは頭から足の先まで震えた。彼女の皮膚をゾクッとさせた寒気は将軍の手の感触に似ていた。彼女は客に言い訳して今日はお話を続けられない、上の息子が病気でベッドに付き添っていたいと言った。

ペトラルカはオルドジフ卿のいる食卓では物静かで楽しくユーモアに溢れていた。ビアンカ夫人はフランドルの国やブラバントの国の話を聞いてしばしば笑った。この客は食べたり飲んだりするのが好きな、普通の百姓や金持ちのレース商人のところに泊まるのを好んだ。

ペトラルカがオルドジフ家に滞在したのは長いあいだではなかったが、ビアンカ夫人には果てしがないように思えた。この詩人に会うといつも額から胸まで赤くなった。彼女がただ一つ気をつけていたのは彼とは二人きりにならないことだった。さもないと客の態度が変わって、彼の目つきが落ち着きを失ったり、もの言わぬ願いに満たされたり、理解できなくなったり、それにまた告白するよりもずっと雄弁になったりしたのである。そのために彼女は下の子を呼んで絶えず話を途切れさせようとした。客の話になにか可愛い質問でも差し挟むと、彼女はキスでそれに答えた。しかしその時もまた、あたかも子どもにしたキスが本当は彼にしているつもりでいるかのように彼が見ているのに、彼女は気づいていた。

そのためにある時彼女は直接虎穴《こけつ》に入ろうとして客を呼び出し、彼と一緒に馬で町の門の外に出かけることにした。森の中にクンドラチツェ[*19]の夏の城がある南の丘からプラハの全景を彼に見せようとしたのである。

ペトラルカとビアンカは午後の時間に供も連れずに町の門を出た。二人は穀物が稔《みの》り、空高く雲雀《ひばり》が揚がっている土地を黙って通っていった。羊飼は羊の群れの傍らで微睡《まどろ》み、風車小屋は羽根を垂れたまま動かず、森が近くてそこから松脂《まつやに》と湿った空気の匂いが野原にただよってきた。彼女が突然馬を回らせると騎乗の下手なペトラルカは馬の頸《くび》をぶつけるようにして停まった。馬が息を荒くして身体を震わせたので、くつわの泡が白い水滴になって手綱を汚した。

「ご覧なさい」とビアンカは言ってペトラルカに遠くの町を指さした。午後の陽光で金色に染まり波打っている土地の向こう、野原や藁葺き屋根のある貧しい村と風車、羊飼と羊の群れの向こう、ヴィシェハラド[*20]の岩のような建物の向こう、灰色の城壁の向こうに町が横たわっていた。町の塔は赤みがかった輝きの中に沈んでいた。灰色の屋根が鋭く食い込む地平線の上には、この地上のどこにも見られないような美しさでカレルの城と大聖堂が横たわっていた。未完成の城の塔は足場で囲まれ、切り取った糸巻きのようだった。それでも遠くから見る城や、未完成のままの大聖堂や、この町の眺めは極めて力強いものだったので、ペトラルカの双の目には、称讃とでもいうべき感嘆の炎が燃え上がった。

「私はこの町が好きです……」とビアンカは言った。

そしてこの瞬間ペトラルカは世界中の婦人たちを吃驚《びっくり》させたいつものお辞儀の一つをした。

「けれど私はあなたが好きです……この町も、恐らくあなたが住んでおられるというだけで……」

「それはおっしゃるべきではありません、あなた」と女は答えた。この瞬間、彼女は美しく魅惑的だった。彼女は赤紫の長いスカートを穿き、サフラン色の胴着の首の周りにレースを巻きつけて、駝鳥の羽のついた帽子を被っていた。帽子から乗り手の背中に白いヴェールが垂れ下がっていた。そのうえ外国人に恥知らずなことを耳に囁かれたこの国の娘のように彼女は顔を赤らめた。彼女の目は不機嫌になり、小さいけれどはっきりと涙がふた粒睫毛に溜まっていた。

それから彼女は「この国では冗談で愛を語ることはしません」と言って馬に拍車を入れた。

女と詩人は森で休むことも王の夏の宮を見物することもせず、黙って町に入った。

ヴラトのオルドジフ卿が妻の寝室に入って来ると、ビアンカは目を覚まして真っ先に次のように言った。

「拐《かどわ》かされたのでなく望んであなたとこの国に来て、その間にあなたのために二人の息子を産んだ女を愛していらっしゃるなら、私たちの家に来ないようにとペトラルカさまに言って下さい」

ヴラトのオルドジフ卿はどうしてかと訊ねることはしなかった。彼はビアンカ夫人の口にキスして安らかに眠るようにと言った。それは彼と彼の子どもたちにとって幸いなことだった。もし危険は予期していたとか邪魔はしないとかひと言でも言えば、ビアンカ夫人は家を出たであろう。しかし彼女はそうしなかった。ヴラトのオルドジフ卿が賢明で思慮深く、女性のことをよく理解していたからである。

とにかく彼女の願いは叶えられた。

フランチェスコ・ペトラルカはビアンカ夫人に別れのソネットを贈った。感情が溢れてそのために感情が表にあらわれないような詩だった。こうして彼にとって事件は終わった。詩人というものは残酷だ。象徴性という自分の幻影に奉仕しながら現実の人の心を踏みにじるのだから。

＊

ブシェク卿が話し終わるとヴィーテク卿が言葉を引きとった。

「ここでは女性への愛について沢山の話が出ましたな。私は時には同じように強い力をもつ、食べ物への愛について少しお話ししましょう。それに食べ物の話は金曜日[*21]の肉食の斎戒にぴったりですからな。もし陛下がお許し下さるなら、亡くなったプファルツのアンナ王妃がお話しになり、私がこの耳で聞いた事件についてお話ししましょう。またこれも陛下のお許しを得てですが、王が私たちとここにおいでにならないことにして、王のこともお話ししたいと思います」

カレルはこれを許した。

そこでヴィーテク卿が話を始め、皆がこれに聞き入った。

プファルツのアンナ*1

飢えた画家のインドジフが、豪華にしつらえられた食卓と、王妃の口づけのどちらを選んだかという話。

私たちの王カレルの廷臣であり画家であるデトジフ氏*2は王が与えた家や家畜小屋、厩や土地や森のあるモジナ*3の村で暮らすのが好きだった。彼はそこで肥《ふと》った豚や羊やさまざまな鳥を飼い、王国中で最も気の荒い雄鶏を飼っていると言って自慢した。彼はそこで画家の組合の友人たちと宴会をしながら春から秋まで滞在していた。カールシュタイン城が直ぐ近くにあり、森の空気が楽しく強く香るその村で、何よりの楽しみは顔を描こうとする人々の間で暮らすことだった。絵師のデトジフ氏が、他のものたちが外国の画家を真似て描いているような木の人形ではなく、人間の姿を描こうとする固い意志を持っていたからである。絵師は、鋤《すき》を使っているところや酒場や教会にいるところ、狭い額やもじゃもじゃの髭、口の周りの深い皺、力強いうなじや生き生きした目を見ようとして、人々の許に通った。それからその人々に王の衣と小さい上祭服を着せて、銀や金で縁どりさえすればよかった。

すると皆は、カールシュタイン城の礼拝堂に描いた彼の聖人たちの顔は、なんと生き生きしているのだろう、と感心した。匠《たくみ》のパルレーシ氏*4も絵師のデトジフ氏と親しく長い握手をして、チェコの地から人の姿かたちをした殉教者が生まれたと言った。

「それは私が呼吸している空気のせいにすぎません」と絵師のデトジフ氏は謙遜して言った。

しかし私が話したいのはデトジフのことでなく、彼が最も気に入っている弟子のインドジフ氏のことである。インドジフ氏は決して貴族の出でも騎士の出でもなかった。絵師のデトジフ氏が彼に出会ったのはモジナの酒場で、祭りの時だった。百姓たちと一緒に恐ろしく大きな若者が食卓に坐っていた。赤ら顔で大きな顔の中の目はただ楽しさで輝いていた。インドジフは酒場の主人の息子だったが父の手助けはしていなかった。鋤に触ったことも酒樽に触ったこともなく、小さな時から壁や塀やテーブルや自分で作った板の上に絵を描いていた。絵を描いて、食事して、飲んで暮らして、その食べることと言ったら、そのうち親父もお袋も食べてしまうだろうと言われるほどだった。

この若者が丁度三本目の血のソーセージを食べ終え、五杯目のビールのジョッキを飲み干したところで、デトジフ氏は彼に出会った。ひとかたまりのパンがインドジフの歯の間に消え、食べながら彼は白墨《チョーク》で机に絵を描いていた。酔った百姓たちと歯のない一人の老婆、勤勉さのあまり教会の祭りの日でも片隅で網を繕《つくろ》っている一人の漁師を。百姓の一人には兜を、老婆の頭には僧侶の帽子を被せ、漁夫には宣教師の目を与えて頭にフードを被せた。そうしながら彼は絶えず口をもぐもぐさせ、ぴちゃぴちゃ言わせていた。

デトジフ氏は坐ってジョッキを注文し、それから氏と若者の間で話が始まった。

「どこで画を習ったのかね？」

「神様が御存知でさ。ただ描いているんでさ。けど今日のあの血のソーセージは香料が足りん。お袋が土曜日にベロウン*5の肉屋で買ったもんだが……」

「絵がとても上手だね。名はなんという？　そして仕事は？」

「インドジフ。この飲み屋。けど今日はビールがいつもと違う、何かのお祭りかな。去年も間違いなく……」

「お前は私のところで勉強したくはないかね？」

「あなたはどなたで？　ひと切れ欲しいのかね？」

「私はプラハの画家組合の筆頭テオドリク、デトジフとも呼ばれるがね。君に画を習わせたいのだ。色は好きかね？」

「好きだとも。見て下さいな！　胡椒が丸々歯の間にあるのを。なのに商人はチェコの俺たちのところには香料を輸入しないというんだ！」

　だがそれからインドジフはまた腹一杯に食べて飲み、お袋にさよならを言って、親父と別れる時には、絵描きになるぞ、しかも有名な絵描きに、そしてそのうち居酒屋に新しい鶏小屋を買って調《ととの》えてやるからな、この直ぐ近くのデトジフ氏の所に行くだけだが、金持ちになって血のソーセージの代わりに本物のツグミを食うまでうちには帰らないぞ、と言った。そして彼はデトジフ氏の後についてふらふらとドアを出て行った。

　モジナのインドジフは、五年の間に歳のせいで視力が衰えて、もうあまり沢山絵を描くことがなくなったデトジフ氏の、最良の弟子になった。六年目にはプラハの画家組合の新しい名簿で二番目になった。デトジフ氏の直ぐ後である。多くの人々にはどこでデトジフ氏が描くのを止め、インドジフ氏がどこから描き始めたか、もう区別が付かなかった。ただ人々の顔はインドジフの方がくっきりと描かれ、微笑みはいっそう喜ばしげで、衣服にはあまり金色が使われていなかった。それでもインドジフの色はより明るく大胆で、群像ではデトジフの他の総ての弟子に勝っていた。

　インドジフ自身も非常に変わった。豪華な着物を纏《まと》って短い剣を帯び、絹の帽子を被り、がっしりした両手の指は華奢になって目は光に満ちていた。すでに三つの言葉を話し、外国人とはラテン語ですら話すことができた。物腰は宮廷人のよう、立ち居振る舞いは騎士のようだった。富は好んだが、自分の芸術を理解する人々の賞讃を受けるほうを喜んだ。しかしなによりも愛したのは食べ物だった。彼は神聖ローマ帝国中で最も肥った画家だったのである。彼の現在の食べ物への嗜好には、かつての嗜好が影を落としていた。今やインドジフ氏はえり好みができた。冬は獣の肉《ジビエ》を好んだので、彼については、まるごと一つの狩場の獲物でも満足しないだろうと言われるほどだった。ノロ鹿、兎、強く薫製にした猪の肉、野鴨、ネズの実や、ビターズの香りのする鷓鴣《シャコ》やツグミを食べた。春になると牛肉を好み、夏にはひな鳥や牝鶏、去勢鶏、鵞鳥《ガチョウ》や鴨の宴会が彼のために準備された。罰さえ受けなければ新しい珍味を手に入れるためにはカールシュタイン城の孔雀でも喜んで殺させただろう。

　彼は料理に胡椒をかけ、サフランで色を付けて、パンにはこってりとバターを付けた。ビールや蜜酒、リンゴ酒やワインに造詣が深く、プラハ城の下のメンシー・ムニェスト[*6]にある彼の邸には深い穴蔵があり、モジナの丘の上には、ムニェルニーク[*7]やラインから取り寄せた苗木で、葡萄園が作られていた。

インドジフ氏は結婚しなかった。求婚に消極的だったからである。しかし女は好きだった。ただし肥った人間の愛し方で。即ち善良で気むずかしく、一定の抑制をもっていたのである。しかし彼は女たちが家のテーブルで料理したり煮炊きするのが厭だった。プラハには何人かの女がいた。皆料理上手できれい好きな働き者だった。

彼は仕事をしながら食事をするのが常だった。食べるものがなければ絵を描かなかった。旅行に出る時は薫製肉やパンの袋を積んだ駄馬を連れていった。一時間毎に馬を止め、番人を立ててもってきた食糧を食べた。プラハからトシェボン*[8]に、またヴィシー・ブロド*[9]へ、あるいはまたカールシュタインに行く時でさえ、こんなふうに旅した。一番の心配は飢えで死なないようにすることだった。だからもっとも憂鬱になったのは、外国で干ばつが起こって我が国でも飢饉になるだろうという噂を聞いた時だった。雌牛は子を産まず、雌鶏は卵を産まず、兎が死んでゆき、ヤマウズラが凍《こご》え死んで、鵞鳥は食べる草がなく、小さな池には魚もいなくなるだろうというのである。そしてベロウンカ川*[10]の川《カワ》鱒《マス》が次々に死んで行くと聞いて涙ぐんだ。彼の一番好きな魚なのに……

我がカレル王の二番目の妻である王妃プファルツのアンナは陽気でかつ思慮深い女性だった。平民たちと話すのがとても好きだったが、匠《たくみ》たちとも話ができた。彼女はインドジフの飢えと美味への愛好がどれくらいのものか知りたいと思った。

カレル王は彼女の願いを聞いてインドジフに王妃の顔を描くように命じた。インドジフは喜んだ。他ならぬ王妃殿下から呼ばれたのが初めてだったからである。

「その代わり礼は充分にするぞ」と王は言った。

しかしインドジフ氏は太い首の上にある頭を下げて最大の褒美は王の愛顧であるとだけ答えた。その時王妃が入って来た。彼女は背が高く薔薇色の肌をしていて目は絶えず微笑んでいた。

「私を美しく描いて下されば王妃の口づけを上げましょう」と彼女は言った。

「そうして下されば王妃様、外の褒美は望みません」とインドジフは言って、深いお辞儀をしようとした。

「何度あなたの前に坐ればよろしいか」と王妃は訊ねた。

「三度です、王妃様」

インドジフ氏がプラハ城に現れた。彼は窓がプラハに向いている大きな広間に画道具をもって居住いを正していた。彼の弟子が王妃のための肘掛椅子を右から光が当たるように置くと、王妃が入ってきた。

インドジフ氏が絵を描き始めた。しかしまだ白墨《チョーク》で顔の輪郭も描き終えないうちに我慢できないとでもいうように周りを見回し始めた。周りの何処にも食べ物のかけらもなかったのだ。だがインドジフはもう空腹だった。そこで王妃にドイツ、フランス、イタリアの貴族たちは、画家の前に坐っている時に最良の食べ物を食べるものです、と言い始めた。王妃は笑った。

「私の国では昼頃にものを食べます」と彼女は言った。

「でもそれまでに何かちょっとした食べ物が要りましょう？　王妃様」

しかし王妃アンナは黙っていた。

インドジフ氏は魔法の色を手探りで探すと、絵筆を浸して描き始めた。太陽がプラハの上に昇り、昼の鐘が鳴ったが、インドジフは仕事を続けた。彼の目は穏やかだったが、いつも仕事をしながら食べ物を運ぶ左手は不安そうに震え、ぎゅっと握りしめられていた。

王妃は静かに坐っていた。それからリュートを手に取ると奏で始めた。その調べは魅惑的だったが、インドジフ氏はそれには全く嗜《たしな》みがなかった。

「きっともう昼ですね」とインドジフは口走った。

「そのようですね」と王妃は言った。

「もう坐ってはいられないでしょう、お腹が空きましたでしょう」とインドジフは決然として言った。その時扉が開いて従僕がミルクのコップと蜜を塗ったパンを王妃に持ってきた。もう一つの盆には別の従僕がインドジフ氏に同じコップと同じパンを持ってきた。

インドジフ氏はミルクを飲み干しパンを飲み込んだ。

そうして彼は夕暮れまで働いた。暗い顔をして憂鬱そうに絵筆をおくと、今日は王妃様はきっとお疲れでしょうから明日の朝同じ頃に続きをしましょう、と言った。王妃は彼に手を与えると彼と別れた。

氏が部屋を出て行くと入口の部屋で呆然となった。そこには灯りに照らされて用意された食卓があり、その上に焼き串でこんがりと焼いた豚の腿が、その側の皿には赤銅色に焙《あぶ》られた鶏がのっていて、器の中には楽園の息吹のように薫り高い、褐色と白のソースが入っていた。二人分の皿と二人分の手を洗う器があった。氏が口を開けるとそこからゆっくりとよだれが出てきた。

しかし彼の前を歩いていた従僕は更に進んで行き、哀れなインドジフはその従僕の後に付いて行くだけだった。階段を下りると彼は絶望して家に走って帰り、やたらに罵《ののし》りながら夕食を作るように女たちに命じた。

次の日も同じ苦しみを受けた。同じように蜂蜜をつけたパンとミルクのコップが持ってこられ、同じように二人だけの食事の準備がなされ、同じように送り出されたのである。

三日目の朝、王妃がぽつりと言った。

「インドジフ氏、何か不満なようですが。チェコ王妃の絵を描くのが幸せではないかのように顔を顰《しか》めていますね」

「とても幸せです、本当にとても。王妃様」

「それじゃあなたが期待している褒美は何ですか」

インドジフ氏は言った。

「王妃様、チェコ王妃を描くのは大変な名誉ですし、その美しいお顔を仰いでそれが永遠に記憶されるように絵画にとどめるのは私の喜びです。けれどもせめて蜂蜜をつけたパンひと切れよりもう少し食べ物を戴ければ、坐っておられるあなたももっと楽しいでしょうに、王妃様」

「あなたは私のキス以外に何も褒美は要らないと言ったではありませんか」

インドジフ氏は再び暗い顔をした。

「私はお金をお断りしたのです……」と言って彼は絵を描き続けた。

また昼の鐘が鳴り、インドジフは空腹のために身を縮めた。

その時カレル王が入ってきた。絵を眺め、氏を褒めて、他ならぬインドジフ氏に王妃の絵を描かせるのがよいと宰相のストシェダのヤンが助言してくれて良かったと言うと、突然笑いだした。インドジフは絵筆の木の柄を噛んだ。

「少し休みなさい」と王が言った。

ドアが開くとインドジフはまた用意のできた食卓を見た。今度は灯りに照らされてでなく、杯には液体のワインの太陽が輝き、銀の皿が三日月のように輝いていた。皿は一部分しか見えず残りはこの世の最良の食物で覆われていた。神様、そこにあるではないか、二匹の川鱒と葡萄のソースのかかった鹿肉、アーモンドの詰め物をした七面鳥と鵞鳥が一羽。そこには彼の好きな野ツグミ、豚の頭、美しい灰色がかった薔薇色の舌、林檎、梨、そして……

インドジフ氏は口ごもりながら「陛下、もう昼です。絵はできました、陛下」と言った。

王は言った。「いやこの隅に描かれていない箇所があるではないか。背景の何処にお前のすばらしい金色の影があるのかね?」

インドジフ氏は泣きそうになって「陛下、私は空腹なのです!」と言った。

その時王妃が立ち上がってインドジフの手をとると料理が盛られた食卓に彼を案内した。

「インドジフ氏、どんな約束だったか分かっていますね。あなたの希望によって私の絵を描く代わりに、褒美として王妃の口づけを貰うのですよ」

インドジフ氏はちょっと考えて、それから重々しく言った。

「私は約束のご褒美をお断りします。私を食卓に就かせて下さるようにお願いします」

その時王妃は顔を背けて立ち去ろうとした。

「王妃様はお怒りになったのですか?」とインドジフは恐る恐る訊ねた。

王妃アンナは立ち止まって厳しい声で言った。

「インドジフ氏、あなた方は俗に言う食べ物のために夫婦のちぎりを断ったのです。愛情を裏切ったということです。けれど王妃の口づけも断ったのはとても悲しいことです」

そこでインドジフ氏は王妃の前に跪いて許しを乞おうとしたが、お腹が大きくてできなかった。片膝を突いて深い溜息をつき、反対側に倒れて横になった。

彼はそのまま暫く横になって両手をついたままでいた。王が笑い、王妃も笑った。それからチェコの国の二人の支配者みずから臣下を助け起こし、彼が立ち上がると王妃が彼の口に口づけをした。

「さあお食べなさい、お腹を空かせたインドジフ! 私は私たちの中で何が一番強いのかを試したのです。インドジフ、あなたの言うとおりです。人間はまず食べることを、その後で初めて口づけを学ぶのです」

そこで王は王妃と画家と共にテーブルに就き、インドジフは額に汗の滴《しずく》が浮かぶまで食べたのであった……

画は午後にできあがった。それは彼の画の中の最も美しいものの一つだった。ただ王妃の目のうちには実際には決してなかった何か痛々しいものがあった。彼はこの絵によって王妃の口づけだけでなくお金も得た。そしてその後丸一週間両陛下の客となったが、陽気な王妃の言うところでは、その後もしばしばやって来ては内外の人々に我が国の食事について物語ったという。

「ヴィーテク卿よ、よく覚えていたな」と王は言うと大声で笑い、彼に続いてイェシェク師もブシェク卿も笑った。その後カレルは言葉を引き取って言った。

＊

「ここではもう実にさまざまな女たちとさまざまな愛と嫉妬のことが話された。私はあなた方の話にちょっとした嫉妬の話をつけ加えよう。ある僧が自分の妻のいる前で自慢した時に、皇帝が感じた嫉妬のことだが。私がその皇帝で妻はうら若いスヴィードニツェのアンナだった。神よ、彼女に受難者の冠を与え給え。彼女は生まれて六週間目の子を私に残して亡くなったのだから。これほど魅惑的な妻を私は持ったことがなかった。これまで私は四度結婚しているのだが……。自分のことばかり話すといって怒らないで欲しい。しかし他人の運命について考えることはできない。おまけに私が話すのはこれが最後で、明日はただ聞くだけにしたいと思う」

彼はそう言って話し始めた。

スヴィードニツェのアンナ*1

有名な旅行者のイタリア人マリニョラ*2がどうしてプラハ城の王の客となり、その誇り高い主人にどのような心配をかけたかという話。

一三五三年の聖燭祭*3の日に四年前にプファルツから連れてきた二番目の妻アンナが亡くなった時、私はひどく悲しみ、もう新たに妻を求めたいとは思わなかった。しかしアンナは子どもを残さずに亡くなってしまった。彼女のたった一人の子どもが丸二年も生きていなかったからである。それが私の初めての息子ヴァーツラフだった。

そして私に極めて希望のもてる結婚が提案された。ハンガリー王の宮廷で同じくアンナというスヴィードニツェ公ボレク*4の姪が成長していた。この娘はかつて私が息子ヴァーツラフにと望んだことがあったが、死んでしまったので私自身がこの十四歳の娘に結婚を申し込むことになった。

ブダ*5の宮廷でアンナを見た時、私は女の前で初めて身体が震えた。それは頬の豊かなほっそりした金髪《ブロンド》で、唇が大きく薔薇色で、快活で楽天的かと思えば、夢見るごとく心ここにあらずという風であった。間もなく私は四十歳になろうとしていた。彼女の舅《しゅうと》であったほうが自然なことは間違いなかろうが、今はチェコ王でかつローマ王であるこの私が、うら若い公女の前に立って妻になってほしいと頼んでいるのだった。

その時まで私の視線は西の国々と人々に向けられていた。今や私はそれとは異なる習慣や作法をもつ人々と出会い、ここでも誇り高い絢爛さと美を見たが、それはフランスやイタリアのものとは異なっていた。ここでは広大な平原の風が吹き、人々は見たところはより剛健であるが、心はより柔らかだった。ブダは私にプラハを想い起こさせ、同じように川を見下ろす城に住んで、魅惑的で豊かな町を治めることになるだろうと、未来の王妃に言った。その町には多くの古い寺院があり、また多くの寺院を建てているので、やがてほっそりした大小の塔が沢山屋根の上に聳《そび》えることになろうと、彼女に約束した。そこから彼女は全世界を支配することになるだろう。最も権力があり、最も古い王冠を得るために私と共にローマに行き、神聖ローマ皇帝[*6]の妻となるのだからと。

私が自分で来る前にすでに[*7]私の使節たちに対して結婚を承諾していたアンナは、自分の馬をプラハに連れて行けるかと私に聞いた。馬に乗るのが好きで、草原の草を波立たせる新鮮な空気が好きだと言う。また彼女は私の町は山の中にあるのかと訊ねた。山が怖いというのである。ウィーンからブダまで大きな黄色い帆を張った船でドナウ川を下ったとき、一度だけ遠くから山並みを見たことがあるという。私は彼女のこの不安を鎮めた。

再び五月になってブダ周辺の到る所で庭園が薔薇色に染まり、水の上でコウノトリが餌を漁り、荒れ地は酸っぱく、新鮮な香りに満ちていた。私たちは郊外へ遠乗りにでたが、その最初の遠乗りで私は二十歳の若者のように内気で礼儀正しかった。アンナは騎乗の腕前を披露しようとして東洋風に鞍に跨った。ブーツには金の拍車が付いていて、それが耳に快く響いた。飾りの付いた鞭を手にギャロップで進み、私を遥かに追い越して頭上で鞭を振るうと、突然野井戸の側で馬首を返した。白いアーミン皮の帽子の下の金髪《ブロンド》の巻き毛が顔にかかり、勝ち誇ったような微笑みが魅惑的だった。十四歳というのはもう成熟した女であり、近づくのを怖れる必要はないことを私は悟った。王家の跡継ぎがこの娘から生まれ、ルクセンブルグ家[8]の三番目の皇帝になるであろうと、私は確信したのだった。

盛大な結婚式の後で、私は妻とスヴィードニツェに行った。そこでアンナは伯父に別れを告げ、ボレク公が自分の領地を総て世襲地としてチェコ王妃に譲り、バヴァリアとスヴィードニツェの諸都市に彼女に対して忠誠を誓わせたのである。

プラハでは盛大な歓迎式が準備された。

建立された聖ヴィート大聖堂[9]下の前庭で歓迎を受けた時、私は求婚のために国を離れる前に呼び寄せて司教に任命した男に初めて会った。これがジョヴァンニ・マリニョラだった。イタリアのフランシスコ派の僧で、私は彼に天地創造以来の地上の出来事という枠の中で、チェコの歴史を書くように依頼するつもりだった。[10]

私はジョヴァンニ・マリニョラを城の宮殿に住まわせ、私と私に最も近い者たちのためのミサを除く、毎日のあらゆる義務を免除した。

あなた方はこの驚くべき男のことをきっと覚えているだろう。私よりいくつか年上で、背が高く痩せ型で頬骨が尖《とが》っており、僧形《そうぎょう》の黒い髪で、顔はほとんど黒くて青ざめ、唇は薄く、イタリアでしか見られないような目をしていた。それはアーモンドのような形の褐色がかった黒い目で、夢見ているような、時にはものに憑《つ》かれたような、不思議な魅力に満ちていた。それは雄弁家の、僧の、道徳家の、そして誘惑者の目だった。

　イタリア人マリニョラは私たちの食卓に招待された。彼の態度は聖職者のようでもあり、君主のようでもあった。両手はあたかも食物を食べることが儀式でもあるかのように、口に運ばれた。祭壇におけるかのように盃を挙げた。

　彼はかなり長くためらった末にプラハにやってきた。だが承知したのは、ここに冒険があると予感したからだった。当時世人がこの町を奇跡と呼んでいることは知っていた。私については荒れ野を豊かな土地に変え、廃墟を黄金の宮殿にする力を持っていると噂されていて、建築士や画家や詩人たちの大群が、奔流のように私のところにやって来ていた。あなた方はイタリア人ペトラルカと放蕩の護民官コラ・ディ・リエンツォ[*11]を覚えていよう。悲しいことに聖ヴィート大聖堂もカールシュタイン城も完成せぬまま我が国で亡くなったアラスのマティアーシ氏[*12]を、またその仕事を見事に完成させ未来の全世紀にわたるプラハの姿を作り上げたペトル・パルレーシ氏[*13]をあなた方自身も知っていよう。あなた方は聖ヴァーツラフ教会と私の愛するこの城が、宝石と金によってできあがったのを見ていたであろう。そして私の官僚たち、特にストシェダのヤン[*14]宰相の技量と弁舌に感動したであろう。彼は君主の洞察とキケロ[*15]の雄勁《ゆうけい》さを以て我々の仕事を成し遂げたのである。ここに世界の中心があった。だがジョヴァンニ・マリニョラは、アルプス山脈以北のこの地で何か常ならぬことが起こっているというのが本当か、知りたいと思っていたのだ[*16]。

私はこの男に毎夕来て、私と私の妻と何人かの客たちに――その中で私のところに来ることを最も好んでいたのは大司教のアルノシト師だったが――旅行について物語るようにと命じた。マリニョラはこれまでで最大の旅行家であり、他のすべての死すべき者らが書物を読んで知っているよりも多くのことを、自分の目で見たのだから。

イタリアにいた時、私はヴェネチアでマルコ・ポーロの書物を貰った。それは百年前にこの商人が遠く東の国々へ旅したことの記録であった。人々は彼の物語を信用しないでこの書物を嘲笑していた。私は彼らの意見に同意できず、このヴェネチア人の書き物を息を殺して読み通した。かつてマルコが行ったのと同じような旅行をした男が、今、私の力の及ぶところに現れ、自分の口でマルコの物語を裏付けてくれたので、私は自分のために、また自分の国のために、彼を召使いとして抱えようと努めたのだ――

マリニョラは物語った。彼の物語が極めて豊かで、驚くべき事件に満ちていたので、あの一三五三年の寒い夏の終わり[*17]を、消えかける暖炉の側で一晩中彼と過ごしたのだった。

マリニョラは聖首都[*18]によって特使として中国皇帝[*19]の許に派遣され、十五年間、大胆で頭の良い僧としてアジアにいた。マルコ・ポーロが書いているすべての国をめぐり、マルコ・ポーロよりも多くのものを見た。教皇の自由通行符をもっていて、キリスト教を具現している首長の使節と見なされたからである。アヴィニョンからタタール帝国までの道のりは、短くもたやすくもなかった。マリニョラは海を渡り、馬や駱駝《らくだ》に乗って旅し、限りなく広いインドの富や壮大な緑、海中の珊瑚の島々を見た。モンゴルの国の砂漠や遊牧民を、また四角い石をめぐらせたタタールの魅惑的な町を見た。波の上や砂の中でつむじ風が彼の後を追いかけていた。汗《ハン》や王たち、異教の公たち、イスラム教徒や偶像崇拝者たちと話した。黒檀《こくたん》や象牙《ぞうげ》色の肌をした民族の男女に会って彼らの言葉を学び、これらの民族にはまだ知られていない救世主をこの世で代表している、教皇の都からの挨拶を皆に伝えた。

マリニョラは語り続け、その目はかつて彼が経験したすべての冒険を映し出していた。私たちはこの僧の言葉を心を躍らせて聞いた……そして突然、私が自分に課した仕事がとても小さなくだらないものに思えた。もっと大きな目的が正統で偉大な皇帝を待っているのに、反乱するイタリア諸都市との戦いに勝つことや、どこかに二つ三つの小さな土地を得ること、チェコで盗人の騎士の城をかりたてることなどは余計なことに思われたのである。私と同名の輝かしいカール大帝は、遙かに栄光ある事業を成し遂げたと私には思われた。私はデンマークのオイール[*20]や僧ヤン[*21]とも比較にならないし、またマルコ・ポーロ、あるいはここ私の前にいる痩せた僧、この思慮深いマリニョラは私よりも価値ある一生を過ごしてきたのだと。

子どもがおとぎ話に聞き入るように私と一緒にこの僧の物語を聞いている妻を見た時、私は妻も同じように考えていると感じた。私は彼女にはマリニョラが私よりも親しく、彼女の心には私が燃え立たせたことのないような炎が、彼に向かって燃え上がっていることを知った。

こうした話を聞いた後で床に入ると、アンナはいつも私とかなりのあいだ自分の印象を語り、私の見るところその後も長く寝ないでいた。彼女の若い魂が揺り動かされたのである。突然、僧が物語った人々や土地と彼女の間に一種の深い親しさがあることが私には分かった。それはブダのほとりの沼の上で彼女の髪をかき乱したあの曠野《こうや》の息吹であり、乗馬への愛であり、平原と涯《は》てしない地平線への憧れだった。マリニョラは彼女の心にあるすべてを見通すその目で、彼女を恍惚《こうこつ》とさせたのである。

私は嫉妬した。マリニョラは私とは異なる男だった。年上であったが美しい姿をしていた。自分の物語のなかで東洋の女たちについて話すことを好んだ。ヴェールを被ったムスリムの女たち、裸のインドの女たち、うす青い絹を纏い駱駝の毛皮の上で休息する、細い腰のタタールの王女たちについて。踝《くるぶし》に金の輪をはめた女たち、そしてまた色の付いた点を顎や額に描いて笛の音に合わせ、海の波のような、あるいはそよ風に揺れる稔った穂のそよぎにも似た、踊りを踊る別の女たちについて。

彼の話から私は彼がこうした女たちの愛を拒否しなかったし、彼のアヴァンチュールが単なる行きずりのものでもなかったことを理解した。彼には見る楽しみの外に他の多くの喜びが与えられたのだ。目に映る絢爛たるものの外に彼は別の喜びも多く手にしてきた。この教皇の使節は自分の希望を余り低く要求しようとするのではなく、王の女達の好意を得ようとしたのである。確かにそれがタタール人の女達やインドの女達など、我々が野蛮だと思っている民族の女達ではあった。しかしこの誇り高いイタリア人にくらべて我々は野蛮人以上のものだったのだろうか。確かに我々は主が置かれた荒野から逃れ出たが、錦の着物及び寺院の黄金の塔の下でも私たちは何も変わってはいないのである。

ジョヴァンニ・マリニョラは、自分の僧衣はとっくに脱ぎ捨て、宮廷風の衣装をつけて、腰にはタタールの大汗《だいはん》の贈り物である曲がった短い剣を帯びていた。私の許しを得て彼は王妃に印度真珠の首飾りを贈った。その真珠を採るおりに彼は印度洋のおとぎ話のような島の一つにいたという。だが私は理由を悟られずにどうやってこの男を遠ざけようかと考えていた。

ところでイタリア人マリニョラは大胆で開けっぴろげな男だった。私と二人だけで食事することもあり、食事の後で私たちは立ち上がって窓からプラハを眺めた。それは靄《もや》で覆われていた。森の方から広い雨の帯が近づいてきて青みがかった暖炉の煙が屋根の上に漂い風が窓を打っていた——客は一瞬黙って灰色の町を眺めていたが、それから真に迫った表現で私の妻の魅力を描き出した。これまで旅をしてきたが、私の妻ほど生き生きして同時にまた素朴で賢明な女にはまだ会ったことがないと。そして彼の考えでは、いつも秋のようなこんな空の下にいるのはこのような若い娘には毒だ、きっと赤く金色がかった薔薇色の皮膚が損なわれてしまうだろうと言うのである。

私は静かに彼の言葉を聞き、ひょっとしてどこかイタリアの町の司教座を望んでいるのではないかと彼に訊ねた。数日中にアヴィニョンに手紙を送り、彼、ジョヴァンニ・マリニョラ師をどこかの司教職につけてもらうように教皇に頼もうと思っていると。

マリニョラは顔を顰《しか》め、考え込んでいるように見えた。彼の答えはこの問題をよく考えて明後日に返事をするというものだった。私は彼の気位の高さに腹を立て、考える時間はないので直ぐ返事が欲しいと言った。

そのときマリニョラは馬鹿にしたように笑って言った。

「王妃様がお望みなら明日立ちます！」

私は答えた。

「王妃はまだ若すぎてこういう事柄は判断できない。王妃は亡くなったコラ・ディ・リエンツォの運命[*22]についても、決定していない」

マリニョラ師は意味を理解した。突然固い悪意のこもった目で私を見た。私が彼の同国人をロウドニツェ[23]に幽閉させたことを知っていたのである。

そこで私は宮廷人の着物を着たこの僧に向かって快活に、かつルクセンブルグ風の無頓着さで笑いかけた。

「いつ去れと仰るのですか？」と今度はマリニョラが言った。

「あなたの司教職が見つかった時に！」

これがアーヘンへ旅立つ前の我々の最後の会話だった。私はそこでアンナにローマ皇后の戴冠式をさせたのである。私は自分の考えを彼女に語らなかった。しかし私は教皇からフランシスコ会の僧ジヨヴァンニ・マリニョラをカラブリアの司教と定め、直ちにアヴィニョンに出頭するようにとの文書を受けとった。

私の後から妻も来ることになっていたローマへ旅立つ前に、私はもう一度マリニョラ師を食事に呼んだ。彼はプラハを去ることになるのを既に知っていた。私たちは彼の任務について話し合った。彼は職務について必要な平安を得た時にはチェコの歴史を書くと約束した。そして彼は後にそれを実行した。

私と私の客と並んで王妃アンナも食卓を共にした。彼女が緊張して彼と別れるのを辛く思っている様子を見ながら、私の老練な疑い深い目は、彼女の娘らしい顔つきが今にも泣きそうになっているのを見ていた。しかしその顔は数年後の現実に跡継ぎとなる息子を私に贈ってくれた時には、女の顔に変わっていた。

私はまぼろしのような乙女の夢をたやすく打ち砕いて、王妃をふたたび地に付けたのである。そこは彼女が暮らし、私の側にいるように神が定められた場所だった。私は問題を些細なことにして済まそうと決心した。許して居場所を与え、小さな国の王となり、彼女のために力の及ぶ限り世界中のあらゆる富を集めてやろうと決心したのである。彼女は私と共に暮らさなければならないのだから。娘たちは泣くことによって悩みから逃れるものである。王妃が泣けば、私の愛する清らかで異国風の顔に再び微笑みが生まれるのだった。

彼女はローマへの旅と皇帝の王冠を楽しみにしていた。

私は子どもっぽい幻想を彼女から奪い、代わりに彼女は私に息子を贈ってくれた。それは気立ての良い徳の高い女だった……

*

王の誠実な語り口は、王がいかに良識を愛し、いかに賢明かつ慎重で、いかにしっかりとした手で物事を進められるかを今更ながら明らかにした。最も身近にいたものさえ知らずにいた、深く心に秘めた事柄についても支配者であることを彼は示したのである――

この夕べ、友人たちは散会したがらなかった。明日は彼らの集まりの最後の日となろう。帰って床に就き窓から空を眺めると、星々が森や丘や水の上にとても悲しげに輝いていた――

土曜日は半日休みだった。城の門の上や窓の周りが瑞々しい緑で飾られ、聖堂座参事会の僧たちが午前中祈りを捧げ、輔祭たちが香の支度をするなど、城の庭は活気に満ちて賑やかだった。皇帝である王が今日の晩禱に親しく参加すると知らされていたからである。それは復活祭以来、初めてのことだった。

そのためカレルは客たちが昼食に来て午後のうちに最後の物語を話し終えるようにと命じ、ヴィーテク卿がこれに同意した。

こうして三人のすべてが昼近くに王の許を訪れた。昼食は卵も肉もない植物油だけのものだったが、それでも魚は美味だった。イェシェク師が厳かに「液体は精進を破らない」と宣言すると、皆は楽しくワインを飲み、楽しく語り合ったのである。

今日はカレルの三人の客がみな交替で話すことになっていた。慣例に倣いブシェク卿が最初でヴィーテク卿は二番目、一方イェシェク師は恐らく皆に意地悪されて、二十一番目の物語によってこの催しを締め括らねばならなかった——皆は明るい陽光の中に坐ってブシェク卿の物語を聞いたのである。

モニカ

ナヴァラ[*1]の王妃にとって美しさがどうして呪いとなったかという話。

父の死後に生まれ、生まれた時から王となったナヴァラ王チボー[*2]が成人した時、顧問たちは彼のために妻を求めようと決めた。しかし王が妻に迎えるのは、極めて美しく極めて慎ましい娘でなければならないと言った。けれども皆は異口同音に一人でそのような二つの性質を併せもつ女は白い羽根をもつ大鴉《おおがらす》よりも稀だろうと言った。そこで皆はそのような花嫁を捜すのは諦めて、自分で捜すようにと若い王に提案した。王は顧問たちの好みで妻をめとる必要がなくなったのを喜び、極めて美しく、極めて慎ましい娘を捜し始めた。

その時彼は祖父たちの城に名をモニカという孤児がいると聞きつけた。この娘は暗赤色の髪の毛と緑色の目をしていて、夜野原の井戸の水を飲もうとして歩き回る羊飼いに魔法をかけ、何年も家に帰る道を見つけられなくする妖精に似ていた。しかしこの娘はとても慎ましく、彼女の緑の目を見た男は誰もいなかった。男がいるところでは瞼を閉じて隠していたからである。自分たちの壁の中に受け入れてこの孤児に祖先が残した巨大な富を受け継ごうと、多くの修道院がモニカに言い寄っていた。しかしモニカは修道院には入らない、彼女の死に絶えた一族を甦らせる息子たちの母になりたいからと答えた。

チボー王はモニカの美しさと慎ましさを保証してもらおうと、モンタナ中の男たちに訊ねたが、彼らはためらいもなく保証した。それればかりか王は女たちにも訊ねた。そうするとすべての女たちが直ちに一致して、モニカは慎ましいだけでなく美しいことを保証した。このような答えは奇跡のようなものだった。そこでチボー王は部下の将軍を遣わし、彼の名においてこの娘に結婚を申し込んで花嫁をパンペルーナ[*3]に連れてこさせようとした。

将軍は初めは自分の任務を巧みにこなした。小さいが美々しく飾った行列を引き連れてモニカの城に到着した。皆は黄色い鞍褥《あんじょく》を敷いた黒毛の馬に乗り、乗り手のない一頭の馬だけが純白で、Mという文字を刺繍した薔薇色の鞍褥に金で飾られた鞍を載せていた。この馬は花嫁のために用意されたものだった。

名をダルガ伯爵というこの将軍は、モニカに王の妻となるようにと求め、モニカはこの申し出を受け入れた。そして彼女は王妃候補者たちのための宴会を催し、その宴会で金色の頭をして眼窩《がんか》に本物のルビーを嵌《は》めた孔雀を出すようにと命じた。彼女自身は金色の手袋をして白いガウンを纏い、首には印度真珠の首飾りをして現れた。食卓の傍らで竪琴《リュート》が奏でられ、沈み行く太陽のような髪と夜明けの海のような目をした美しい婦人をうたう詩を、吟遊詩人たちが朗誦した。

その夕べ、モニカがあまりにも美しかったので王の従士団は呆然として酔い痴《し》れ、食卓で眠り込むほどだった。ただダルガ伯だけはワインを口にしなかった。彼が二つのことに酔い痴れるのには耐えられない性質だったからである。つまり彼は恋に酔い痴れたのだった。

モニカが食卓を離れて城の塔の下にある寝所に向かった時、将軍は私《ひそ》かに後を追い、彼女がドアを後ろ手で閉めようとした瞬間に飛びついた。娘の部屋に入ると、着物を脱ぐお手伝いをしましょう、あなたの許を去るくらいなら今夜のうちに死んでしまった方がよいのですからと言いながら、抱きしめて口づけをした。彼女の美しさは彼女なしには生きている価値がないと思われるほどのものだったので、将軍は彼女の前に跪いて私を憐れんで欲しいと懇願した。さもなければパンペルーナの王の許に彼女を案内してから、彼女が別の男の側で暮らす土地を永遠に捨てるつもりだと。

ダルガ伯は熱烈な言葉でこう言うと娘の着物の裾にキスを続けた。

モニカは彼の言葉を聞き終えて言った。

「出て行きなさい。不実な僕《しもべ》ですね。あなたは王様の名誉を汚《けが》し、私が王様の申し出をお受けしたその時から、既に自分の身に課していた貞節を犯そうとしたのです」

しかしダルガ伯は離れようとしなかった。モニカの寝室を照らしていた灯《あか》りを消し、大山猫が暗闇で群れを離れた羊を襲うように娘に飛びかかった。しかしダルガ伯によって布団を敷いたベッドに仰向けに押しつけられたモニカは、その体の重さに呻《うめ》きながらも長い間両手の指を将軍の喉にくいこませていたので、伯の力が弱り、やがて彼女を抱擁から解き放すと同時にベッドに頭を落とし、更に身体全体を地面に落とした。やっと正気に返ると、娘は何か取り返しのつかないことが起こったことに気付いた。

彼女はつま先立って部屋を出て暗い廊下を召使い部屋まで歩いていった。そこで召使いのジェロニモを呼んだ。彼は彼女と同じ年頃で彼女と同じ城で育ち、かつては子どもだった彼女の遊び相手だった。最近は山や猟に行く時に馬丁として彼女に従っていた。

モニカはこの男に灯りを持ってついて来るように命じた。寝室に入るとモニカは地面に横たわっている男の屍体をジェロニモに指さした。

「これは将軍ダルガ伯です。私に乱暴をしようとしました」

「死んでいます……」とジェロニモは息を止めて言った。

「私が絞め殺したのです」とモニカが言った。

「どうしよう?」とジェロニモは訊ねて全身を震わせた。

「死人を崖の下の川まで運びましょう。そして屍体を酔って窓から落ちたみたいにしましょう。将軍の部屋は私の寝室の下にあって窓は二つとも川に向いています。みんなは私の言うことを信じるでしょう」

ジェロニモは承知した。それから二人は屍体を持ち、塔の螺旋階段を伝って崖の端まで降ろしてそこから崖の下に落とした。将軍の屍体は何度か転がりながらその重さで石や土くれを砕く音が聞こえ、やがて静かな星のない夜になった。

モニカとジェロニモは崖の下の音に耳を傾け暫く佇んでいたが、やがて向きを変えて黙ったまま城に帰った。モニカが先に歩いて、ジェロニモが彼女に続いた。

階段の中程に来た時ジェロニモは立ち止まって叫んだ。

「もう進めません。心臓が締め付けられそうです。行って王の従士団の人たちを起こします。殺された屍体を見つけて丁重に埋葬してくれるように」

モニカは跳び上がってジェロニモの口を手で覆った。

「何を言うのです。気でも違ったのですか？　誰も私の話を信じないでしょう。とりわけ彼の屍体が砕かれて下の川の側にある時には」

「上に行きましょう」とジェロニモは溜息をついて言った。「あなたに言いたいことがあります」

二人は再びモニカの寝室に入った。蠟燭はまだ燃え尽きていなかった。モニカは窓に近づいて鎧戸を開けた。あたかもこの清らかな広間から死に値する罪の匂いを押し出したいかのようだった。

「何が言いたいの？」とモニカはジェロニモに訊ねた。

ジェロニモは今まで決してそんなことがなかったのに、モニカのベッドの上に坐って言った。

「どうしようもありません。私は違った解決を教えて下さるように神様に祈りました。だがこれしかない。今私のものになるか、あんたが王の将軍を殺したと言うかだ」

彼女はぞっとして一瞬言葉が出なかったが、やがて言った。

「あなた方は皆気でも違ったのですか？」

ジェロニモは言った。

「ちっとも。けれどあんたは美しすぎる。それは私たちの罪ではない。でも私は悪魔に感謝したい。こんな機会を与えてくれたのだから。私は子どもの時から夢見ていたことを明かしたことがなかった。七年間あんたを愛していたんだ」

召使いのジェロニモはそう言うと丁度一時間前にダルガ伯がしたようにモニカに飛びついた。モニカは絶望の中でどうしてよいか分からなかった。彼は心が善良で子どもの時に一緒に遊んだ仲であり、彼女の馬に呼びかける優しい声、森で獣に矢を放つ確かな腕前、無口で、険しい山道をよく知っていること、この長い年月に示した忠実な働きのために彼女は彼が好きだった。

しかしジェロニモは狂人のように振る舞った。聞きとれたただ一つの言葉は、「この美しい、この呪われた、この大好きなお前の髪の毛……」だけだった。

しかし彼女が拳《こぶし》でジェロニモの顔を叩くとジェロニモはだまり込み、激しい格闘で彼女を打ち負かし始めた。沈黙の格闘が長く続いた。モニカは声を立てず、ジェロニモはただ激しく喘《あえ》ぐだけだった。彼は将軍ほど力が強くなかった。モニカはジェロニモを窓に押しつけた。

この瞬間ジェロニモに奇妙な考えが浮かんだ。

「さあ、一緒に死のう！」と彼は叫んでモニカの腰に手を回し、一緒に窓から外の深淵に身を乗り出そうとした。

「あそこには将軍が倒れている。さあ行こう彼のところに、行きましょう、緑の目さん！」

そして彼がまさに彼女を抱き上げ腰のところで身体を曲げさせて真っ逆さまに崖下に落とそうとしたその時、彼の足が滑った。彼が落ちそうになった時、モニカは彼の二の腕を捕まえて身体を窓まで引き上げた。ジェロニモは崖下を片目で見て気絶でもしそうに頭と胸を反らした。モニカはこの男の背中を叩いてバランスを失わせ身体ごと落ちていくようにした。彼女は彼の落ちるのを見やった。再び砕ける石と身体がぶつかりながら落ちていく音が聞こえた。ジェロニモはダルガ伯と同じように落ちて行き、そして恐らく同じところに落ちたのである。

モニカは窓を閉じて蠟燭を消し、着替えをするとドアに鍵をかけてベッドに入った。

朝になると彼女は王の将軍が崖から落ちて死んだと知らされた。明らかに酔って塔の下を通ったのである。彼と一緒に馬丁のジェロニモも落ちたが、恐らく彼は客に戻るようにと勧めに行ったのだろう。モニカは将軍のために盛大な葬儀を営むように、そして召使いのジェロニモは一族の墓場に埋葬するようにと命じた。

そういうわけでモニカはパンペルーナに出発するのが数日遅れた。彼女が城を出て玉座に着くために出発する時には召使いは皆が泣き、城の司祭ドン・バルタサールも泣いた。彼は彼女と王のために祈ると約束した。また彼が国中のすべての信者のうちで最も美しく最も貞淑なこの女性をいつまでも忘れないよう、彼女もまた彼を忘れないように祈ると……。モニカはこの城の誰のことも忘れずにいること、そして自分が飛び立った崖の上のこの燕《つばめ》の巣をその慈しみで覆ってくださるように、王にお願いすることを約束した。

彼女が出発する時、城の鐘が荘厳に鳴り響き始めた。そしてその鐘はもう行列が谷間に近づくまでずっと彼女の耳に聞こえていた。南の方では大きな川や塩を含んだナヴァラのリベラ平野*4が彼女に挨拶を送っていた。いつも緑なす地方から黄色い灰色の国へと足を踏み入れようとしていたのである。

頭上の青い空は赤みがかった青白い靄《もや》に変わった。彼女が王妃として住むことになっているパンペルーナの塔と城が遠くに見えた。

迎えに出たチボー王は彼女の美しさに魅入られてしまい、客も呼ばず宴もないまま薄闇の教会の夕べの灯りの下、たった二人の証人の前で結婚式を挙げた。それでも彼は彼らの国が産んだ最も美しく最も貞淑な女性を妻にしたのである。重要なのは結婚式でなく、花嫁なのだ！

こうして二人は一年中互いに優しく甘く愛し合い、子どもが欲しいとは思わなかった。若い王と美しい妻、赤い髪と緑の目をしたナヴァラの王妃モニカの二人は、それほど幸せだったのである。彼女の噂はほどなく世の中に伝わり、近くの国々から王や公たちが自分の目で彼女を見ようとしてやって来た。しかし王は嫉妬して王妃を見張り、客には彼女が病気だと言い訳をした。

一年後にモニカは罪を償《あがな》おうと決心した。二人の人の命が王座への道の上に横たわっていた。自分の行為によってやっと貞操を守ることができたのだということはわかっていたが、たとえ神が公正であっても罪は罪である。しかし彼女は普通の僧の許に行くことは望んでいなかった。

そこで彼女は丁度空席になったパンペルーナの司教座に彼女の城の司祭ドン・バルタサールを招聘するよう夫に頼んだ。王は彼女の望み通りにした。

若い司祭ドン・バルタサールが到着して職務を引き継ぐと、モニカは懺悔《ざんげ》を受けてくれるようにと求めた。このとき彼女はダルガ伯がチボー王の名によって結婚を申し込んだ瞬間から自分がしたことをすべて告白した。司教が王妃の告解を聞いたのは教会でなく彼女の部屋で、大がかりな秋の狩猟でチボー王が留守の時だった。

告解を終えて王妃は司教から罪の許しを得ようと待ったが、司教のバルタサールは悪魔のように顔を顰《しか》めて言った。

「あなたは私が人殺しの女に許しを与えられると思っているのですか？　とんでもありません。私の義務はあなたを罰するために世俗の権力に引き渡すことです。それがあなたのただ一つの懺悔の方法となるでしょう……しかしもしあなたが剣によって死を免れたいとお思いなら、私が長い年月願っていたことをしてください。モニカさん、私はあなたを愛しています。だから私のものにならねばなりません。たとえそのために私が直ちに地獄の火の中に入ることになっても。私はあなたの赤い髪の毛、あなたの緑の目、あなたの薫り高い口、あなたの優しい鼻、あなたの小さな耳、あなたの顎、あなたの胸、あなたの手、あなたの足が好きです。あなたのすべてが好きです。絶望するほどあなたを愛しています。だからあなたの身体を味わうことなくここから出て行くくらいなら死にます！」

「それがあなたの最後の言葉ですか？」とモニカは訊ねた。

「そうです。神が私を呪われんことを！」と司教は厳かに言った。

「それでは来なさい！」と王妃は言って両腕を広げた。

彼女を抱きしめようと覆いかぶさると、夫から贈られた王妃の短剣が彼の心臓に突き刺さった。

王妃は死人には目もくれず、鏡の側に寄ると同じ短剣で自分の顔を額から顎まで切り裂いた。彼女は殺した司教の側で血塗《まみ》れになって気を失った……

王が狩りから帰ってきた時、留守に城で恐ろしいことが起こったと知らされた。そこで王はすでに包帯をしてベッドに寝ている王妃の部屋に入り、司教が死んだことと自分が怪我をしたことについて何か言うことがないかと聞いた。そこで彼女は自分の貞節を守るために彼女が犯した三つの殺人を王に打ち明けた。

「人々が私の美しさと言っているものは呪いでしかないことが分かりました。私は私の容貌がこれから長い年月の間にあなたにも私にも不幸をもたらすかもしれないと感じました。だから私は自分の美しさを終わりにしたのです。見て下さい！」

彼女はそう言うと包帯をほどいた。大きく開いた赤い傷が顔にぽっかりと口を開いていた。額から顎まで一刀のもとに切り裂かれていた。

王は蒼ざめた。国中で最も美しく最も貞淑な妻の傷ついた顔を暫く眺めてからドアに向かった。彼はそこで立ち止まって言った。

「今私が感じたことをそのままあなたに言うのを許してほしい。王としてあなたの罪を許したいと思う。しかし夫としてあなたの美しさを私から奪ったことは許せない。これからあなたを愛することができるかどうかも分からない」

そう言って彼は出て行った。

その晩王は官房の文書によって彼女を追い出した。

モニカは夜のうちに城と王の町を離れ、自分の故郷に帰った。彼女は自分の美しさを失い、貞淑な安らぎのうちに暮らした。

しかし彼女の行いを知った国中の人々はまだ存命のうちから彼女を至福の人と呼んだ。

＊

ブシェク卿が話し終えた時、皆は拍手した。この美しくしかも貞節な女性が経験した事件が気に入ったからである。特にヴィーテク卿がブシェク卿を褒めそやした。

しかし時は移りつつあり、ヴィーテク卿の物語が短いものではなかったので、彼は直ちに話を始めた。

「むしろ異郷のことといっても良いような話をあなた方にしようと思います。しかも本当の冒険なのです。異国の名をもつ遠い国の異なった習慣、異なった信仰と肌の色をもつ人々の話です。私も褒めて貰えますように」

そう言ってヴィーテク卿はモール人の国におけるチェコの騎士の運命について話し始めた。

ハフィザ

ジェベルクのヒネク氏[*1]がどうしてグラナダのムレイ家の女に仕えるようになったか、またどうしてたまたま恥辱と確実な死を免れたかという話。

ジャン（ヤン）王がモンペリエに来て、そこの高名な医師に病んだ目を治して貰おうとした時、[*2]彼の騎士団にジェベルクのヒネクという若者がいた。彼は王の侍童として育ち、王に従って多くの国を訪れ、子どもらしい美しさと優れた賢さに加えて騎士としての勇敢さを身につけた。

ジェベルクのヒネクは故郷の城に居ついて馬に乗り、狩りに出て行き、冬の夕べは煙る暖炉で凍《こご》えた足を暖めるといった風には生まれついていない人間だった。男としての冒険心がこの若者を戦いや戦争に駆り立て、異国がひそかな呼び声で彼を惹きつけ、見知らぬ山脈のある地平線を見るためになら、二十年の平穏な生活も夫婦の寝所も沢山の子どもたちもくれてやろうという男たちの一人だったのである。かつて彼は勇敢にイタリアの川を渉《わた》って南の国の崖の上の町々を占領し、胸に十字架をつけて海を越え、聖地に攻めて行った一族の出身だった。それはずっと以前に死んで行きはしたが、その代わり子孫の記憶の中に長く生きている人々である。

それに加えて更に運命はジェベルクのヒネク氏に王を与えた。その王とともにカールの、そしてアーサーの英雄[*3]が我々の許に帰って来たのである。だからヒネクはジャン王が好きだった。だからもしモンペリエでパリから帰る途中のアラゴン王の使節団に出会わなかったら、恐らく彼は最後の瞬間まで[*4]王と一緒にいようとしただろう。

ジャンの従者たちが泊まっていた旅籠《はたご》ではアラゴンの人々が故郷の女の美しさや雄牛の気性の荒さ、氷堆石[*5]の山の向こうにあるモール人の王国や異教徒に対する戦い、何にも勝って魅惑的なイスパニアの春の陽光と、香りに満ち黄金色の皮に包まれた甘い果物について物語ったものだった。

ジェベルクのヒネク氏は、アラゴンの貴族たちの自慢たらたらの物語を聞いた次の夜に、モンペリエからサラゴッサに立ち去る使節団のあとを追った。ヒネク氏はアラゴンの国でセニョール・ラ・フエンテ・イ・カスペ[*6]が指揮する隊の一員となった。この隊には数人のアラゴンの貴族、五人の若いカスティリヤ人、およそ百人のエストレマドゥーラ[*7]の騎士、家も妻もないが、勇気があって剣を磨き、槍に長い柄を付けた人々がいた。

セニョール・ラ・フエンテは自分の拳《こぶし》で異教のモール人の犬どもと戦い、山に遮られたグラナダ[*8]に禿鷹《はげたか》の巣を作っている彼らの王国を日毎にひっくり返していく手伝いをするのだと誓った。

セニョール・ラ・フエンテは神と王に約束した。氷石堆の崖を踏破し、バレンシアとアンダルシアの国境を越えて、山と海からモール人の国に侵入し、グラナダのムレイ[*9]と彼の弓の射手たちに休むまも与えず、学校や図書館や宮殿を焼いてスルタンの宝庫を破り、モール人のイスパニア支配が永遠だという信仰を打ち破るのだと。セニョール・ラ・フエンテが孤独な復讐者として戦いに行ったのは長年アラブ人との個人的な諍いがあったためで、それは彼の一族の半数がかつてナスル一族[*10]の出身だったスルタン・ムハンマド[*11]によって殺されたからだった。

ジェベルクのヒネク氏はラ・フエンテの軍に加わると、直ちにアラゴンの復讐者の役割に没頭した。モール人を自分の不倶戴天《ふぐたいてん》の敵と見なし、異教徒に対するその怒りは年長の戦士たちをも燃え上がらせるほどだった。まだ若いヒネク氏はアラゴン風の考え方をするようにもなった。サラゴッサが彼の祖国となり、アラゴンの支配者が彼の国王陛下となった。山脈[*12]の向こうのモール人の町々が炎に包まれた時、彼は乙女の目に見入る時よりも幸せだった。モール人の血が流れた時には、神への勤行に立ち合ったような気がした。それはセニョール・ラ・フエンテと共にもう八年間国中を経めぐってきた勇敢な軍隊の中でも、あらゆるものに勝る固い心と勇猛さをもつ若者だった。

盲目のジャン王がフランスの地クレシーの風車の側で倒れる[*13]より少し前に、セニョール・ラ・フエンテの軍がグラナダそのものに侵入した。

この時スルタンのユースフ[*14]が新たに自分の町を基礎から造りあげた。塔を備えた城壁を四方にめぐらし、かつての葡萄畑の赤土の上に城を建てて、それを赤い城、即ちアルハンブラと名付け、キリスト教徒と同じように広場で騎上槍試合《トゥルナイ》を行い、黄金と宝石と絨毯《じゅうたん》で囲って、予言者の天国が地上に降りて来てムレイと彼の女たちを楽しませようとしていると、臣下たちに思わせたのである。

ラ・フエンテの騎兵たちは町の北部に侵入した。彼らは夜の間に番兵を殺し、小バザールを焼いて馬蹄門[*15]からモスクに入った。回教寺院に落書きをして壁に掛かった神聖な表示板に唾を吐きかけ、モール人の僧侶の血で絨毯を赤く染め、寺院の尖塔で助けを求めているムエッズィン*16を殺すと、うつろな笑いと罵りとともに寺院を焼いた。

町に混乱が起こった。あちこちの尖塔から叫び声が起こり、ムレイ軍が起き出して城壁の上に走り出た。一瞬のうちに門が閉じられ、モール人たちは恐ろしい叫びを上げてラ・フエンテの騎士たちや騎兵たちに飛びかかった。弓の射撃が夜を揺るがして甲高く泣くような音を響かせ、曲がったサーベルが曲がりくねった小径で、白壁の上で、門の下で、広場で、庭園の中で閃《ひらめ》いた。ダル川はざわめき、セニョール・ラ・フエンテは彼に従った二十人の騎士や騎馬兵と共に馬蹄門の側で殺された。彼らは死ぬまでモール人という犬どもの平安を脅かすという誓いを果たしたのである。そしてこれらの犬たちは今や彼らの屍体の上を跨いで立ち、彼らの歓声は犬の鳴き声のようだった。

五人の騎馬兵と一人の騎士だけが助けられた。他の者は捕らえられ縛られてグラナダ城の地下に連れて行かれた。神殿を汚し寺院に勤める者たちを殺した者に対するスルタン直々の命令によって、彼らはそこで去勢されたのである。焼けた鉄で血の流れている傷が焼かれ、傷が癒えるように牛の糞が塗られた。こうしてこれらの貴族たちは生殖の力が人生で最も大切だと思っているイスラム人の習わしに従って男性を奪われたのである。

捕虜となったジェベルクのヒネク氏は、グラナダ城の地下の松明《たいまつ》の明かりの下で恐ろしい行為が行われた時には、捕虜の長い列の後尾で横になっていた。刀を身体に突き刺された者たちの叫び声は、疑いもなくベツレヘムの嬰児《えいじ》たちが殺害される時の嘆きよりも恐ろしいものだった。しかし黒いヘロデたちは容赦しなかった。ゆっくりと、あたかも神聖な儀式を行うかのように、捕らえたキリスト教徒を苦しめていた。ヒネク氏の番になった時、彼らは拷問されている者たちの叫び声を通して聞こえるムエッズィンの声を聞きつけ、そこで彼らは小さな絨毯の上に坐って祈りを捧げた。

この瞬間ヒネク氏は辱《はずかし》められた捕虜たちの頭の後ろに這い込んで、二人の失神した者の間に割り込んだ。拷問する者たちが手を拭いて床の上に置いたままになっていた布で膝を覆った。この床は不思議なことにこの地下室でも、複雑な形をして色の付いた石で装飾されていた。彼はそこに横たわって眼をつむり、息を殺した。

モール人たちは祈りの後、かつてのキリスト教徒三人の身体に対して与えられた仕事を済ますと、番兵を置いて引き上げた。

次の日、去勢された者たちはもっと明るく日の差す広間に連れて行かれて水とパンとを与えられた。ジェベルクのヒネク氏は彼らと一緒だった。彼だけムスリムの刑が施されなかったことを知るものは誰もいなかった。勇敢な者には幸運が味方するので、ヒネクは他の者たちと牢獄に入れられ、身体が回復してから数日をそこで過ごした。彼はいつも施術の結果を調べようとするモール人の医師を巧く避けることができた。去勢された者は回復するといろいろな場所に連れて行かれた。彼らは両手を自由にされ、モール人の着物を着せられて、沢山の食事が与えられた。

ヒネク氏は三人のアラゴン人とスルタンの宮殿に連れて行かれ、宦官《かんがん》の長官の前に立たされた。脂ぎってぶくぶくした顔のこの長官は狡猾《こうかつ》そうでしかも少し痛々しげな目つきをしていたが、スルタンの宮廷の番兵の衣服に着替えるよう、去勢された者たちに命じた。そして微笑んでスペイン人には高貴な仕事が似合うと言った。

三人のアラゴンの宦官とヒネクは、その後モール人の宮廷警護のためにギナラリフ宮殿*17に送られた。そこでグラナダの王妃とその他のムレイの女たちに仕えるように命じられたのである。

彼らは宮殿に入った。それは赤と白の石壁に囲まれ、その向こうには円形の庭が広がり、木々が二度目の花をつけ、水の柱が棕櫚《しゅろ》の木の頂上まで届いていて、ヴェールのようだった。彼らは背丈が巨きく力強くほとんど紫色の唇をした別の宦官に迎えられた。このモール人はヒネクとその他の者たちに、着物を脱いで宮殿の最初の庭にある水溜まりで水浴をするように命じた。ヒネクは不幸な同僚といつも水溜まりの近くに立っているモール人に対して去勢を免れたことを隠しおおせた。このモール人は顔と肢体の美しい若者を好んで眺めていたが、ヒネクが恥ずかしがっているのを感じて、まだ日も浅い恥辱をヒネクが隠そうとしているのだと思った。一方他の者たちは同僚が自分の受けたことを免れたなどとは思ってもみなかったのである。

水浴の後、皆はハーレムの番人の宦官が寝椅子で休息する広大な広間に連れて行かれた。これらの人々は皆武装していて、互いに気兼ねなく、楽しげに話し合っていた。何人かは格子縞の盤上でアラブの遊びをして象牙の駒を動かしていた。駒の主なものはペルシア王と王妃で、ほかは軍隊や騎士や戦闘用の塔などだった。多くの者は寝そべり、他の者は歌を歌っていた。

最も年かさで一番重々しい宦官がヒネクに合図して坐って食べるようにと命じた。食べ物は豪華で吟味されていた。他のムスリムと同じようにこのモール人たちは羊の肉を食べていた。ヒネクは肉とパンを食べ、水を飲み、果物、特に黄色がかった色や黒い色をした葡萄の大きな房をもらい、スペイン語で話していた数人の宦官と話しながら、これから何が起こるかと待っていた。

「お前は王妃の僕《しもべ》になるのだ！」と年長の宦官が言い、そう言いながら恐らくムレイの夫人が住んでいるであろう方角に向かってお辞儀をした。ヒネクはこの年長の宦官の後に付いてくるようにと言われた。

彼らは天井の高い広間に入った。広間には一群の女たちが水を張った水浴場の周りに色のついた枕をして横になっていた。彼女らは陽に焼けていない顔をして、ヒネクが期待していたほど美しくはなかった。宦官の長官は年長の女の前に跪いたが、彼女は口の端を動かすこともなく、だるそうに彼を見た。宦官はヒネクの肩を抑えると、同じように跪いて頭を下げるようにと彼に命じた。

それから宦官は長々としかつめらしく、なにやら説明していた。王妃は何も答えなかった。宦官は立ち上がって退出した。ヒネクは跪いたままだった。王妃はこの瞬間微笑み、彼女に続いて他の女たちも大きな声で悪戯《いたずら》っぽく笑い出した。王妃はヒネクに顎をしゃくって立ち上がるように命じた。ヒネクは身を起こしたが、次に何をしていいのか分からず、女たちはまた笑った。彼女らがここ、愛の家ギナラリフの楽園で彼女らの囚われ人となり、立ったまま眼や手足の置きどころを知らず途方に暮れているキリスト教の不信心者を眺めて、楽しんでいるのは明らかだった。かつての王の小姓がこれほど当惑したことはなかった。しかもヒネク氏は王たちやローマ皇帝みずからが坐す宴会にも侍《はべ》っていたのだ！

そこでヒネクは向きを変えて更にもっと大きく豪華な広間に通じる階段に坐った。そこから彼は一群の女たちと男の服に似た奇妙な衣服、くちばしのついた手袋、黒い髪と、夫以外に男は誰も見ることのできない顔を眺めた。アーチ状で鍾乳洞のような天井から光が彼女らの上に落ちていた。天井は色付きの石でできていて、一面大小の弓形や大小の馬蹄形に区切られた、蜂の巣のようなこのアーチを支える柱も、床も、色付きの石でできていた。しかし頭上の光は戦闘前の戦士には不吉に見える夕焼けのように赤く染まっていた。ヒネク氏はあらゆる戦いにもまさる戦いが始まることを予感した。嘘をつくことを望まなかったからである。騎士は決してこうした弱者の武器を好むことはない。しかしここで彼が生き延びるには嘘と誤魔化ししかなかろう。嘘をつくか死ぬかだ。

ヒネク氏の仕事は摩訶不思議なものだった。金と象牙の盆に載せて王妃や他の女たちに食べ物と飲み物を運び、孔雀の羽の団扇《うちわ》を持ってくるように命じられるまで待っていて、彼の前で女たちが着物を脱いで浴槽に入るのを眺め、彼女らが自分の部屋に引き取るまで待ってハーレムの入口の前で眠り、この仕事を年長やまだ若い宦官たちと交替するというものだった。彼らの大部分は歌やリュートの演奏を嗜《たしな》んでいた。それは恐らくこれらの異教徒がキリスト教徒から学んだものであろう。彼はこのうら若い宦官たちが成人になる前に男性を失ったことを知った。彼らは遊技でもおしゃべりでも若い女のように振るまい、その中にいると、肥ったおしゃべり娘たちが口論したり騒いだりする召使い部屋にいるように思われるのだった。

騎士の習慣に従い猛獣との格闘や馬上槍試合が行われる中庭に向いた格子窓の側で、ムレイの女たちが人に見られないように坐って催しを見物している時、ヒネク氏は他の宦官たちとギナラリフの門に立ち、中庭には入れなかったが、誰も王妃の住居に入らないように見張っていた。ヒネク氏は他のすべての捕虜と同じく、囚人であると同時に番兵だったのである。

一方、他の者たちは日常生活が失われ、あの世の喜びを期待するだけで、心を癒す無感動な平穏さのまま運命に耐えていたが、ヒネク氏は言いようもなく苦しんでいた。それはこれらの異教徒に対して自分が男は誰も近づくことのできない女の王国の男だという罪の意識であった。いつの日か秘密が暴かれ、不名誉な死を遂げるにちがいないという考えが、彼を苦しめた。しかし最も苦しんだのは、彼の前で恥ずかしいとも思わない女たちの中で男としていることだった。彼女らは彼の前で着物を脱いだり着たり、髪を梳《す》いたり、化粧をしたりして、女のさまざまな放埒さを彼の前で露わにしていたが、一方では物みたいに彼にさわり、感情のない鏡に向かうように笑いかけた。

確かにこれらの女たちの大部分はとくに若いわけでも、とくに魅力的なわけでもなかった。身体には脂肪が付き、深い皺が刻まれていた。胸は熟れた果実のように垂れ下がり、腹は弛緩《しかん》した筋肉にやっと支えられていた。顔には皺が刻まれ上唇は黒い口髭に覆われていた。香りでむっとするような空気が淫蕩な息づかいで頭を眩《くら》ませる一方で、垂れ下がった脇腹を眺め、無気力な目を見るのは時に悲しいものだった。

しかしこれらの女たちの間には美人も何人かいた。それは彼女らを思うだけで眠りが破られるほどの美しさだった。彼女らがいつもどんなカーテンにも隠されずにいることは言うまでもなかった。不思議なことにまさにこうした女たちがヒネク氏の小姓としての魅力を最も讃え、彼女らの演技に悩めるこの観客に対して親切を競っていたのである。こうした女たちは時に悪魔的な悪意と無神経さが取り憑《つ》いているように思えた。飢えていながら触れてはならない食べ物を与えられ、仕事を強要される、あらゆる種類の執拗な愛想の良さがこの見かけ上の宦官を苦しめていた。

最もユーモアに富んでいたのはハフィザだった。彼女はスルタンの最も若い女の一人で、イエメンの出身だった。アラビアのシェイク*18がグラナダ王に贈ったのだ。ハフィザは美しい容貌をした、ほとんど白人のようなアラブ女だった。アーモンドのような形をした鴉《からす》の羽根色の彼女の目は魅惑的情熱に満ち、快楽の源であるその口は、微笑みが彼女の魅惑をいっそう高めることを決して忘れたことがないかのようだった。ハフィザはさまざまな工夫をしてヒネクと遊んだ。彼女が彼にもとめる仕草は恋人なら喜んで感謝のあまり彼女にキスしたほどのものだった。しかしヒネク氏は自分が男であることを見せてはならなかったので、囚われの猛獣のように苦しんだ。彼女は恋のまねごとをしていたのである。ヒネク氏に話しかける時には声が変わった。手が彼の髪や顔を撫で、目が彼に口づけ、口づけるふりをして甘く目を閉じるのだった。このような眼差しは時に人目を忍ぶかのように短く、時には長く執拗だった。彼は焼け火箸を心臓に当てられたような気がした。焼けたものに一瞬触れ、それから長く終わりのない苦悩が続くのが常だった。

　ヒネク氏はいつもこの女に湯浴《ゆあ》みさせ、着物を着せ、女は自分を寝室に連れて行くように、そして彼女のベッドに食べ物を持ってくるようにと命じて、指に金の指輪を嵌《は》めた子どものように彼の金髪の髪の毛をもてあそんだ。

　加害者の女は被害者に情事のことをよく話した。ムレイに抱かれたいという望みを話すのである。一番美しい彼女のところには週日は来ないで年長でさほど美しくない女たちと夜を共にするという。この加害者は夕べにムレイが訪れて彼女を包んでくれた優しい行為について物語った。彼女はヒネク氏を懺悔を聞きたくない聴聞僧に、彼女の告白で絶望する秘書の役に仕立てた。

　彼女は彼を男でない男、気分のままに扱えるおもちゃ、自分の生まれながらの淫乱さの餌食と思っていた。それは丁度荒野で牝馬がたくましい雄馬に憧れ、去勢馬しかいないと知るといななないて早足で去っていくのに似ていた。

ヒネク氏はムレイの第一夫人とそのほかの幾人かの女たちがハフィザの悪戯《いたずら》を見るのを嫌っているのを見て、彼女がそのことを言っているのだと理解した。しかしそのあと直ぐに彼女の恥知らずな大きな笑い声も聞きつけた。それは他の女たちに大喜びを引き起こした。女たちは枕の上に倒れてスリッパを投げ上げ、甘美な痙攣《けいれん》に身を反らせてそれを表わしたのである。

ヒネク氏はもうこれ以上この苦しみを我慢できなくなり、ハフィザの好意を利用して逃げようと決心した。この女がどうすればムレイの邸から逃げ出せるかを知っていて、逃げるのを助けてくれるだろうと思ったのである。

ある朝彼はハフィザに決心を打ち明け、それに加えて彼女に望郷の念について、両親の悲しみと青年時代に恩に報いることのできない苦しみについて話した。ハフィザは決して一族の祖とはなれない彼が、祖国をもう一度見たいと言うのを聞いて吃驚《びっくり》した。そこにはまだきっと女たちが待っていて、彼がもう男でないことを知ったら嘲笑《あざわら》うだろうにと。ヒネク氏は女たちに会いたいと思っているのではない、故郷に帰りたいのは、彼女もアラビアの砂漠に帰りたいと思っているのときっと同じなのだと言った。彼女は考え込んで、その目が一瞬涙に覆われた。

彼は二度三度とたのみ、そして突然彼女に口づけをした。この口づけが彼女の目に恐怖を呼び起こし、あたかも彼女の家に大胆にも押し入った余所者のようにヒネクを見た。

「お前はだれ?」と彼女は問うていた。それと同時にその目はこの女が今し方彼の口づけによって感じた甘美さを示していた。しかしまた同時に彼女の心には恐怖も生まれた。この口がどのように口づけしたかというまさにそのことによって……。そして彼女はもう一度口づけてヒネク氏の願い通りにしようと約束した。

それから何日も過ぎて、この仮の宦官はアラブ女と何度も口づけを重ねた。

その後、グラナダの上に南国の夜の大きな星々が昇り、光を地上に注ぐというより矢のように人の心に射し込んでくるある夕方、ハフィザが剣を帯びたヒネクを起こして、いくつかの庭を通って城壁まで案内した。その上のレースのような塔や小塔では番兵が眠っていた。ハフィザは深い溜息をつくとこの城壁の下の木蔭に地下の低い入口があるのをヒネクに指し示して言った。宦官の長官によれば、王の薔薇園に灌水する泉に通じる小径があるという。スルタンの宮殿が包囲された時もし川への道がせき止められれば水はそこでしか汲むことができないというのである。

ヒネク氏はハフィザに礼を言った。しかしハフィザは彼の頸《くび》に縋《すが》り付き、初めて女が愛する若者にするように彼に口づけた。彼もまた木蔦《きづた》の下に立って女を引き寄せ、生者も死者も覆う穏やかな緑で枝が互いに絡みつくように互いの身体に手を絡めた。この抱擁でハフィザは彼が誰で何をしているのか意識を失い、突然男を抱いて口づけているのだと悟った。

彼女は飛び上がり、その目は恐怖のあまり暗闇で白目が見えるほど大きく開けられた。

「そうなんだ、私は……」とヒネクは囁いた。

しかし言い終わらぬうちにこの女は助けを求めて声を挙げ、声を限りに叫んで番兵を呼んだ。

ヒネク氏はこの瞬間、彼の命が決まることを理解した。彼は片方の手の指をハフィザの喉につっこみもう一方の手で彼女を地面の草むらに押しつけた。ハフィザは息を詰めていった。ヒネクは彼女の側に跪いて彼女の少し開いた口の中で声が小さくなっていくのを見ていた。ハフィザはもうぜいぜい言うだけで濡れた草の上に仰向けに横たわっていた。この男と女の上を何匹かの蛍が飛んでいた。

そしてヒネク氏はまだ指を女の喉に入れたまま草に彼女を押しつけていた……

その後で彼がこの女から身を離すと彼女は言った。

「私を連れてって……あんたと行く……」

しかしヒネク氏はもう一度彼女の激した目と恐怖と甘美さに苦しむ口に口づけただけでそこを離れ、頭を垂れて城壁の穴に入った。そこから彼は血を流し、あちこち引き裂きながら、暗闇の中を宦官の長がスルタンの女ハフィザに語った泉にたどり着いた。

こうしてジェベルクのヒネク氏はモール人の捕虜の身を逃れ、無事にチェコの国まで辿り着いた。既に述べたようにそれは彼が当時公の宮廷や、北から南へ、太陽の東から世界の西の果てまで旅をしていた放浪の騎士の群れに見られるような、すべてを克服する固い意志と勇敢さをもつ若者だったからである。

*

ヴィーテク卿が語り終えると皆の口から喜びに溢れた満足の声が響いた。しかし今日卿は奇妙な顰《しか》め面《つら》もせず、両手を拡げることもせずに、魔術師ヴェルギリウス*19のように物語った。皆は彼の健康のために杯を挙げた。王は楽しげだった。

「あなた方は私のためにすばらしい夜会をしてくれました」と彼は言った。

ヤノヴィツェのイェシェク師が言葉を継いだ。

「私の下手な物語でこの集まりを締めくくることができるのを大きな光栄に思います。私が再び故郷の庶民について物語ることにきっと賛成して下さるでしょう。これほどの高貴な騎士たち、王妃や王たちの物語に続いて生まれの卑しい人々も言挙《ことあ》げしてもらいたいものです。私は僧ですからこの談話の会を僧らしく説教で終わらせて下さい」と。

アネシカ

善良な僧が天の御国についてどのように信者たちに語ったか、またルカーシとアネシカが僧の言葉をどうして間違って理解したかという物語。

私が古い聖アダルベルト教会*1のまだ若い司教代理だった時、周りにはまだ新市街*2ができていませんでしたが、今と同じように私は人々が好きでした。いつもそうですが、人は何よりもまず自分の身近なものを愛するものです。その後その愛情に幻滅して憎むようになりますが、自分が見誤っていたのは人々ではなく、彼らについて作り上げたイメージなのだと理解すると、再び好きになるものです。しかし今日しようとしているのはその話ではなくて、私が互いに隣人として暮らし、彼らのために青年時代の情熱を傾けた私の努力についてなのです。

というわけで、人々はあらゆる相談をしに私のところにやってきました。自分の負債や喧嘩好きの叔母や賄賂好きな市会議員、周りの女たちの中傷のこと、今どき高いお金を払って新しい上着を買うべきか、このいつまでも続く悪天候の中を旅に出るべきか、といったことについての助言です。皆は、あの不思議なルードヴィヒ[*3]が、自分のことを皇帝だとか私たちの王だとか言っているのは本当かと訊ねました。また人々は教皇がまだどれくらいアヴィニョンにいるのか[*4]、雌牛に良い飼料を与えて手入れを良くしたら毎年沢山の子牛を産めるようになるのかどうか、知りたがりました。長雨が降り、神様がそれをお許しになるので、そのために収穫物が腐って、飢えてパン屋が小さなパンしか焼かなくなったと言い合っては、不平をこぼしていました[*5]。夜の通りで深い穴に落ちたり、川の方に行こうとする皮鞣《なめ》し屋の荷車の車輪が跳ね上がったりしても防ぐ手だてが全くないことに、皆が腹を立てていました。

そして勿論、皆は自分たちが失望した問題を抱えて私のところにやって来るのでした。父は母のことを、夫は妻のことを、恋人は相手のことを相談しようと、一緒に、あるいは一人ずつやって来ました。私は安心させたり、忠告したり、こうしたらと勧めたり、果てはさっぱり分からない謎々を解いたりしなければなりませんでした。

私はこの世に満足している人などいないと知って、そういうつもりで行動しました——そういえば、理髪師のルカーシと水車小屋のアネシカのことを忘れるところでした。

床屋[*6]は床屋で、とても愉快でおしゃべりの多い職業です。それにかなりの実入りがあります。髭を剃り、調髪し、治療をして包帯を巻き、客が湯浴《ゆあ》みする風呂桶の傍に立って、焼かれた生贄《いけにえ》のような湯気が立っている濡れた布をお客の頭に置きます。それから白い衣を着せると、ブジェチスラフ公[*7]のように美しくても、見るもおぞましく醜くても愛想良く微笑みかけます。床屋はちょっとしたもので、水車小屋の娘のアネシカは彼にぞっこんでした。お金がないのに彼が好きで、金持ちみたいに酒飲みなことも気にしませんでした。

「だってあの人はいつかお金持ちになるわ」と言いながら、ルカーシが時々ちょっと来ては一杯引っかけていっても全く気にしませんでした。

「あの人が坑夫だったらもっと飲むでしょうよ」と言うのでした。

　彼女の恋人が切れない剃刀で髭を剃っていると言って人が笑うと、その代わり舌は鋭いのよ、と答えました。また彼女も血管から瀉血《しゃけつ》して貰ったのかと聞かれると、蒼い顔をしたあんたからは血も取れないでしょうよ、と言い捨てました。アネシカはルカーシが好きでしたが、まだ成人していない孤児に代わって水車小屋を切り盛りしている叔母のアルジベタは、こんなアネシカの言うことには気にもとめず、アネシカがルカーシと付き合うのを禁じていました。それで魅力的なアネシカと機知に富むルカーシは、お互いなにかにつけて助け合っていたのです。

　ある時はルカーシが水車小屋の輪の蔭に隠れ、アネシカはそこで彼と会いました。二度目はアネシカが庭の木の上に坐って、そこでルカーシは彼女を抱きました。三度目はルカーシが暗闇で水車小屋の前を、四度目はアネシカが水車小屋の後ろをうろうろしていました。

　ある時はアネシカが教会の柱の蔭に、次にはルカーシが聖歌隊席の下に立っていました。三度目にはルカーシが日曜日の午前中に溝を渡り、穀物倉庫に通じる丸木橋を行ったり来たりして、それから船に乗って堂々と水車小屋の側を通り、オールが水面を掻くと水が後ろに流れました。最後に二人でずっとアネシカの部屋に坐っていました。

　それはアルジベタ夫人が聖イリヤ教会*8の司祭たちの許に説教を聴きに出かけた時でした。司祭たちは説教壇の上から話をしました。私は祭壇から話すのが好きでしたが、彼女には司祭の言葉がむしろ上の方から聞こえてくるのが好きでした。その後にその言葉が天から直接に降ってきたように思えたからでした。

そうして彼女は私のところにやって来ると、アネシカは善良で魅力的な子で、あの子を育てていつか敬虔な水車小屋の男の妻にするようにと亡くなった兄から託されたのに、あんなにめかし立てて顰《しか》め面《つら》した床屋と会ってるなんて、おまけに昨日は夕方遅くまで家にいませんでした。あの子、アネシカはドアをみんな閉め、恥知らずが窓から家に入ってくるのを待っていて、事が巧く運ぶように両足の間にスカートをはさみ込んでいたなんて、考えるだけでも恥ずかしくなります、と泣きながら言いました。「私は許しませんからね、自分の娘よりも愛しているこの親戚の子を卑劣な床屋に傷ものにされるくらいなら、ほら、この心配している、仕事で疲れた両手で絞め殺してやりますよ」と。

「神様、どうすればいいんだろう?」と私は独り言を言いました。

私が娘さんと話さなければなりませんか、と叔母に訊ねました。しかし彼女は私の前に跪いて、自分の説得を全く受け付けず自分の言い分ばかり主張しているアネシカの頑固さを打ち砕くことができたら、亡くなった兄と亡くなったその妻、二人の両親のために、またかつてこの水車小屋で一杯のミルクを飲んで父親の肩を叩いたルクセンブルグのジャン王のために、王の二人の夫人と、ある人のために十回ミサをしてもらおうと約束しました。つまりアネシカはルカーシをあきらめない、あきらめるくらいならヴルタヴァ川に飛び込んだ方がましだ、それでなくてもこの川はこの白い身体を波に乗せて遠いところへと運んでいくためにここに流れているのだから、と言うのです。

「あの娘はこう言いながら私の心が萎《な》えるほど激しく泣くのです。でも私は床屋と私たちのアネシカとの結婚を許すことができません。もし私が教皇様や大司教様のところに行くことができたなら！」

私はこの哀れな女を慰めて、アネシカを説得してみようと約束しました。

私は、話したいことがあると言って、司教館の側の教会に来るようにとアネシカを呼び出しました。彼女は慎重に用心深く、何が起こるかを察しながらやって来ました。私は彼女を説得して、叔母さんの言うことを聞いて罪を犯さないように、親に呪われた愛は幸福をもたらさず、叔母さんはここでは親代わりだから神様の代わりでもある、だからその床屋をあきらめると私に約束してほしい、と言いました。

「ルカーシをですか」とアネシカはあどけなく訊ねました。

「他に誰をあきらめろというのかね？」と私が再び訊ねました。

「尊い神父様、お願いです、私はあの人を諦めることはできません」と言うと、アネシカは私の手に口づけました。

「恥知らずめ、立ち去りなさい」と私は大声を挙げ、「覚悟しなさい、聞き入れないのなら、地獄の罰がお前を待っていますぞ！」と言いました。

するとその時彼女の目から二粒の涙が溢れ出てきました。その涙を見た時、私は彼女に扉を指さしました。美しい女が泣くのは耐えられなかったからです。醜い女が泣くのはもっと我慢できませんが、それは別の理由からです。

それから私は床屋のルカーシを呼び出しました。ルカーシはハンサムな若者で魅力的な青い目をしていました。つまりスマートな床屋でした。私にはアネシカが惹かれる訳が分かりました。ルカーシはアネシカを愛しているが、悪いことはしていない、と言いました。彼女と結婚できたらとても良い夫になるつもりです、けれど叔母さんは本当に人が悪くて二人の愛を望んでいません、あんなに人の悪いおばさんがいてもアネシカを諦めることはできません、と。私は、ルカーシが罪深い行いに誘うことで神の教えに背いている、それは驢馬《ろば》の石臼[*9]にも値することだと言いました。ルカーシは悲しんではいませんでした。彼の目を見ると、邪魔されずにアネシカを愛することさえできれば、石臼三つでも喜んで背負おうとしていました。しかし彼は私に自分の愛を胸に押し込めると約束して立ち去りました。

　彼はその約束を次のようにして果たしました。一昨日アルジベタが不平そうに物語ったところでは、前庭にやって来ると何か弦楽器を弾きしかも楽器に合わせて喉から軋《きし》るような媚《こ》びるような声を出しました。アネシカが窓から見ていてキスを送ると、彼は直ぐさま窓の中に入ってこようとしました。もし作男に引きずり降ろされ、小さなシャベルで背中をしこたま叩かれてその痛さに声を挙げて泣かなかったなら、彼はアネシカの部屋に入り込んだでしょう。床屋というものは勇気がありません。だから愛する床屋も直ぐに逃げて行ったのです。次の日アネシカは姿を消して夜中まで見かけませんでした。叔母のアルジベタは私にアネシカを連れだして懺悔させてほしいと頼みました。

　私は頼まれた通りにしましたが、アネシカが何を告白したかは言えません。神聖な告白の秘密ですから。しかし何も間違ったことは言いませんでした。私は悔い改めてせめてルカーシを諦めさせようとしました。きっと叔母さんが彼女にずっと分別のある婿を見つけてくれるから、と。

「でもあの人より美男子だってことはないでしょうよ！」とこの大胆な娘は告悔室で言ったので、私は自分の知恵の及ばないことを知りました。ルカーシは本当にとても美男子だったのです。

それが再び新たな始まりとなりました。告悔の試みが巧くいかなかったからです。アネシカは日毎に反抗的で大胆になっていきました。今はもう家に入る時だけでなく家から出るのも窓からでした。逃げ出して男漁りをするか、修道院に入った方がましだと言って脅すのです。水差しを二つ割り、ソースを五回焼き焦がせ、決められた帽子を被らず既婚婦人のような髪型にしました。

それで私も怒ってしまい、日曜日に福音書の後で会衆の人々、特に二人の心に言って聞かせようと決心しました。この説教は大変奇妙なものになりました。というのはどういうわけか用意して言おうとしていたことと全く違うことを言ってしまったからです。そのことをお話ししたいと思います。

私は若者や女たちがしばしば犯す二つの戒めに対する罪について話し始めました。子どもたちに父母を敬えと命じる第四の戒律と、肉体の罪について述べている第六の戒律です。私は叫び、怒り狂い、教会にいた半数のものが泣き出しました。私は思いました。この教会に並んで立ちながら説教の間中ずっと貪るような眼で互いに見つめ合っていた二人の罪人も、今すぐにでも雷に打たれたように悔い改めますと叫ぶに違いないと。

だが、神の御加護を！　アネシカはルカーシに、ルカーシはアネシカに微笑みかけ、教会中が泣いているのに至福の状態にいるのです——そこで起こってはならないことが起こりました。私にはこの二人が哀れに思われてきたのです。叔母が許さないだろうし、アネシカが望んでも床屋が水車小屋に来ることは決してないこと、しかもまたこの二人は死ぬことになっても決して離れないことも私には分かっていました。こうして私はこの奇妙な説教を述べ始めたのです。そのために私はクロムニェジーシのミリーチ師[*10]から反キリスト、悪魔の子と呼ばれたのです。

私は話し始めました。

「恋人たちよ、あなたたちは神が慈悲の心を持たないとは考えないで下さい。神は最も公正でそれ故に最も慈悲深いのです。アーメン、アーメン。私はまことにあなた方に告げます。神は私たちの心の中をご覧になり、開かれた本のようにお読みになります。それ故に神のひとり子であるキリストを信じて救われた人々にはあなた方がひそかに想像するような恥ずべき楽園をお与えにはならなかったのです。その楽園で聖者たちの交わり、聖天使たちの合唱や主のお顔を永遠に拝するというだけでなく、天の楽園であなた方、善良で公正なあなた方のあらゆる夢が叶うのです。

天国にあなた方の町と同じような町があると考えて下さい。同じだが、泥濘《ぬかるみ》も塵《ちり》もない通りを。そこでは辻ごとに一晩中松明《たいまつ》が灯り、家に帰る途中、どこで曲がればよいか誰でも知ることができます。しかし通りには穴も土盛りもなく、丸くて美しい敷石の間に青々とした草が生えています。そこでは家々は高く、清潔で、誰もが自宅をもち、好きなところに好きなように建てることができて、壁師や大工たちがただで好意からその家を建ててくれるのです。この町、この通りには未払いの負債はなく、あなたのミルク壺を覗き込んで『塩が利きすぎている、煮ないで下らないことを考えていたからだわ』と言ったりするような近所の女たちはいません。そこには聖堂座参事会員も、警吏も、治安判事も裁判官もいません。人々が自分を律していて悪い行いをしないからです。そこでパン屋は充分な重さのパンを焼き、肉屋はごまかしません。靴屋は指の窮屈な長靴を売りません。そして仕立屋はビロードを机の下に投げ込んだりしません。そこでは皆が質の良いビールだけを飲んで、ひよこが水を飲むとき空を見上げるように、飲む人も飲み干すと目を挙げて酒屋の主人を祝福するのです。そこでは床屋は――そう言うと、私はルカーシを見ました――顔に深い傷を負わせたり浴槽であなた方に熱湯をかけたりしません。そこでは鍛冶屋が馬に不揃いな蹄鉄を付けたりせず、皆がこの地上で望むものを得ることができます。裁判官になりたいと思う者は裁判官になり、僧になることはありません。大司教になりたい者は大司教になり、皮鞣《なめ》し工にはなりません。ベルトを作りたいと思う者は金の象嵌《ぞうがん》をした革のベルトを沢山作ることになるでしょう。好きでもない男のお嫁になった者は、天国では地上で愛してくれた男に嫁いで永遠に共にいることになるでしょう。二人に足りないものがあれば天国で得て、共に永遠に幸福になるでしょう。またその愛が少しでも曇ったり悲しみを伴ったりすることもないでしょう。天国の至福なる者は少しの曇りも知らず痛みを味わうこともないからです。神の仔羊である信者の皆さん、それ故にこの世では苦しみなさい、天国の至福と限りない喜びがあなた方を待っているのですから。この地上で持っている喜ばしいことは残念ながらたちまち死によって直ぐに終わってしまいますが、天国での喜びは永遠です。神様は公正で慈悲深くおわしますから。

もう一度言いましょう。愛し合い、不幸なめぐり会いに苦しんでいる人はあの世で喜びを得るでしょう。なぜなら――そう言って私はアネシカとルカーシを見ました――神様は耐え苦しむ者を愛され、天国の甘い、しかも永遠の褒美が彼らを待っているからです。アーメン」

私が語り終えると、教会中が微笑み、恍惚として舌なめずりをしました。皆自分の心配事が天国で至福に変わると思ったからです。ただルカーシとアネシカだけは顔を顰《しか》めていました。もう互いに見つめ合わず、険しい顔をしてうつむいていました。

ミサの後で叔母のアルジベタが晴れ着の帽子を被って私の許にやって来ると、私の手にキスして言いました。

「ご覧なさい、神父様。アネシカとあの床屋の恥知らずな恋愛が壊れて欲しいと願っていますわ。そうなるでしょうか？」

「ほかに願いはないのでしょうか？」と私は放心したように言いました。「もしアネシカとルカーシが正反対のことを願ったら、どうなりますかね？」

「そんなことは考えもしませんでした。けれどあの男は天国でも彼女を手に入れられないでしょう！」と老婆は言い、咳をしながら立ち去りました。私は他の人々が私のイジークの夢（とんでもない結末）を詳しく聞こうとしなかったので喜びました。そのときは私の完全な負けになっていたでしょうから。第一に私は教会の慣わしに反する説教をしました。第二にたぎる心で語りました。僧侶はそんなことをすべきではないのです。たとえ心が真っ直ぐな道を進もうとしていても、理性に導かれて回り道をしなければならないのです。

しかし私はルカーシとアネシカを説得できたと確信しました。彼らはあんなに恐ろしそうにうつむいていたのです。心の中では別れてしまったに違いありません。なぜ別れたかと言えば、地上では許されないことが完全な形で永遠に得られることを知ったからです。私の説教は的を外していませんでした。私がアネシカをあの誘惑者からうまく遠ざけることができれば、敬虔なアルジベタが安らぎを得て、教会は充分なお布施を得るでしょう。

しかし同じ日曜日の夕方遅く、私は川岸の柳と葦《あし》の間を歩きながら波に映る三日月の影を眺め、中流の漁船の上で物思いに耽《ふけ》っている漁師に声をかけ、この聖なる静寂に、ひたひたと寄せるさざ波に、川面《かわも》にかかる柳の木に、夢の中で洩らす小鳥の声に対して神に感謝の祈りを捧げました。頭上の星々が私とともに歩み、この瞬間、私はアッシジの人*11のようにいくらか聖人になっていました。

そこで私は誰かの長い足に躓《つまず》きました。見回すと親愛なるルカーシと親愛なるアネシカが優しく抱き合っているのです。私は二人が我に返るようにちょっと通り過ぎて声をかけました。

「ルカーシ、アネシカ！」

あわれな罪人たちは立ち上がり、進み出て頭を垂れました。

「あなたたちは私の説教をこんなふうに理解したのですか？　私はあなた方のために話したのです、あなた方が言うことを聞いて罪を犯すことを止めたら、天国が来ると言ったのですよ！」

その時アネシカが言いました。

「神父様、私たちはあなたのあの美しい説教をとても大切に思っています。そして私たちは互いに言いました。もし神様がとても慈悲深くて亡くなった人々の願いをすべて聞き届けて下さるのなら、その願いはまだ生きている間にこの世で叶えてはならないほどに悪いものではないだろうと……」

それは恥知らずな言葉でした。私は腹を立ててアネシカとルカーシの襟首をつかまえ、彼らを前に押し立てました。荒れ地と葦原を通って丸太や角材を越えて真っ直ぐに通りに出ると、まっしぐらに私の教会に着きました。誰にも会いませんでした。あるいは警吏が二人の犯人を引き立てていると思ったかも知れません。こうして私はこの二人を教会の扉まで引き立てていき、そこで下男を呼びました。下男が出てきて私の指図に従い、教会を開け、祭壇に二つの灯りを灯し、この二人の若者の後に証人として坐りました。私は告解も聖体拝領もせずに父と子と聖霊の御名によって彼ら、矯正しようのない罪人に祝福を与えてこのすべてを終わらせ、再び安らぎを得ようとしました……

彼らはともに家路を辿り、気が狂ったように笑い合っていました。

私はこれを私自身の司祭の仕事として行ったのです。次の日私がアルジベタにこのことを告げにいくと、不思議なことに彼女は発作を起こしませんでした。アネシカはといえば、世慣れた新婦のように誇らしげに彼を見ていました。

床屋は壁に理髪店の布を掛けて土曜日ごとに剃ることができるように剃刀を持ち歩き、風呂桶は水車小屋に持っていって美しい妻が入浴できるようにしました。アルジベタは水車小屋をアネシカに譲りましたが、水車小屋の主人は実際はルカーシでアネシカではありませんでした。

私は生涯の前にも後にもこんな説教はしたことがありませんでした。しかしこの説教で私は思っていたのとは違う善行を行ったと思っています。そしてアネシカもルカーシもそれが分かっているのです。

＊

イェシェク師が話していると――彼はこの説教を大きな声で語っていたのだが――哨兵のラッパと叫び声が響いた。客が来ようとしていたのだ……

だがテーブルの男たちは雄弁かつ楽しげに水車小屋から川へ、川から教会へ、教会から、再び愛情に満ちた言葉でこの若者たちの頰を撫でながら聞き手を水車小屋へと連れていく、この司祭の話しか聞いていなかったのである。

王はイェシェク師に礼を言うと、こう言った。

「友人たち、あなた方三人のすべてにこの一週間の祭りの礼を言います。ヴィーテク卿、私の健康について兄弟のように世話をしてくれたことに礼を言います。イェシェク師、友人としての会話とすでに身体が癒《い》えた時に心の癒える話を有り難う――そしてブシェク卿、毎日新しい話を持って通い、騎士としての栄光に語り手の巧みさを加えてくれたあなたには、多くのすばらしい想い出を私の心に呼び起こしてくれたことを感謝します。復活祭の後の五十日目が来て、私たちは心を同じくしてともに集いました。そして言葉を分かち合うという行為が私たち一人一人に宿る火となって現れました。ワインに酔い痴れたのだといって私たちを笑うものがいるかもしれないが、私たちは酔い痴れてなどいない。まだ午後の五時前なのだから。しかし私たちは、上には天上の幻影を、下には地上のしるしを、地と人と立ち昇る煙を見たのです。私たちは聖霊が降臨するこの前夜を喜び、安らかに過ごしたのです」

この祭日の中心であった王はこう言った。皆は彼が一人になって神への祈りを急いでいるのを感じた。

そこで彼らは次々に君主の手に口づけをして、カールシュタインの領内のそれぞれの宿舎に帰った。

カレルは自分の寝室に去った。そこへ二人の小姓が来て厳かな衣服と金の鎖を渡した。それを身につけながらカレルは喜ばしい気持ちで独り詩篇を唱えた。

陽はまだ高く葡萄畑の斜面と森の上に懸かっていた。

王は着替えが終わると窓に寄った。目の前に愛するチェコの大地の一部が横たわっていた。彼はここにこの神聖で誇らしい城を建てたことをいたく喜び、心の中で願った。このように清らかで豊かで美しいこの国に、そしてまた同時にこの堅固で不落の城に相応《ふさわ》しい者になれるようにと。今日この国の眼差しが城の上に集まり、明日は未来の者たちの眼差しがその上に集まるであろうことを彼は知っていたのである。

「そして諸民族の栄光と名誉がこの上に集うだろう……」と彼は独り言を言った。王というのはそういうものなのだ。王のなすべきことは大きく、責任に満ちている。

王は寝室を出て生き生きとしっかりした足取りで広間の扉に向かった。広間には今日ヤノヴィツェのイェシェク師が天の御国について感動的予言をしたテーブルがまだ片づけられずに残っていた。

しかし王が扉に達しないうちに突然扉が開くと、目の前に妻が立っていて跪いた。ポメラニアのアルジベタ[*12]である。王妃が強く優しい愛情で彼を愛していることを王は知っていた。

アルジベタは跪いて泣きながらカレルの両足を抱いた。

カレルは王妃を立たせようとしたが彼女は立ち上がらずに涙を流しすすり泣きながら言った。

「あなた、許して下さい。自分が何をしているのか分からなかったのです。ヒネク・フラヴァーチ氏もジュンベルクのチェネク氏もあなたの忠実な料理人も何も知らないのです。そうではなくて私、私自身があなたに毒を飲ませたのです……あなた、慈悲深い神にかけてあなたにお願いしお頼みします。

三人とも牢から出して下さい！　私が悪いのです。私がしました。そのためにあの人たちが苦しんでいます。あの人たちが責められている時、私は黙っていました。あの人たちが拷問を受けてしてもいないことを白状した時、私は黙っていました！」

カレルは妻を無理矢理地面から立ち上がらせ、坐って自分が言ったことを説明するように命じた。

王妃アルジベタはもう一度またカレルの足下に跪いて顔を赤らめ泣きながら言った。あの日、彼の愛情を失うのではないかと怖れ、もう一度それを取り戻したいと思って食べ物にラスカベツ*[13]をまぜたと。

　カレルは聞いても信じることができなかった。

「お前は罪人を助けたいのか？」と彼は厳しい声で訊ねた。

「誓って私が自分でそうしたのです！」

　カレルは重々しく首を振った。

「私があなたを愛していると信じてはくださらないのですか？」と息を殺して王妃が訊ねた。

その時王は微笑んで彼女の口にキスをした。そして王妃は夫の首に縋《すが》りついて力一杯ぶら下がった。

カレル王はこの瞬間幸福だと感じた。

「アルジベタ、お前も私が王なので苦しんでいるのかね？　これから日ごと月ごとに私はよくなっていくだろう。私がお前を愛していないなどとは思わないで欲しい！」

　そう言うと直ぐに城守を呼びにやらせ、使者を馬でプラハに走らせて王の名によってカリチのヒネク・フラヴァーチとジュンベルクのチェネク、および料理長の補佐を直ちに首枷から解放して自由にするように、と命じた。

それからカレルは妻と一緒に盛大に聖霊降臨祭*14が祝われている教会に行った。司教座参事会員ヤノヴィツのイェシェク師が祝福を与えていた。

王と王妃がすべての警護の騎士や司教座聖堂参事会員たちと聖堂を出るとき、彼らは城中の人々が予め撒いておいた緑の草と新鮮な花の絨毯の上を歩いて行った。

空にはすでに夏の星が輝き、空気は宝石のように透明だった。

訳註

〈導入部〉

＊1　一三七一年の復活祭は四月六日だった。高名な歴史家フランティシェク・パラツキーの『チェコとモラヴィアにおけるチェコ民族の歴史』（*Dějiny národu českého v Čechách a v Moravě, Frantyček Palacký, 1907, Praha*）によれば、「カレル四世が五月にカールシュタイン城で極めて危険な病気にかかった。医師たちが既に彼が回復する希望を失ったときに、王妃エリシカは敬虔な約束をしてカールシュタインからプラハまで徒歩で歩き、そこで純金を満たした八個の容器を聖シギスムンドの墓に捧げた。そうすると間もなく彼は回復し、チェコの国が彼の死によって直面するであろう不幸を避けることができた」とある。ここで王妃エリシカというのはポメラニアのアルジベタ（註3参照）のことである。

＊2　カレル四世（一三一六－七八）。一三四六年に神聖ローマ帝国の王に選ばれ、一三五五年にローマで神聖ローマ帝国皇帝の戴冠式を行った。彼の力で、プラハが神聖ローマ帝国の首都になった。

＊3　ポメラニアのエリーザベト（チェコ名アルジベタ、一三四六／七－九三）。カレル四世の四番目の皇妃。一三六三年五月二十一日に結婚式を挙げ、六月十八日にチェコ王妃となり、一三六八年十一月一日に神聖ローマ帝国皇妃となる。註1参照。

＊4　カルリーク城：カレル四世がカールシュタイン城を守るために造らせたゴシック風の城で唯一の言及は一四〇〇年のものだという。その後間もなく（一四二二？）廃城とされたようで、十六世紀には既に消滅していたという。

＊5　ドマジリツェのバルタザール：カレル四世は一三四八年に最高学府（現在のカレル大学）設立の許可を与えたが、その中に医学を教えるドマジリツェのバルタザールの名があった。

＊6　カールシュタイン城：プラハの南西三〇キロ、ベロウン地方にある。チェコとローマ王、のちに神聖ローマ皇帝となるカレル四世によって定礎された。建設は一三四八年から五七年まで続けられ、内装が完了したのは一三六五年である。

＊7　聖霊降臨祭：復活祭の後の第七日曜日。この年の復活祭が四月六日であるとすれば、聖霊降臨祭は五月二十五日になる。したがってその二週間前の日曜日は五月十一日になる。

＊8　ブジェヴノフ教会：プラハ城の直ぐ南を東西に走るウーヴォス通りを西行するとその北側のブルスニツェ川の源流に建てられたベネディクト派のブジェヴノフ修道院がある。

＊9　ムニェルニーク：モルダウ（ヴルタヴァ）とエルベ（ラベ）の合流する町。葡萄の栽培で知られる。一二七四年以降、この地の収入は王妃のものとなった。

＊10　ブシェク・ズ・ヴェルハルティツには同名の大ブシェクと小ブシェクがいる。

＊11　シエナ：イタリアのトスカナ地方の町。十三－十四世紀にはヨーロッパで最も有名な手工業と銀行業の中心地。

＊12　ルッカ：トスカナ地方の町。中世には経済的にピサの最大のライバルだった。一三三一年ルクセンブルグのジャンが支配したが、一三三三年にジャンの子カレル（後の四世）が侯《シニョール》になった。カレルはこのルッカの近くおよそ一五キロのところに自分の最初の城モンテ・カルロ（カルルの山）を築いた。その名はこの地に今も残っている。

＊13　モンサルヴァージュ：中世の伝説によれば、最後の晩餐でキリストが弟子たちと食事をし、また十字架に架けられたイエスの血を、アリマタヤのヨセフが受けたと伝えられるエメラルドの聖杯は、すばらしい力を伝えることができるという。

＊14　聖櫃：聖骨箱、聖遺物箱。聖人の骨や遺物を納めた箱。

＊15　三つの学部：カレル大学は、のちに神聖ローマ帝国皇帝になるカレル四世が当時アヴィニョンに

あった教皇府の教皇クレメンス六世から一三四七年一月二十六日付の詔勅を得て創設された。最初の学部は、一三五九年に大司教パルドゥビツェのアルノシトによって任命されてリブシツェのインドジフが学部長になったリベラル・アーツの人文学部であり、ここでは神学も教えられた。更に一三七二年には法学部が、一三七三年には医学部が設立されたという。したがってこの物語の一三七一年はまさにこれらの学部が設立される直前だった。

＊16　聖カタリーナ：「カテジナ」章の註13参照。

＊17　ミリーチ師（一三二〇／五‐七四）。文章に巧みであったために一三五八年から一三六二年まで王の官庁で働いた。彼は一三六〇年から一三六二年までカレル四世に随ってしばしば国中を回った。やがてドイツ人の説教師コンラド・ヴァルドハウザーの影響を受け、既成のキリスト教の僧たちを批判して内部改革を唱え、民衆に理解できるチェコ語や、時にはドイツ語で説教をして民衆の間に大きな人気を博したという。

パオラ

＊1　カレル四世は一三五五年一月六日にミラノでロンバルディアの王冠を受け四月五日にローマで神聖ローマ帝国皇帝の冠を授けられた。カレル四世がピサに入ったのは一三五五年一月十八日である。

＊2　カレルの三番目の妻スヴィードニツェのアンナである。この時アンナは十六歳だった。

＊3　パラツキーによれば、カレル四世がピサを発ったのは三月二十二日で、フィレンツェの南の町シエナで枢機卿と合流した。

＊4　ヴィレーム・ヴァネツキーはオドーラ河畔のポランカ・ナド・オドロウ城の持ち主の中に、その名が見える。早くに没したとしか記述にはない。

＊5　フランチェスコ・ガンバコルティは、はじめ貴族のラスパティオ党の首領パフェッタに敵対的な

立場をとったカレル四世に服したが、カレルがルッカの町をフィレンツェに売りつけることを考えているという根も葉もない噂が流れたので、これを信じたフランチェスコは、一三五五年五月二十一日にカレルとその親衛隊を襲撃した。その結果フランチェスコは弟のロットおよびバルトロメオと共に処刑。五月二十五日のことだった。

＊6　ストシェダのヤン（一三一〇頃－八〇）。ヨハンネス・ノヴィフォレンシスと名乗り、一三五三／四－七三／四年カレル四世の宰相。

＊7　パルドゥビツェのアルノシト大司教（一二九七－一三六四）。彼がローマに入ったのは一三五五年四月五日、この年の復活祭の当日である。

＊8　ワラキア：この語にはいくつかの意味があるが、ここではイタリアと同義と考えてよい。

＊9　アンドロ（アンドレア）・ガンバコルティ。一三四八年から五四年まで、貴族を主としたラスパティオ党に対して平民党ベルゴリーニを率い、ピサの共和国を治めた。

＊10　アウグスブルグ司教：マルクヴァルトのこと。

＊11　ハラデツのインドジフ（？－一三六三）。正確にはインドジフ二世。彼の居城のあった町はインドジフーフ・ハラデツ（インドジフの城）である。

＊12　オチコ、名をヤンという。貴族を出自とし、宗教的領主でありかつ外交官であって、カレル四世に仕えた。一三七八年教皇ウルバヌス六世によって枢機卿に任じられる。

＊13　ハインリヒ六世とあるが、これは七世の誤りであろう。ハインリヒ七世（一二七四／五－一三一三）はルクセンブルグ王家を出自とし、一三一二年にローマで帝冠を受けて神聖ローマ帝国皇帝となった。カレル四世の父ジャンの父である。

＊14　ピエトロ。フランチェスコ・ガンバコルティの甥。一三六九年にピサに帰り、一三九二年に殺されるまでピサを治めたという。

＊15　カンポサント：世界で最も美しいといわれるピサの墓地。

アレナ

＊1　本来は板金の職人の意味。鎧師とでもいうべきか。ヴァレンティン通り（註3参照）を南に行くと東西に走るプラトネシスカー通りに突き当たる。この通りに板金を扱う職人が集まっていたと言われる。

＊2　ルクセンブルグ伯ジャン、盲目王ヨハン（一二九六－一三四六）。一三一〇年、十四歳の時にチェコのプシェミスル王朝の最後の一人であるエリシカと結婚して、チェコ王となる。カレル四世の父。

＊3　聖ヴァレンティン教会：ヴルタヴァ川にかかる有名なカレル橋の直ぐ下流（北側）にあるマネス橋を東に渡って旧市街広場に通じるカプロヴァ通りと、南行しマリア広場に至るヴァレンティン通りとの交点にあった教会。

＊4　ブーダ村というのははっきりしないが、カレル四世が一三四八年にカールシュタインに城を築き始めた時、同時にその近傍に聖パルマティウス教会を造り始めた。これは城より早く、一三五六年に完成したといわれる。

＊5　カレル大学は一三四七年に教皇クレメンス六世の勅許を得、翌一三四八年四月七日付けのカレル四世の書簡によって中部ヨーロッパ初めての大学としてプラハに創設された。三番目の学部というのは神学部のことを指していると思われる。

カテジナ

＊1　パドヴァ大学：北部イタリアの最古の大学。一二二二年に創立。

＊2　ボスコヴィツェ：ブルノーの北およそ三〇キロにある町。

＊3　アンリ七世。ドイツ名ハインリヒ、チェコ名インドジフ（一二七四／五－一三一三）。一二八八－一三一〇年ルクセンブルグ伯、一三一二年より神聖ローマ帝国皇帝。

＊4　四旬節：復活祭前の六週間半。

＊5　プレシヴェツ：カールシュタインの町。

＊6　一三四八年の聖霊降臨祭の火曜日：聖霊降臨祭《ペンテコステ》はカトリック、プロテスタントなどの西方教会では復活祭を第一日として五十日後に祝われる祭日。一三四八年の復活祭は旧暦三月二十三日であるから、聖霊降臨祭は五月十一日である。従ってこの週の火曜日は五月十三日になる。

＊7　プラハ大司教アルノシト（一二九七－一三六四）。若い日に王位継承者だったカレル四世と親しく交わり、深い信頼を得る。一三三八年プラハの司教座聖堂参事会首席、一三四三年プラハ司教、一三四四年プラハ大司教、その後プラハ首都大司教になる。教育に力を尽くし、一三四八年にはカレル四世と共にプラハに大学を創設して初代学長となった（現在のカレル大学）。一三四四年にはプラハの聖ヴィート教会の礎石を置いた。

＊8　マティアーシ（ズ・アラス）（一二九〇－一三五二）。プラハの聖ヴィート寺院の基本設計を行った建築師。また彼はカールシュタイン城の基本設計も行ったとされる。

＊9　カレルが初めてこの城を訪れたのは、城のこの部分ができあがった一三四八年のこと。

＊10　ビートフのヴィート卿。彼の着任は一三五五年だった。

＊11　聖パルマティウス教会：カレル四世は城の建設と同じ一三四八年にこの教会を建立し始め、城の完成より早く一三五六年に完成した。カレルはこの年、トレヴィールの大司教ボエムンドゥスから聖パルマティウスの遺骨を貰い受けて、この教会に納めたという。

＊12　純潔という意味を持つ。カテジナ（カテリーナまたはカタリーナ）の語源となるギリシア語katharos は「清浄な」、「純潔な」を意味する。

＊13　キプロスの聖カタリーナ（二八二―三〇七）。三世紀の終わり頃ローマのディオクレティアヌス帝の治世下にいたアレキサンドリア王コンスタンティノス（またはコストゥス）の娘。キプロスでは父の弟が王となっていたが、王はカタリーナがキリスト教に帰依したことを知り、ローマ皇帝が彼女の命を奪うことを怖れて彼女を幽閉した。彼女を改宗させようとして獄舎を訪れた王妃を始め多くの官吏や兵士がキリスト教に帰依してしまったので、皇帝マクシミウスが激怒して車裂きの刑によって彼女を殺した。三〇七年のことだったという。

＊14　車裂きの刑は、中世ヨーロッパでは、被処刑者の四肢の骨を砕いて車輪にくくりつけ、梟示・処刑する方法であった。車輪を用いるのは、古代に太陽神に供物を捧げる神聖なイメージがあったためとされる。これを四肢をそれぞれ四頭の馬に引かせて裂くという「四つ裂きの刑」と区別するために、日本では「車裂きの刑」または「車輪刑」という語を用いるという。

＊15　モデナのトマーゾ（一三二五／六―七九）。本名トマーゾ・マリティーニ。一三五七年カレル四世に招かれてプラハに赴いたという。

＊16　トリスタンとイゾルデは、元々ブリタニアの伝説で、トリスタンが叔父マルク王の妃としてブリタニア王の娘イゾルデを迎えに行く。ブリタニアの王妃は初夜に二人で飲むようにとイゾルデに飲み物をもたせる。帰りの舟の中でトリスタンとイゾルデは誤ってこの薬を飲む。これが媚薬だったので、二人は熱烈に愛しあうようになる。

＊17　プラハのデトジフ氏は、カレル四世の治世の一三五九年に宮廷絵師として迎えられた。城の聖十字架教会の祭壇中央の壁面に掛けられた最大の絵には十字架上のイエスとマリアとヨハネが描かれていたという。本文の詩が指しているのは内容的にこの絵のことと思われる。

＊18　聖杯はキリストが最後の晩餐で用いたとされ、キリストが処刑された時、傷跡から流れる血を受けたともされる。

＊19　クラッコ：現在のポーランド領。裸足教徒は元々アッシジの聖フランチェスコの教えを信奉して裸足あるいは木の履き物を履いて修行する集団で、チェコには一二二八年頃に入ってきたという。

アポリーナ

＊1　プラハ橋：カレル橋のこと。この橋はプラハ橋、あるいは単に石橋と呼ばれていた。カレル橋と呼ばれるようになったのは一八七〇年以後のことである。

＊2　リトミシルの司教（司教在位一三五三－六四、のちオロモウツ司教）は、カレル四世の宰相ストシェダのヤンと呼ばれた人物と思われる。「パオラ」の註6参照。

＊3　聖トマス修道院：アウグスティン修道会の修道院で、マラー・ストラナの北側のレテンスカー通りを少し東に入った北側の角にある。

＊4　ブルゴーニュ公フレデリク：不詳。

＊5　城壁の中の聖マルチン教会と呼ばれる。元々一一七八－八七年に建立されたが、この教会は城壁をへだてて旧市街の北側に南側をくっつけた形になった。現在のレギエ橋を東に走るナーロドニー通りの北側に位置する。

＊6　ホウストニークのヤン・ジェブジーク。ホウストニーク家は古い貴族であったが、ベネシとヤンの兄弟が零落して領地をロジンベルクのペトルに売ったという。

＊7　カレル四世の父ジャンはルクセンブルグ家の末裔。

＊8　同じくカレル四世の母エリシカはチェコのプシェミスル王家の末裔。

＊9　ロジンベルクの人々とは、チェコ南部のチェスキー・クルムロフに居を構える古い家柄の貴族の一族。

＊10　ソーヌ河：フランス北東部から南流してリヨンの近くでローヌ河に注ぐ。

＊11　ディジョンとボーヌは共にブルゴーニュ地方の都市。ディジョンはその中心都市でブルゴーニュの古都。
＊12　グンタル王：ニーベルンゲン伝説に出てくるブルグンドの王。
＊13　バビロンの園遊会：世界の七不思議の一つに挙げられているバビロンの空中庭園のことか。
＊14　アレキサンドリアの殉教者：恐らくアレキサンドリアの聖アポローニアのことであろう。紀元四九年アレキサンドリアでキリスト教徒の迫害が起こった。その中で年配の処女アポローニアが迫害を受け、歯をすべて折られ、燃えている焚き火の前で転向を迫られたが、聖霊の感応を受けて進んで火の中に入ったと伝えられる。
＊15　ドージェ：ヴェネチア及びジェノヴァの首長。
＊16　ユーラ：ジュラ山脈のことであろう。
＊17　ドマジリツェ：プラハから南西ドイツのレーゲンスブルグを結ぶほぼ線上、プラハからおよそ一二六キロほどにある国境に近い町。
＊18　鞭打行者：十三世紀から十四世紀に起こった急進的なキリスト教徒の運動で、黒死病の流行を神が降された刑罰であるとし、みずからの身体を鞭打つというものである。

マグダレーナたち

＊1　アルル：南仏ローヌ河畔の町。九三三年に建国されたアルル王国の首都。十三世紀以降はフランスの影響が強くなり、カレル四世が神聖ローマ帝国皇帝としてアルル王の戴冠を行った最後の皇帝となった。
＊2　チェルホフの山：ドマジリツェの南にあるドイツとチェコ国境の「チェコの森」にある最高峰。乳房の形をしているという。

＊3　現在ブロドという地名は見られないが、クレンチー・ポド・チェルホヴェムかも知れない。

＊4　チェルホフの山のこと。全体がなだらかな丸い形をしている。

＊5　万聖節：すべての聖人の日で、カトリックの典礼暦では十一月一日。ユリウス暦一三四八年の十一月一日は土曜日であるから、その後の日曜日というのは翌十一月二日ということになる。

＊6　ミラフチェ：ドマジリツェ近郊の村。

＊7　スタンコフ、プルゼン、ベロウン：ドマジリツェから北東のプラハと結ぶ線上にほぼ位置している。

＊8　ペルージャ：イタリア中部のウンブリア地方の町。

＊9　屋根の樋口：屋根の雨樋の雨水落としのこと。奇怪な人面や獣面の形をしていて特にゴシック様式の教会などに多く見られる。

ブラジェンカ

＊1　王妃エリシカの夫でカレル四世の父である放蕩なルクセンブルクのジャン王は、ハプスブルクのルドルフ一世が没すると直ぐその年に、クシヴォクラートの城をジャンの将軍であったヴァルデカのヴィレーム・ザイーツ（一二八九―一三一九）に抵当に入れたが、自身はしばしばこの城に出入りしていたという。後にカレルは最初の妻となったヴァロアのブランシュ（チェコ名ブランカ、一三一六―四八）とここで過ごすが、ブランカはカレルが一週間ほどモラヴィアに行った留守に亡くなった。八月一日のことであった。

＊2　カレル四世の幼名ヴァーツラフの愛称。彼の父ルクセンブルグのジャンは王妃エリシカ・プシェミスロヴナと不仲になると、母と子を引き離すためにクシヴォクラートで育てさせたが、更に一三二三年四月四日にヴァーツラフをフランスの宮廷に預け、広い教育を受けるようにさせた。この年ヴァーツ

ラフはフランス王シャルル四世（在位一三二二－二八）を教父として堅信礼を受け、教父の名前を貰ってシャルルとした。これはドイツ名でカール、チェコ名でカレルに当たるが、その後ヴァーツラフは終生カール（カレル）の名を用いることになった。

＊3　エウスタフはギリシア語のエウスタクス（「豊穣な」、「実り多い」）を意味している。

＊4　一三一六年プラハに火事が起こり、王妃エリシカは三人の子ども（二人の姉とカレル）を連れて、一時クシヴォクラートに滞在した。カレルはこの年の五月十四日に生まれたばかりだった。そこで王子ヴァーツラフ（後のカレル四世）は生まれた年の冬をひそかにクシヴォクラートで過ごした。彼がやっと歩けるようになった時母なる王妃は、チェコの王妃の城であったムニェルニークに移され、カレルはロケトの城の暗い地下室に幽閉されたという。これはルクセンブルグ家のジャンがチェコの人々によって王位を奪われ、代わりにチェコのプシェミスル家の血を引くエリシカ及び王子が王に選ばれるのではないかと怖れたためであるらしい。

＊5　王妃エリシカが没したのは一三三〇年九月二十八日である。

＊6　ハインリヒ公とは、ハインリヒ美麗公とよばれたハプスブルクのハインリヒ（一二九八－一三二七）のこと。一三二二年に神聖ローマ帝国皇帝の座をめぐってバヴァリアのルードヴィヒとミュールドルフで戦い、敗れて捕らえられた。ハインリヒはチェコ王ジャンに捕らえられてクシヴォクラート城に幽閉され、一三二七年に子をなすことなく没した。

＊7　曾祖父のプシェミスル・オタカル（在位一一九二／三－一二三〇）。彼の子ヴァーツラフ二世はカレル四世の母エリシカの父である。

＊8　母エリシカのチェコ王室の血統。

＊9　父ジャンのルクセンブルグ王朝の血統。

＊10　ハインリヒ七世（一二七四／五－一三一三）。一三一二年より神聖ローマ帝国皇帝。イタリア遠

征中にマラリアによってシエナの近くのブオンコンヴェントという小村で八月二十四日に没した。
＊11　カオール：フランス南西部ロト川沿いの町で、ロト県の県都。トゥールーズの北およそ九五キロにある。
＊12　デュランダル：「ローランの歌」で歌い継がれているカール大帝の円卓の騎士《パラディン》の筆頭であり、ロンスヴァルで戦死したローランが用いた剣の名。
＊13　この教会（ロカマドゥール教会）は、カオールの北北西およそ五八キロ、アルズー河畔にあるロカマドゥールの町にあり、聖母マリアの巡礼地である。

オルガ

＊1　現在のカレル橋。その前身は石橋を意味するカメニー橋で一三五四年に建設が始められたが、更にその前身は、一一七二年に建設されて一三四二年に洪水によって破壊された、いわゆるユディタ橋である。この橋はヨーロッパで二番目に造られた石橋だった。「アポリーナ」章の註1参照。
＊2　聖ローレンス（英）。チェコ語では聖ヴァヴジネツという。聖ラウレンティウス（?-二五八?）は初期ローマの殉教者。この名を持つ教会はプラハ城の南西にある展望台ペトジンスカー・ロズフレドナの近く、森に包まれて古い城壁の内側にある。
＊3　ディートリヒ王とは、北欧のサガやニーベルンゲンの歌などにみられる英雄ディートリヒ・フォン・ベルンではないかと思われる。史実としては、これは東ゴート王、大テオドリク（一世、四五三―五二六、四七三年に東ゴート王となる）にあたる。
＊4　マタイ伝二十二章二十一節。

イートカ、バルチャ、アンジェルカ

＊1　サーザヴァの僧院：チェコの古い四つの修道院の最古のもの。一〇三二年頃にオルドジフ公（在位一〇一二－三三／四、プシェミスル王朝ボレスラフ二世の子）と最初の僧院長となった隠者プロコピウス（チェコ名プロコプ。九七〇－一〇五三、一二〇四年に列聖）によって定礎された。

＊2　サーザヴァの川はヴルタヴァ川の右岸に注ぐ支流。

＊3　不詳。

＊4　ブジェチスラフの名を持つプシェミスル王朝の公は一世と二世があるが、ここで触れているのは恐らく一世（一〇〇五－五五、在位一〇三四－五五）であろう。

＊5　マカベイ家はユダヤの指導的な家族。マカベイの兄弟は元々五人といわれたが、血統を考慮せず七人の兄弟という場合もある。

＊6　僧院長プロコプ（ラテン名プロコピウス）は地主の子であったが、学問、およびとりわけ古スラヴ語の研究で名高いヴイシェハラドの学校に送られ、そこでスラヴ語の文字の習得にめざましい成績を上げたという。サーザヴァ修道院のスラヴ語による典礼はやがて終わり、一〇九六年以降ラテン語によって取って代わられた。

＊7　東方教会、即ちギリシア正教のしぐさで。正教会の十字の「描き」方は十字を画くにあたっては、指の形が定められている。カトリック教会は指の形については特に定められておらず、右手のすべての指を伸ばした状態で切ることが多い。右手を動かす順番は額・胸・左肩・右肩である（正教会と左右逆）。

＊8　註4で述べたように、ブジェチスラフの名を持つ公には一世（在位一〇三四－五五）と二世（在位一〇九二－一一〇〇）がある。しかしブジェチスラフ二世は一〇九六年にサーザヴァの僧院からスラヴ語による典礼を行う僧たちを追放した本人であるから、時代的にもプロコプ（プロコピウス）とは相

容れない。

ディーナ

＊1　アレキサンドリアの（「キプロスの」ともいう）聖カタリーナともいう。三〇七年に殉教。聖カタリーナを特に崇敬していたカレル四世の時代に広く崇められていたという。祝日は十一月二十五日。「カテジナ」章の註13参照。

＊2　カレルの父で、ルクセンブルグ家のジャンがチェコ王になり、イタリア諸国を従えようとした。十六歳のカレルは父にしたがってイタリアに出陣し、サンフェリーチェを攻撃して聖カタリーナの日の十一月二十五日にこれを陥落させた。優勢な敵に対するこの激戦で多くの者が倒れ、カレル自身も肩に負傷したが戦列を離れることを拒否して戦い、勝利を収めた。この戦いによってカレルの勢威は揺るがぬものとなったという。

＊3　モンテ・カルロ（カルルの山［城］の意）。一三三三年にカレル（カルル）がルッカの近傍にある山に初めて築いた城。一四三七年以降フィレンツェ共和国の領地となった。導入部の註12参照。

＊4　パルマ：イタリアのエミリア・ロマーニャ地方の都市。世界で最も古い大学の一つであるパルマ大学の所在地として知られる。ロッシはこの町の有力者で後の一時期、他のいくつかの家族と連合してこの地を支配した。

＊5　十二世紀から十三世紀にかけて神聖ローマ帝国はシュタウフェン家が皇帝の座を占め、イタリア経営が強められた。皇帝の支配を歓迎する派をギベリン党、都市の貴族による統治を志向しローマ教皇を支持する派を、ゲルフ党と言った。主としてギベリン党に属する都市はフォルリ、モデナ、ピサ、シエナなど、ゲルフ派に属するのはボローニャ、ブレシア、ジェノヴァ、ペルージャなどの諸都市であったと言われる。

＊6　詩や歌詞の最初の文字を上下に読むと意味のある言葉になるという手法。

＊7　プラウトゥス（前二五一頃－一八四頃）。古代ローマの喜劇作家。古ラテン語で書かれている。

＊8　キケロ（マルクス・トゥリウス、前一〇六－四三）。はじめ弁護士を開業したが、やがて政治家となり、最後に元老院議長（コンスル）になった。元老院での数々の演説で有名である。

＊9　ギヨーム・ド・マショウ（一三〇〇頃－七七）。フランスの詩人で音楽家。ルクセンブルグのジャン（カレルの父）に仕え、遠征や旅にでるジャンとともにヨーロッパ各地を訪れて、プラハにも随った。

＊10　グイグ・ド・ヴィエンヌは八世であろうと思われる。この人物はドーファン・ジャン二世とハンガリー王カレル一世（一二八八－一三四二）の妹ベアトリスの長子で、一三〇九年に生まれ、一三三三年七月二十八日、サヴォア城を包囲中に没している。王太子になったのは一三一八年で、死ぬまで王太子であった。カレル四世がイタリアを去るのは一三三四年八月十四日である。次註参照。

＊11　王太子：フランス語の dauphin は「イルカ」を意味するが、ヴァロアおよびブルボン王朝では王の長子である王太子に与えられる称号である。

＊12　リエージュ：ベルギーの町。

＊13　カレルの母プシェミスル家のエリシカは一三三〇年九月二十八日に三十八歳で亡くなった。この三年前である。

イネース

＊1　黒死病がヨーロッパに入ったのは東方の商品を積んだ舟がクリミアのカファを出発して黒海を越え、コンスタンティノポリスを経て、一三四七年十月にシチリアのメッシーナ港に入港したことに端を発する。マルセイユにペストが発生したのが入港して一月後の翌一三四八年二月、アヴィニョンに伝播

したのが三月であるとされる。この時チェコでは散発的な病人が発生しただけで、大きな流行はなかったといわれる。
＊2　アヴィニョンの橋の建設には十三世紀に遡る伝説がある。ベネディクト（ベネゼ）とよばれる若い羊飼がアヴィニョンのローヌ川に橋を架けよという神の声を聞き、天使に導かれて橋をかけ始めた。住民たちがこれを嘲笑したが、彼は信仰が固かったので大きな石を持ち上げてはるばるローヌ川まで運んだという。これを見て人々は橋を架けることが神の意志だと悟り、架橋に協力した。なおベネゼは実在の人物で一一八四年に没したという。
＊3　この時期（一三〇九－七七）はいわゆるアヴィニョンの捕囚（あるいは幽囚）といわれる時期である。クレメンス五世となったフランス人の枢機卿が、フランス王の要請を受けて教皇庁をアヴィニョンに移した。黒死病がヨーロッパに侵入した一三四八年は、クレメンス五世の三代あとのクレメンス六世（在位一三四二－五二）の時代である。
＊4　詩人として名高いフランチェスコ・ペトラルカ（一三〇四－七四）は一三一三年からアヴィニョンに住んでいた。彼はカレル四世、ならびにカレル四世と共にカレル大学の創設に当たったプラハ大司教パルドゥビツェのアルノシト（一二九七－一三六四）、王の宰相ストシェダのヤン（一三一〇頃－八〇）とも文通し、チェコの人文主義に大きな影響を与えたという。一三五六年にはペトラルカ自身プラハを訪れたという。
＊5　ペトラルカと親交のあったダンテの神曲の地獄篇を指していると思われる。
＊6　ペトラルカは一三二七年四月六日の聖金曜日にアヴィニョンの聖クララ教会で会った二十三歳の麗しのラウラを見初め、生涯プラトニックな愛の対象としたといわれる。「プラトンの教え」というのはプラトニックな愛のことを指しているのであろう。
＊7　イン・アルティクロー・モルティス：結婚する二人のどちらかが死に瀕していて結婚の証明書を

交付することも生前の罪の赦免を与えることもできない時、これを省いて結婚を認める聖職者の宣言。

聖ならざる女

＊1　ヴァーツラフ聖公（九〇七頃–三五）。生没年には諸説ある。九二一年頃にチェコ公となる。彼は従士団と教会に支持されて独立した初期封建制の国家経営を行ったが、弟ボレスラフ（在位九三五–六七）によって殺され、その後ボレスラフは一世としてチェコを支配した。ヴァーツラフの生涯とその死はすでに十世紀のうちに宗教的な崇拝の対象となったというが、その後十一世紀の後半には既にこの封建制国家体制のイデオロギー的基礎となったという。

＊2　ここではローマ王であるカレル四世を指す。

＊3　カレル四世の母はチェコの王統プシェミスル家の最後の一人であり、その王統を護るためにルクセンブルグ家のジャンと結婚し、その子カレル四世が神聖ローマ帝国皇帝になる。したがってチェコの人々の意識ではカレル四世は本来ゲルマン系帝国の皇帝というよりは、チェコ本来の王と考えられてきたのである。

＊4　首天使ミカエルの祝日は九月二十九日であり、ヴァーツラフが殺害されたのは九月二十八日のことである。

＊5　聖ヴィートは、四世紀の初め頃ローマで殉教したと言われるキリスト教の聖人。十世紀の初めその遺物をヴァーツラフ聖公が分与して貰いうけ、プラハ城内の聖ヴィート教会を建立してそこに納めた。遺物の残りは一三五五年にカレル四世がプラハ城内の聖ヴィート教会の後身である聖ヴィート大聖堂に納め、聖ヴィートをプラハの守護聖人の一人とした。

＊6　ボレスラフ（九一五頃–六七／七二）。最近は没年を九七二年とする説が有力であるという。ヴァーツラフ聖公の弟。九三五年に兄を殺害してチェコ王になる。

＊7　レーゲンスブルグ：ドイツのバヴァリア地方にある。ドナウ河畔の町。七三九年に司教が置かれるようになった。

＊8　ヴァーツラフ伝説には十三世紀前半に成立したと言われるラテン語で書かれたものもあり、「日の今や昇れる時（オリエンテ・イアム・ソーレ）」という名によって知られている。

＊9　メルセブルグ：ライプツィヒの西およそ三〇キロのゼーレ河畔にある町。九六八年にオットー一世によって司教座が置かれた。

＊10　クヴェドリンブルグ：マグデブルグの南南西およそ五三キロにある。十－十一世紀にはザクセンにおける最も重要な皇帝の拠点の一つであった。

＊11　ルドミラ（八六〇頃－九二一）とヴラチスラフ一世（八八八－九二一）。ルドミラはプシェミスル家のボジヴォイ一世（八五二年から八五五年の間に生まれ、八八八年から八九一年までの間に没した）と結婚し、八七一年頃に揃ってキリスト教に改宗した。最初は周囲の抵抗が強く、一時は二人とも国外に逃れたが、やがてキリスト教に改宗したことで勢威を得るようになり、事実上プシェミスル王家の祖となった。

　ボジヴォイ一世の後継者となったのはスピチフネフ一世（在位八九四？－九一二？、没年九一六）であり、スピチフネフの死後あとを継いだのが弟のヴラチスラフ一世（九〇五？－九二一？、公になったのは九一五年）であった。彼はドラホミーラと結婚するが、この結婚から生まれた長男がヴァーツラフ（在位九二一－三五）だった。やがてヴァーツラフも弟のボレスラフ一世（在位九三五－六七）によって殺される。ルドミラとヴァーツラフは共に死後列聖された。ドラホミーラはその後失踪したという。

＊12　クリュニー修道院：クリュニーはフランスのブルゴーニュ地方にある町。九一〇年ここに教皇に直接従属する修道院が建立され、いわゆるクリュニー運動の中心となった。

＊13　ネクラン：伝説によればプシェミスル家の最初の王は農夫でオラーチ（耕す人の意）という名で

あったという。その後の七人の伝説的な王の中の六人目がネクランである。

＊14　ポヂヴェン：ヴァーツラフの忠実な僕《しもべ》としての彼の名は古文献にしばしば認められる。ヴァーツラフ伝説「日の今や昇れる時」にも何回もこの名が見える。即ち彼は少なくとも作者が創作した人物ではない。

＊15　作者がこの事件を九二九年としていることから、「九二九年説」によっていることが知られる。この説は古い文献に見られるもので、現在では没年九三五年が通説になっている。

見知らぬ女

＊1　後の神聖ローマ帝国皇帝カレル四世は父ルクセンブルグのジャンの治世の終わり近く、一三四六年七月十一日にアヴィニョン教皇庁の支持もあってローマ王に選出（註20参照）された。

＊2　クレシーの町：クレシー・アン・ポンティユ。北フランス、アブヴィルの北およそ二〇キロの町。一三四六年八月二十六日、兵力において遙かに劣勢なイギリスのエドワード三世（兵力一万六千）が優勢なヴァロアのフィリップ六世（兵力八万）を破った、百年戦争の最初の決定的な戦いのあったところである。

＊3　ヴェルハルティツェのブシェク卿。カレルの従士。導入部の註10参照。

＊4　フィリップ王（一二九三－一三五〇、在位一三二八－五〇）。ヴァロア朝初代のフランス王フィリップ六世。シャルル四世が男子を残さず亡くなり、男系男子が途絶えたため即位した。

＊5　ド・アランソン伯爵。シャルル二世（一二九七頃－一三四六）。ヴァロア伯シャルルとアンジュー家のマルグリットの次男で、フランス王ヴァロアのフィリップ六世の弟。まさにここで描かれている日に戦死した。

＊6　ソンム：北フランスの川。アブヴィルを経て英仏海峡へ流れる。

＊7　アブヴィル：北フランスの都市、ソンム河畔にある。

＊8　ロジンベルクのインドジフ（一三一八／三〇－四六）。ロジンベルクは Rosenberg に由来している。ロジンベルク家はチェコ南部のチェスキー・クルムロフの一帯を支配地にしていたが、十五世紀以降王に次いで貴族の筆頭の地位を占める大貴族であった。ここで触れられている人物はインドジフ二世であり、チェコ王国の大貴族で王の近習であったペトルの長子である。戦死した時は十六歳から二十八歳までの間であったろう。

＊9　ルフの記念日は八月二十六日。

＊10　チェコ王オタカル二世（一二三〇－七八）は神聖ローマ皇帝ハプスブルグのルドルフ一世（一二一八－九一）と争って敗北し、ルドルフに奪われた領土を回復しようとしてこれと戦って殺された。この日も同じ八月二十六日、聖ルフの日であった。現在聖ルフの日は暦に載せられていない。

＊11　ロジンベルクの一族はそれぞれの家に従って色は異なるが五弁の薔薇を紋章としていた。本家の色は赤だった。

＊12　カレル四世の父ジャンはルクセンブルグ家の出身であるが、この家系は遺伝的に目の病をもっていたと言われている。この時ジャンはローマ王であったが、「盲目王」と呼ばれた。もともと弱視ではあったが、全く目が見えない訳ではなかったと言われる。右目の視力を失ったのは一三三七年で、左目の視力を失ったのは一三四〇年、当時著名な医師であったギー・ド・ショリヤクによる手術の失敗の結果だという。「ベアータ」章の註7参照。

＊13　黒太子：ブラック・プリンス。エドワード皇太子（一三三〇－七六）。英国王エドワード三世（一三一二－七七）の子。皇太子であったが父王より一年早く没したので、王位に就くことはなかった。

＊14　パラツキーによれば、敵中に突撃する際、ジャンの馬は二人の付添いと離れないように紐で結ばれていたという。

＊15　ジャンはボヘミア王になってもフランスなどで騎乗試合などを催し、チェコの資金を蕩尽して遊び歩いていた。
＊16　ジャンの父はルクセンブルグ家で初めて神聖ローマ帝国皇帝（一三一二－）となったハインリヒ七世（ルクセンブルグ伯一二八八－一三一三）である。
＊17　パラツキーによれば、ジャンは日が暮れてから屍体の間から見つけ出されたが、その時はまだ息があったという。それから敵軍のエドワード三世の幕舎に運ばれたが、蘇生はできずに死んだという。
＊18　カイユー：アブヴィルの北西約二二キロにあるソンム川河口の町。
＊19　父ジャンはルクセンブルグ伯でかつボヘミア王であったから、彼の死によってローマ王カレルが自動的にチェコの国の王位をも継承することになった（次註参照）。
＊20　カレル四世は一三三四年にモラヴィア辺境伯、一三四一年には父王とチェコ共同統治者になり、一三四六年、父の死の直前の七月十一日にローマ王に、更に父の死後一年経った一三四七年九月二日にボヘミア王になった。一方、一三四二年に没した教皇ベネディクトゥス十二世のあと新たにクレメンス六世が教皇となった。一三四六年三月カレルが父ジャンとアヴィニョンに赴いた時、教皇がカレルに神聖ローマ帝国の皇帝の候補者になるよう薦めた。この教皇はかって枢機卿ピエール・ロジェとしてフランス王の宮廷で若いカレルの養育に当たった人物である。カレルは一三四六年の七月十一日に行われた選挙によってローマ王に選ばれ、十一月二十六日ボンにおいて戴冠した。皇帝に選ばれたのはルードヴィヒ四世だったが、彼が亡くなったので一三四九年六月十七日に再び選挙が行われ、その結果、同じ年の七月二十五日に再びローマ王として戴冠した。一三五五年になると一月六日にイタリア王の冠を受け、四月五日に神聖ローマ帝国皇帝となった。更に一三六五年にブルグンド王となり、これによって彼は神聖ローマ帝国全体に君臨することになった。
＊21　前註参照。この時点、即ち一三四六年八月二十六日は皇帝選挙の約一ヶ月後ではあるが、まだ戴

冠してはいない時であり、対抗馬としてルードヴィヒ四世がいた。

＊22　モンサルヴァージュ：導入部の註13参照。

＊23　聖霊降臨祭《ペンテコステ》はカトリック、プロテスタントなどの西方教会では復活祭を第一日として五十日後に祝われる移動祭日。一三七一年の復活祭は四月六日であるから、聖霊降臨祭は五月二十五日（日）になる。従ってその前の木曜日は五月二十二日ということになる。

ドーラ

＊1　カレル大学のこと。一三四七年一月二十六日付で時の教皇クレメンス六世の司教区庁からプラハに一般教育の施設を置く特許状が発行され、これに基づいて翌一三四八年四月七日カレル四世が創立の文書を発布し、すべての領域の研究とそれに携わる教育者ならびに学生に物的保証を与えること、パリ大学やボローニャ大学の持つ権利のすべてを保証することを明示することによって、プラハにカレル大学が創設され、中部ヨーロッパ最古の大学となった。

＊2　カレル四世は創立の翌一三四九年、いわゆるアイゼナッハ特許状（一月十四日付）によって王として大学のすべての構成員にプラハへの旅行と滞在を保証した。

＊3　ラルスコ・ナド・プロウチニツィー：プラハの真北の国境に近いチェスカー・リパから東に位置する山脈の中にある。

＊4　ウゴル：ハンガリーのこと。

＊5　ブルスニツェ：これはプラハ城の西方にあるストジェショヴィツェ地区にあるブジェヴノフ修道院に源を発する川で、元々この辺りの飲料水に用いられていたものといわれる。この修道院は九九三年に創設されたといわれる。またプラハ城もこのブルスニツェがヴルタヴァ川に注ぐところにある丘の上に建てられたと伝えられる。

＊6　メンシー・ムニェスト：現在のマラー・ストラナのことで、プラハ城の南側に接する地区。

＊7　大司教アルノシトが最初の学長であった。

＊8　オピシはプラハ城の東端から東に向かって降りる「古い城の階段」に連なるウ・オピシ通りにその名をとどめている。

＊9　ヴァガント：中世の放浪学生のこと。

＊10　ルサルカ：主として東スラヴ民族に見られる伝説的な形象で、水と森に棲む。水と生殖のシンボルであったらしいが、やがて溺れた若い女がルサルカになり、人を誘って水中に引き込むといわれるようになった。

ベアータ

＊1　聖アネシカ。アネシカ（ドイツ名アグネス、一二一一－八二）はプシェミスル王朝の王オタカル一世（一一五五頃－一二三〇）とウゴル（ハンガリー）王べーラ三世（一一四八頃－九六）の娘コンスタンツィエ（一一八一－一二四〇）の末子として生まれた。兄ヴァーツラフ一世（一二〇五頃－五三、在位一二三〇－五三）とともに一二三二年プラハに聖フランシスコ病院を創設、病院で働く修道僧と修道尼のために二つの修道院を作った。一二三四年にアネシカが聖クララ派女子修道院の修道院長となり、この修道院は聖アネシカ修道院と呼ばれるようになった。これはプラハ最古のゴシック建築の一つといわれる。

＊2　クマン人：元々アムール川流域にいた民族で、十一世紀初頭にその一部が黒海沿岸、コーカサス北部に現れ、やがてヨーロッパ中部から南部に達した。ヨーロッパとロシアではクマン人またはポロヴェツ人として知られる。

＊3　聖バルボラ教会。アネシカ修道院の東隣にあるフランシスコ修道院の南東、アネシカ修道院から

は東南に見える。この建物の屋根の端に細くて高い尖塔がある。
＊4　ドゥブロヴニク：クロアチアの港湾都市。
＊5　モンペリエ：地中海に近い南仏の都市でマルセイユの西北西およそ一二五キロに位置する。既に九八五年に記録が見られるが、一二八九年に大学が設立され、中世には特にアラビアの影響を蒙って医学に関して有名であったといわれる。
＊6　ルレはモンペリエの町を南北に貫通している川。河口に多くの「池」と言われているものがあり、地中海と堤防で隔てられている。レオの入江はそのいずれかであろう。
＊7　ジャン王が目の治療のため、後にカレル四世になる息子と共にモンペリエを訪れたのは一三四〇年の八月から九月頃であると思われる。「見知らぬ女」章の註12参照。

ブランカ

＊1　ブランカはチェコ風の名で元々はブランシュであるが、本名はマルグリットでヴァロア家の出である。ヴァロア家はフランスのカペー王朝の分枝であって、やがてヴァロア伯シャルル一世の子フィリップ六世がフランス王（在位一三二八－五〇）となった。ブランカはこのフィリップ六世の妹であり、フィリップ長身王やシャルル端麗王とは従姉妹の関係にある。一方ルクセンブルグ家からハインリヒ七世（ローマ・ドイツ王一三〇八－一三）が神聖ローマ帝国の皇帝（一三一二－一三）になったが、その子ジャンことヨハン盲目王が、ボヘミアのプシェミスル王家の最後の女性であったエリシカと結婚してチェコ王家を継承した（在位一三一〇－四六）。その子が後に神聖ローマ帝国皇帝（一三五五－）になったカール四世（カレル四世）その人であり、その最初の結婚の相手がヴァロアのブランカだった。このような経緯によってカレル四世はチェコ人にとっていわば「身内」であって、決して異民族帝国の皇帝ではなかったのである。

＊2　七歳の王子カレルが彼女にほのかな恋心を持った。「ブラジェンカ」の章を参照。

＊3　マリア（一三〇五－二四）。フランス王シャルル四世端麗王（在位一三二二－二八）の二番目の妻でルクセンブルグ家の出身。カレルの父ジャンの妹であり、カレルには叔母に当たる。亡くなったのは一三二四年三月、僅かに十九歳だった。フランス王妃であった僅か二年というこの短い間に彼女がカレルの養育に様々な配慮をして、カレルの将来に決定的な影響を与えたという。

＊4　カレル四世の本来の名はヴァーツラフ Václav（「より大いなる栄光」の意）だったが、フランス王シャルル四世端麗王が洗礼親になったので、その名を貰ってシャルル（ドイツ名カール、チェコ名カレル）と名のった。王妃も本来マルグリットだったが、フランスの宮廷ではブランシュと呼ばれ、チェコではこれに合わせてブランカと呼ばれるようになった。

＊5　結婚式は一三二三年五月十五日、教皇ヨハネス二十二世によって執り行われた。

＊6　フィリップ王（一二九三－一三五〇）。一三二八年よりヴァロア朝初代フランス王フィリップ六世。ブランカの兄。註1参照。

＊7　「ブラジェンカ」の章を参照。

＊8　フェカン：北フランスの町、英仏海峡沿岸ルーアンの北西およそ六五キロにある。元々六五八年に創設され、ベネディクト派の僧院に属していた十三世紀のゴシックの教会がある。

＊9　ピエール・ロジェ（一二九一頃－一三五二）。一三四二年アヴィニョンで教皇クレメンス六世となる。黒死病がアヴィニョンを襲った時の教皇である。この病気がユダヤ人のせいだというデマによってユダヤ人の排斥運動がヨーロッパに広まろうとした一三四八年、彼は法王の回勅を出してこれを悪魔のそそのかしであると断じた。この時のことは「イネース」の章を参照。

＊10　ルネ・ド・ミルフルール氏：不詳。

＊11　トレヴィール：フランス語トレーヴ、ドイツ語トリーア。ルクセンブルグの国境近くモーゼル川

に沿ったところにあるドイツ最古の町。一時貴族の領主支配があったが、大司教の支配が続いていて一三六四年にはカレル四世がこれを保証した。一四三七年に大学が設置された。

大司教ボードゥアン（一二八五－一三五四）はルクセンブルグ伯ハインリヒ六世の次男で、彼の兄ハインリヒ七世（一二七四／五－一三一三、神聖ローマ帝国皇帝在位一三一二－一三）の子が、カレル四世の父、盲目王ヨハンである。

＊12　ルリークについてはクプカの『スキタイの騎士』の中の「鷲の小径」に描かれている。

＊13　ドゥルビュイはルクセンブルグの領土の端に位置し、防衛上また商業的に重要な地点だったといわれる。

＊14　カレルが名目上の妻に過ぎなかったブランシュと結ばれたのがドゥルビュイの城で、それを助けたのがルリークだったという。クプカの小説『スキタイの騎士』の中の「鷲の小径」はその経緯を扱ったものである。

＊15　イズーはドイツ読みではイゾルデとなる。

＊16　この箇所は中世のトリスタンとイズー（イゾルデ）の物語が下敷きになっている。トリスタンが傷つき死の床にある時、金髪のイズーへの思慕止みがたく、親友のカエルダンに頼んでイズーを迎えに行ってもらう。その時トリスタンは白と黒の二枚の帆を託し、もしイズーが乗っているなら白い帆を、そうでなければ黒い帆を掲げるようにと頼んだ。カエルダンの妹の白い手のイズーはトリスタンと結婚していたが、トリスタンは金髪のイズーへの思慕ゆえに彼女に手を触れず、そのために白い手のイズーもまた悩んでいた。兄が出発するときの帆の色についての話を盗み聞きしていた白い手のイズーは、病床のトリスタンに兄の舟が海の上に見えたことを告げ、帆の色を聞かれた時に偽って黒い帆だと伝えた。それを聞いたトリスタンは絶望のうちに死ぬ。

＊17　馬上試合はカレル四世の父、盲目王ジャンが最も好むもので、彼はヨーロッパの各地でこれを催

し、大金を消費していた。
＊18　ローザンヌは古くから葡萄の栽培が盛んだった。
＊19　この当時イタリアは教皇と皇帝の対立を反映して教皇派（ギベリン党）と皇帝派（ゲルフ党）とが対立していた。後にヴェローナのスカリゲル家が教皇派の助けを得て、ブレシアを支配下に置こうとしたのでブレシアは盲目王ジャンに助けを求めた。やがてロンバルディアの諸都市が相次いでルクセンブルグ王朝の支配に刃向かうようになり、父の名代になっていたカレルは撤退を余儀なくされる。
＊20　「薔薇物語」：最初の部分はギヨーム・ド・ロリスが一二三〇年頃に、後半の部分は一二七五年頃にジャン・ド・マンによって書かれたという。物語は壁で現世と隔てられた花園の中での騎士と薔薇によって象徴される女性との愛に関するものである。
＊21　プラハ城の中にある巨大な寺院。「スヴィードニツェのアンナ」章の註9参照。
＊22　盲目王ジャンの最初の妻エリシカが一三三〇年に亡くなると、王は衝撃を受けて四年間独り身で過ごしたが、フランス王フィリップ四世がジャンをフランスの影響下にとどめ置こうとしてブルボン家のルイ一世の娘ベアトリス（一三一八－八三）と結婚させた。ベアトリスはフランス語しか話さなかった上に、チェコの人々はチェコのプシェミスル王朝の血を引くのは父王ジャンではなくてカレルであることを知っていたので、ブランカ以外にチェコ王妃となるのを認めようとしなかった。ベアトリスが王冠を戴いたのは一三三七年五月十八日であったが、チェコの人々はこれを無視したという。
＊23　マインツの大司教区に従属していたプラハ司教区とオロモウツ司教区でなく、チェコに独立の大司教区をおきたいという願いは十一世紀初頭のブジェチスラフ一世以来の悲願であったが、一三四四年の初めにまだ王子だったカレル四世がアヴィニョンに行った機会に、かつての師であった教皇クレメンス六世から一三四四年四月三十日付の大勅書を得て、プラハ司教区とオロモウツ司教区がマインツの大司教区から分離され独立することになった。これと同時にプラハ司教区は大司教区に昇格した。

＊24　バヴァリア・ヴィッテルスバッハ家のルードヴィヒ（一二八二／七－一三四七）。権力欲と権謀術策にたけた武闘派。神聖ローマ帝国皇帝でカレル四世の父方の祖父に当たるルクセンブルグのハインリヒ七世が没した時、ルードヴィヒは神聖ローマ皇帝になるために種々画策をしたが、突然の死によって対抗馬であったカレル四世が新たな皇帝に選ばれた。

＊25　「見知らぬ女」章を参照。

＊26　この箇所は意味がよく分からない。「二人とも彼女にそっくりだった」という文の「二人とも」はマルケータ（一三三五－四九）とカテジナ（一三四二－九五）のことであろう。あとの文の場合にはマルケータとカテジナではあり得ない。マルケータは母のブランカの死んだ一三四八年の次の年わずか十四歳で没しているが、妹のカテジナは父親の死んだ一三七八年より十三年もあとの一三九五年に五十三歳で亡くなっているからである。そうすればいかに不自然であっても第二の文の「二人」は母のブランカとマルケータと考えない訳にはいかなくなる。

＊27　聖霊降臨祭：ペンテコステといわれる。復活祭を第一日として五十日目《ペンテコステ》の祭りである。復活祭は春分の日の後の満月の次の日曜日に行われる。この作品の冒頭の註にあるように、一三七一年の復活祭はユリウス暦四月六日でユリウス通日が2221911だったから、それに四十九日を加えるユリウス暦五月二十五日〈グレゴリオ暦六月二日〉のユリウス通日は2221960となる。即ちユリウス暦一三七一年五月二十五日（日）である。従って王の物語が終わったのはその前日の土曜日ということになる。

ビアンカ

＊1　サンフェリーチェの戦い。「ディーナ」章の註2参照。

＊2　カレルが新市街の城壁に基石をおいたのは一三四八年三月八日だった。

＊3　クレメンス一世。第四代教皇（在位九二－九九）。

＊4　聖ヴィート：「聖ならざる女」章の註5参照。
＊5　マリー・リネク：直訳すると「小さなマーケット」。現在は「小広場」と呼ばれている。旧市街広場の直ぐ南にある広場。
＊6　ストシェダのヤン（一三一〇頃-八〇）。ラテン名ヨハンネス・ノヴィフォレンシスと名乗り、一三五三／四-七三／四年カレル四世の宰相。一三五三年からリトミシル司教、一三六四年からオロモウツ司教。後にアルプス地方の初期フマニズムの代表者となり、ペトラルカを初めイタリアのフマニストたちとの接触が多かったと伝えられる。
＊7　グラックス兄弟：兄ティベリウス（前一六八-一三三）と弟ガイウス（前一五九-一二一）。ローマ共和制の末期、兄ティベリウスは土地を持たない貧農のために国有地を分配することを主張したが、黙って土地を私している貴族たちに殺された。弟のガイウスはその十年後の紀元前一二三年に護民官になり、兄の意志を継いで改革に着手しようとしたが、土地財産を失う貴族たちの怒りを買い、自分の奴隷に命じて死ぬことを選んだ。兄弟の母コルネリア（前一九〇頃-一〇〇）はその徳においてローマ婦人の鑑といわれた。
＊8　カレル四世は既に一三五一年にフランチェスコ・ペトラルカ（一三〇四-七四）と文通を始めていて一三五四年には一緒にローマに旅行しているが、ペトラルカがプラハを訪れたのは一三五六年になってからである。
＊9　ジョヴァンニ・ヴィスコンティ（?-一三五四）。彼は一三一七年にミラノの議会によって大司教に選ばれたが、教皇ヨハネス二十二世（在位一三一六-三四）はこれを拒否した。一三三九年に彼はミラノに凱旋し、一三四二年に教皇クレメンス六世が彼を大司教と認めた。ペトラルカが神聖ローマ帝国の皇帝の居城であるプラハを訪れたのも、このような争いが背景にあったと見られる。
＊10　コラ・ディ・リエンツォ（一三一三頃-五四）。神聖ローマ帝国皇帝ハインリヒ七世の子だと自

称していたが、実際には母は洗濯女で父は怪しげな酒場の主人だったという。古典を読みあさり、ローマを古代ローマのような秩序ある町にせねばならないとして雄弁を振るった。一時的に大きな成功を収め護民官にもなったが、後に民衆の反感を買い、失脚した。

＊11 ラウラはペトラルカが愛していたという女性。プラトニックな関係だったと思われる。ペトラルカは一連の恋愛叙情詩をこの女性に捧げたが、実在に疑問を残す人もいる。

＊12 ホラティウス（前六五－八）。皇帝アウグストゥスの愛顧を受けた有名な抒情詩人。

＊13 ヴォクリューズ：南フランスのローヌ川の東、デュランス川の北側にある山地。アヴィニョンもここにある。

＊14 アレッツォ：フィレンツェの南東およそ八〇キロにあるトスカナの町。十三世紀にフィレンツェは皇帝派（ギベリン党）と教皇派（ゲルフ党）に別れて対立抗争をしていたが、教皇派が勝利したあと、「白党」と「黒党」に分裂して抗争を始めた。「白党」は敗北して一三〇二年ダンテ・アリギエーリを含む人々が町を逃れた。ペトラルカの父はフィレンツェの公証人だったが、「白党」に属していたのでフィレンツェを退散したあと、アレッツォ、ピサ等を家族と共に転々とし、一三一三年には当時法王庁のあったアヴィニョンに移り住んだ。「アレッツォの男」というのはペトラルカを指している。

＊15 カトーの名で有名な人物として大カトー（前二三四－一四九）と同名の曾孫小カトー（前九五－四六）がいる。小カトーはストア派の哲学を擁護していた。ポンペイウスの側についてユリウス・カエサルに対立したが、カエサルが勝利すると自殺した。

＊16 キケロ（前一〇六－四三）。「ディーナ」章の註8参照。

＊17 ヴェルギリウス（前七〇－一九）。帝政初期の叙事詩詩人で、トロイの戦いに敗れたアエネーアースがイタリアに漂着し、やがてユリウス・カエサルの祖になるという大叙事詩『アエネーイス』で有名である。また一方では長大な田園詩も著した。

＊18 ペトラルカはアヴィニョンの法王庁で輔祭の位を授けられていた。

＊19 クンドラチツェ：プラハの南東部四区にある。南北に走るザ・パルケム通りと東西に走るク・リブシの交点から南東に城址がある。ここから北西のプラハ城を望むと、手前左手にヴィシェハラドが見えることになる。

＊20 ヴィシェハラド：プラハのカレル橋からヴルタヴァを上流（南）に遡ると東側に見える城。十世紀後半にプシェミスル王朝によって建てられた。

＊21 金曜日：聖霊降臨祭《ペンテコステ》の前の金曜日。一三七一年の聖霊降臨祭は五月二十五日（日）だから、その前の金曜日は五月二十三日になる。

プファルツのアンナ

＊1 プファルツのアンナ（一三二九－五三）。カレル四世の二番目の王妃。初めの王妃ヴァロアのブランカが一三四八年にプラハで没した後、一三四九年七月二十六日にローマ王妃の冠を受け、十一月にプラハの聖ヴィート寺院でボヘミア（チェコ）王妃の戴冠式を行った。この結婚は極めて政治的なもので、アンナの属するヴィッテルスバッハ家はカレルの政敵のシュヴァルツブルグ家のギュンターを支持していたが、アンナと結婚することによってヴィッテルスバッハ家がカレルの側につくことになったという。

＊2 デトジフ、ラテン名をテオドリクスという。一三五九年に画家としてカレル四世の宮廷に来た。カールシュタイン城の築城に際してその教会の壁に優れた壁画を描いた功績により、一三六七年四月二十八日付のカレルの文書によってそこからほど近いモジナの村の公租を免除されたという。

＊3 モジナ：カールシュタインの直ぐ北東二・五キロに位置する村。

＊4 パルレーシ氏は、石工でチェコの多くの建物を建てた建築士を輩出した家柄の名前。

＊5　ベロウン：カールシュタインの西およそ八キロの所にある古い宿場。一二九五年に町に昇格した。
＊6　メンシー・ムニェスト：現在のマラー・ストラナ。
＊7　ムニェルニーク：導入部の註9参照。
＊8　トシェボン：チェコ南部の町。インドジフーフ・ハラデツの近くにある。
＊9　ヴィシー・ブロド：同じくチェコ南部の町。チェスキー・クルムロフの近くにある。
＊10　ベロウンカ川：プラハを流れるヴルタヴァに注ぐ支流でカールシュタインの直ぐ南にある川。

スヴィードニツェのアンナ

＊1　スヴィードニツェのアンナ（一三三九－六二）。四歳の時父のシュヴァイドニッツ公ハインリヒ二世と死別し、母方の伯父で子どものいなかったハンガリー王ラヨス一世（ハンガリー王一三四二－八二、ポーランド王一三七〇－八二）の宮廷で育てられた。一方、カレル四世の二番目の妃プファルツのアンナは一三五〇年に待望の男子ヴァーツラフを産んだが、王子はまだ二歳にも満たない一三五一年に死んだ。王妃アンナもその二年後の一三五三年二月、二十三歳の若さで没した。この王子が生まれた時カレル四世はスヴィードニツェのアンナを王子の配偶者としようとして彼女に申し込んだが、ヴァーツラフが亡くなり王妃アンナも没するに及んで、今度は彼みずからが彼女に結婚を申し込んだ。二人の結婚は一三五三年五月二十七日、時にカレルは三十七歳、新婦は十四歳であったという。アンナは一三五八年アルジベタを産み、一三六一年二月に待望の後継者ヴァーツラフを産んだが、翌一三六二年七月十一日、二十三歳の若さで出産の際に亡くなった。
＊2　マリニョラ（生没年不詳一三一〇？－五八？／一三二三－六二）。フィレンツェの貴族の家に生まれたフランシスコ会の僧。一三三八年アヴィニョンの教皇ベネディクトゥス十二世（在位一三三四－四二）の使節として東方に遣わされた。三年ほど北京の宮廷にとどまった後、東インド、セイロン、ジ

ヤワを経てバビロンの廃墟を訪れ、イェルサレム等に留まったあと、一三四九年に帰還したという。その後カレル四世に招かれ、イタリアからチェコに赴いたという。少なくとも一三五三年には彼がチェコにいたことは証明されているということである。

＊3　聖燭祭：二月二日に祝われるカトリックの祭日。カレル四世の二番目の妃プファルツのアンナが亡くなったのはまさに一三五三年の二月二日だった。

＊4　スヴィードニツェ公ボレク：スヴィードニツェはプロシアのシュレジア。ボレクはボレスラフ二世（在位一三二六－六八）。子どもがいなかったので領地をカレル四世の妻となったアンナに譲った。

＊5　ブダ：ハンガリーのブダペストは町の中央を貫流するドナウ川右岸のブダと左岸のペストからなっていて宮殿はブダにある。

＊6　原文は百代目の（stý）となっている。意味不明。svatý「神聖な」の誤植であろうか。

＊7　カレルがみずからブダを訪れたのは一三五三年の五月だった。

＊8　カレル四世の父ジャンはルクセンブルグ家の出身。

＊9　聖ヴィート大聖堂は、カレル四世が父王ルクセンブルグのジャンと共に一三四四年十一月二十一日に定礎式を行い、カレルがアヴィニョンから連れてきたフランドル人マティアス・ダラス（アラスのマティアーシ、一二九〇？－一三五二）が建築を開始した。建築の様式は後期ゴシック様式、建築の場所は十世紀にヴィートの遺物を納めたロマネスク様式のロトゥンダ（円屋根のある円形の建物）聖ヴィート教会のあったところである。彼の死後、建設はさまざまな建築士によって中断も含めて続けられたが、最終的に完成したのは実に一九二九年、チェコの建築家カミル・ヒルベルト（一八六九－一九三三）によってであるといわれる。

＊10　註2参照。

＊11　コラ・ディ・リエンツォ：「ビアンカ」章の註10参照。

＊12　註9参照。
＊13　ペトル・パルレーシ（一三三二／三三－九九）シュワーベンの出身と伝えられる。一三五六年に聖ヴィート大聖堂の建築を受け継いだ。註9参照。
＊14　ストシェダのヤン：「ビアンカ」章の註6参照。
＊15　キケロ：「ディーナ」章の註8参照。
＊16　恐らくいわゆる小氷河期の始まりのことであろう。この頃世界的に温暖な気候の時期が終わっていわゆる小氷河期 Little Ice Age（LIA）が始まりかけていた。その第一期は一三〇〇年頃から一六〇〇年頃であるといわれ、最も温度の低い時期が一六〇〇年頃から一八〇〇年頃まで続き、やがて一八五〇年頃から気候が急速に温暖化に向かったとされる。十四世紀の初めからヨーロッパ各地に飢饉が頻繁に発生し一三一五年には百五十万人の死者が出たというのは小氷河期のためだと言われる。「イネース」章の註1に述べた黒死病の流行もこの時期に当たる。その原因として寒気による飢饉で住民の体力がなかったためだという説もある。
＊17　前註16参照。
＊18　マリニョラはアヴィニョンの教皇ベネディクトゥス十二世の使節として送られたのであるから、聖首都というのはローマでなくてアヴィニョンのことであろう。
＊19　マリニョラが今の中国に派遣されたのは一三三八年であったから（註2参照）、元朝最後の順帝（在位一三三三－六三）の時代だったろう。
＊20　デンマークのオイール：伝説によれば、彼はクロンボルイの城に住み、そこで眠りに就いた。彼の髭は床に達するほどであったと言われる。ひとたびデンマークに危機が迫ると、彼は国を救うために目覚めるといわれた。クプカの『スキタイの騎士』の中にオイール王の物語がある。
＊21　僧ヤン：不詳。十二世紀に東アジアにキリスト教の僧で長老ヨハンという人物がいたという伝説

があるといい、このため彼はまた「インド人の王」とも呼ばれていたという。
＊22　「ビアンカ」章の註10参照。
＊23　ロウドニツェ：ラベ（エルベ）川の畔にある町、一三五〇年にコラ・ディ・リエンツォが要求を持ってローマからプラハのカレル四世の許に来たが、捕らえられてここに幽閉された。

モニカ

＊1　ナヴァラ：元々はパンプローナ王国といい、ピレネー山脈の両側を占める地方を領土としてバスク人の王が国を開いたという。フランク人がこの地を撤退する際、カール大帝と共に戦った円卓の騎士ローランが七七八年八月十五日ロンスヴァルの峠で戦死したのも、このバスク人の攻撃によってであったという。
＊2　チボー（一二〇一－五三）。生まれたときからシャンパーニュ伯と呼ばれ、一二三四年よりナヴァラ王となり、ナヴァラのチボー一世と名乗った。
＊3　パンペルーナ：パンプローナともいう。元々バスク人の国の首都だったといわれるナヴァラ王国の首都。
＊4　リベラ平野：ナヴァラの南にある低地のリベラ平野のことであろう。ナヴァラは気候その他の条件が大きく異なるいくつかの地方に分かたれると言われるが、大きく分けて北の山岳地方に対して南の平野部はリベラと呼ばれるという。

ハフィザ

＊1　ジェベルクのヒネク氏。「ジェベルクの」というのは古いチェコの貴族の一族を示す。ヒネクという人物が一三八〇年に没したという記録はあるが、同一人物かどうか確認できない。しかしこの物語

の設定が一三七一年になっていること、またジャン王がモンペリエに行ったのが一三四〇年の八月から九月頃であることを考えれば、その蓋然性は高い。

＊2　ジャンが南フランスの都市モンペリエに行ったのは一三四〇年の八月から九月頃のことである。「ベアータ」章の註7参照。

＊3　カール大帝の生年は七四二年、あるいは七四七年などと諸説があるが、最近の研究によると七四八年だという。彼の周りには「ローランの歌」で知られるローランを筆頭にして十二人あるいは十三人の騎士団《パラディン》がいた。没年は八一四年と伝えられる。アーサー王は四世紀から五世紀の境頃のイギリスの伝説的王。同じくランスロットを初めとする円卓の騎士を持っていた。

＊4　ジャンが戦死するのは一三四六年である。

＊5　氷堆石：氷河によって谷が削られ岩石・土砂が運ばれた後、氷が融けて残った土手状の地形。

＊6　不詳。

＊7　エストレマドゥーラ：ポルトガルのリスボンを含む大西洋岸の地方。

＊8　グラナダ：スペイン南部にある町。この地は古くはローマ帝国の一部であった。

＊9　ムレイ：グラナダを支配していたスルタン。

＊10　ナスル一族：グラナダのエミールによる最後の王朝（一二三二－一四九二）。

＊11　スルタン・ムハンマド：ナスル朝は初代ムハンマド一世（一二三二－七二）以来ムハンマドを名乗っているが、カールシュタイン城でこの話をするという時代設定が一三七一年であるから、該当する可能性のあるのは一世から五世。おそらくムハンマド四世（一三二五－三三）ということになる。

＊12　サラゴッサからグラナダの方向を目指すと直ぐ南にグダール山脈がある。

＊13　カレル四世の父ヨハン盲目王がフランスのクレシーにおいてイギリス軍に破れて戦死した時のスルタンはムハンマド四世（一三二五－三三）を継いだユースフ一世ということになる。

＊14　スルタン・ユースフ（一世、一三三三－五四）。前註参照。
＊15　馬蹄門：ユースフ一世が一三四八年に建てた馬蹄形のアーチのある古い正門。
＊16　ムエッズィン：塔の上から皆に礼拝を呼びかける役僧。
＊17　ギナラリフ宮殿：アルハンブラ宮殿と小さい谷で隔てられた宮殿で王妃たちの夏の宮殿とされる。ギナラリフは「愛の家」を意味するという。
＊18　シェイク：回教国の首長。
＊19　ヴェルギリウス（前七〇－一九）。「ビアンカ」章の註17参照。

アネシカ

＊1　聖アダルベルト教会：この聖人の名を冠した教会は到る所にあるが、新市街にあるものはヴルタヴァ川左岸、ヴォイチェフ通りにあるものと思われる。
＊2　新市街は現在プラハ市の一部になっているが、本来は旧市街と同じく独立した町として造られ、独自の城壁と城門を持っていた。新市街は旧市街の南に接するように一三四八年三月八日、カレル四世によって造営された。
＊3　ルードヴィヒ：ヴィッテルスバッハ家出身のバヴァリアのルードヴィヒ（一二八二／七－一三四七）。ライン宮中伯・上部バヴァリア公ルードヴィヒ二世強壮公の子。
＊4　いわゆる「アヴィニョンの捕囚」、カトリック・ローマ教皇の座が南仏のアヴィニョンに移されていた時期（一三〇九－七七）を指す。
＊5　「スヴィードニツェのアンナ」章の註16参照。
＊6　ここで「床屋」としたのは本来は「浴場の主人」である。床屋は古くは調髪、ひげ剃りの他、静脈を切って放血するなどの外科的な治療を行っていた。その名残は今も床屋の看板にみられる。いくつ

かの異説はあるがこれは「静脈」、「動脈」、「包帯」を表すとされるのである。

＊7　ブジェチスラフ一世（一〇〇二／五－五五）。ブジェチスラフとイートカという伝説で知られる。美貌の公で、同じく美貌で知られたドイツのオタ伯爵の娘イートカに懸想してこれを掠奪した。

＊8　聖イリヤ教会：カレル橋を東に渡り旧市街を直進して突き当たったところを右（南）に曲がると、イリヤ通りが始まる。これを南進すると進行方向の右手にある。

＊9　驢馬の石臼：新約聖書マタイ伝十八章六節「わたしを信ずるこれらの小さい者のひとりをつまずかせる者は、大きなひきうすをくびにかけられて海の深みに沈められる方が、その人の為になる」とある。

＊10　クロムニェジーシのミリーチ師（一三二〇／五－七四）。導入部の註17参照。

＊11　アッシジのフランチェスコ（一一八一／二－一二二六）のこと。聖フランシスコ修道会の創立者。一二二八年に列聖。

＊12　ポメラニアのアルジベタ（一三四六／七－九三）。ポメラニアのエリーザベト。カレル四世の四番目で最後の妃。二人の結婚は一三六三年五月二十一日にクラコフで行われた。

＊13　ラスカベツ：ヒユ科アマラントス。精力剤として使われたものか。

＊14　聖霊降臨祭《ペンテコステ》後は名前の通り（ギリシア語で五十を意味する）復活祭から四十九日目、すなわち復活祭を入れると五十日目に祝われる。従ってこの日は当然日曜日である。一三七一年の復活祭は四月六日（ユリウス暦）だったから、聖霊降臨祭は五月二十五日だった。

第一版への著者覚書

『カールシュタイン城夜話』は歴史的な雰囲気の三部作の三番目の作品で、前の二つの作品は『スキタイの騎士』と『プラハ夜想曲』である。主題別の小説『カールシュタイン城夜話』は、年代記作者によって伝えられ、プファルツのアンナのものである物語を軸にして作った。私はカレルの病気を数年ずらせた。私の小説ではポメラニアのアルジベタがプファルツのアンナの位置を占めている。『スキタイの騎士』や『プラハ夜想曲』と同様に『カールシュタイン城夜話』でも私は歴史物語を書いたわけでなく、「アレナ」、「オルガ」、「イートカ、バルチャ、アンジェルカ」、「ベアータ」や「モニカ」は中世の短篇をもとにした。

一九四四年　　　　F・K

第二版への著者あとがき

私が『カールシュタイン城夜話』を書いたのは一九四三年の夏の数ヶ月間だった。この年の春に父が亡くなった。父の長く痛ましい臨終が私を閉じこめた憂鬱から抜けだしたのは、微笑ましい短篇によってであった。しかし別の世界史的事件もこの一連の小説の楽観的性格を決定づけた。それは一九四三年二月初めスターリングラードで栄光の勝利[*1]がおさめられた時だった。ヴォルガの両岸でドイツ・ファシズムの戦列が壊滅的な打撃を蒙ったのである。それは我々の解放の黎明となった。

私はこれを三部作の三番目のものとして構想したのであるが、三部作の最初のものが『スキタイの騎士』（一九四一）であり、二番目の小品集が『プラハ夜想曲』（一九四三）であった。

私はずっと以前からもっと大きな構成のものに憧れていたが、長篇小説を書くのに充分な勇気と平穏をまだ得ていなかった。私は十四世紀に『デカメロン』によってボッカチオ氏を有名にした物語群の形式（サイクル形式）を手にした。この形式は我が国でもヨゼフ・コプタ[*2]が創造し編集した短篇小説集によって新たな評価を得ている。それによって私は他の作家たちとともに少なくとも当時は最も歓迎された集まり、「愛のサークル」（一九四二）を作り出したのである。

フィレンツェの男女が黒死病の時代にボッカチオの許に集まり人生や愛について語り合ったのと同

じように、チェコの詩人や作家たちは占領という悪疫の時代に集まって「愛のサークル」の中で愛と青春、チェコの国の魅力について話し合ったのである。『カールシュタイン城夜話』も女性への愛と祖国への愛という二つの愛によって読者に甘美な解毒剤を与えてきた。この連作は愛のさまざまなモチーフの上に作られ、栄光の過去におけるチェコの人々の勇気、その雄々しい美しさと陽気で力強い冒険への憧れを讃えた。凍《こお》り付いた祖国の国境に閉じこめられた読者に全世界が開示されたのだ。ただ一つ、暴力と血、偽りと残虐をもって我々に強制された国を除いて。我々に選ばれ、ドイツの公と考えられていたカレル四世が私の『夜話』にあってはチェコの国の愛する人物にしてかつ偉大な君主であり続けたのは、ドイツ民族の神聖ローマ帝国を支配していたからでは決してなく、彼がチェコのプシェミスル王朝[*3]の血脈を受け継ぎ、プラハをヨーロッパの中心としたからである。日常生活の中で傷つけられた記念碑の傍や唾の吐きかけられたプラハ城を歩きながら我々の屈辱の旗が翻《ひるがえ》るのを見るとき、読者はこの本に過去のチェコの絢爛たる美を見出すだろう。カタリーナ伝説の詩人[*4]は天の王国の情景に聖ヴァーツラフ教会やカールシュタイン城の諸聖堂で見た宝石を鏤《ちりば》めた。私もこの本に宝石を鏤めた。人々は現在の灰と泥の中からチェコの偉大さと栄光を見て幻惑されるに違いなかった。それが私の意図であり、それと不可分の物語の形式を私は選んだのである――

カールシュタイン城における聖霊降臨祭にちなむ小品集は歴史物語ではない。時代の雰囲気が歴史的なだけである。それを忠実に捉えるために、たそがれ迫る中世ではあるが、早くも近づきくるルネサンスの黄金の光に染まりつつあったカレルの時代に私は身を置かねばならなかった。私は我が国と外国の文学作品や論文を猟渉した。私に影響を与えたのはアナトール・フランスがフランスの過去に栄光を与えた天才的細密画であった。文体の簡素さを私はスイスの歴史小説の大家C・F・マイヤー[*5]に学んだ。カレル四世時代への広い扉となったのは、プシェミスル王朝最後の人々と盲目王について書かれたヨゼフ・シュスタ[*6]の諸作品だった。私は一九三八年に現代チェコ語に書き直して出版された『カレル四世時代の散文集』[*7]を眼光紙背《がんこうしはい》に徹するほどに読みこんだ。カレル王の自叙伝[*8]と古代スラヴ語のヴァーツラフ伝説[*9]も原典と翻訳によってすべて読んだ。私は『千夜一夜物語』にインスピレーションを受け、J・クラッペルの中世物語集とアルベルト・ヴェッセルスキーの中世お伽噺集を学んだ。大学時代のチェコ中世文学の研究が役に立った。私はエミール・スメターンカ[*10]の手刷りの参考書とヤロスラフ・ヴルチェク[*11]およびヨゼフ・ヤクベッツ[*12]の文学史を読み返し、H・エステルレイヨヴァー[*13]編の『ローマ人の事蹟』(*Gesta Romanorum*)と困難な時代にいつも最大の教師であり、私たちの心の慰めとなったフランティシェク・パラツキー[*14]の歴史に貴重な助けを見出した。

　筋立ての面で言えば、二十一の物語のうち「アレナ」、「オルガ」、「イートカ、バルチャ、アンジェルカ」、「ベアータ」、「モニカ」は各国の遍歴のモチーフを作り替えてチェコ風にし、形を整えたものであるが、その際、疑いもなく教訓的な放浪の尼僧たちのモチーフはカレル時代のオロモウツの物語群の中心をなしていて、たとえばJ・A・バルベイ・ドレヴィーイ[*15]がそれを神秘的で色情的なものに仕立て上げ、チェコの作家がそのなかのシスター・ベアータをプラハのヴルタヴァのフランシスコ修道院におくことによって、思いがけない恋が彼女を悲しい世界遍歴に導いたということにしたのである。

　その他の十六の物語は私の創作である。

王や王妃、騎士や僧や農夫の息子、漁師の娘やずるがしこい老婆、お高くとまった異国美人など、この本の男女の登場人物を注意深く観察すれば、彼らが疑いなく私たちの隣人の血を分けた兄弟や姉妹たちであり、私たちの誰もが道で出会って愛する者たちだということである。

今なら恐らくこの本は違ったものとなるか、あるいは全く書かなかっただろう。これが今とは異なった時代にできあがったものであり、その時代にそれなりの役割を果たしていたからである。今や私は黄色い香炉の煙の中でなく、アレシ[*16]の水彩画のような透明な空気の中で自分の故郷を見ようとしている。今や私は自分の主人公の周りに儀式的気分を蜘蛛の巣のように張り繞《めぐ》らすのでなく、カールシュタイン城の騎士たちを南の国々へ、戦いへ、女の抱擁の中へと駆り立てたのとは異なった情熱を、彼らの中にかき立てたいと思う。疲弊した戦争の顔がひとつひとつの出来事の背後で薄笑いはしていないので、私も死については話すことが少なく、生については話すことが多くなってきたように思うからである。しかし私にとってこの書物が何にもまして大切なものであることを否定するつもりはない。困難な時代の慰めに人々がこれを読んで愛してくれたのだから――

解放から一ヶ月経った一九四五年の六月にペテル・イレムニツキー[*17]が私のところにやって来た。その時まで私は個人的に彼を知らなかった。イレムニツキーは痩せた顔をしていたが幸福そうだった。デッサウ収容所の労働ラーゲリから帰ってきたのだ。

「私に『カールシュタイン城夜話』を下さい！」と彼は言った。

私は、この本をまだ読んでいないのか、と訊ねた。

「友人たちが私《ひそ》かに収容所に送ってくれました。私はそれを読んでから一九四四年のクリスマスに仲間たちに読んで聞かせました。あなたに彼らの目を見て頂きたかった！　それから本を回しました。彼らはそれを一枚ずつ切り離してしまいました。後で私がもう一度頁を綴じたのです。私たちは長い間壊れてしまうまで何度も読みました。私は牢獄の見張りの目から隠すためにそれを藁布団の中に隠さねばなりませんでした。一九四五年にアメリカ軍がデッサウの収容所を焼夷弾で爆撃して、夜話はバラックの藁布団と一緒に焼けてしまいました。だからあなたは新しい本を一冊下さらなければならないのです」とイレムニツキーは言った——

その後私は、『ペテル・イレムニツキー』という表題で一九五二年ブラチスラヴァの「タトラン」社が論文と演説と史料からなる文集を出版し、その中のヨゼフ・ドゥヴォジャーク[*18]、J・パンツィーシその他に宛てた手紙で、『カールシュタイン城夜話』はこれを読んだすべてのひとにもたらすだろう喜びを囚人たちにもたらした、と彼が書いているのを読んだ。

『カールシュタイン城夜話』は、私の作品集の第三巻として僅かな文体的修正を施し、保護領《プロテクトラート》の検閲官の裏をかいて最初に出版されたかたちで刊行されようとしている。この版について註釈すれば——第一版で私がしたように——一連の物語の構成の中心となるカレルの病気をわざと数年後にずらし、すでに年代記者によってカレルの愛への愛情溢れるはかりごとの主とされているプファルツのアンナの位置に王妃ポメラニアのアルジベタをおいたのである。

フランティシェク・クプカ

一九五四年春

訳　註

第二版への著者あとがき

＊1　ロシアを侵攻したナチス・ドイツ軍がスターリングラードの戦いで敗北してやがてドイツが敗北するきっかけとなった。

＊2　ヨゼフ・コプタ（一八九四－一九六二）。元は銀行員であったが第一次世界大戦の時にロシアのチェコスロヴァキア連隊に入隊、戦後文学活動に入った。新聞リドヴェー・ノヴィニ（人民新聞）の編集者でもあった。

＊3　プシェミスル王朝はチェコ最後の王朝でその最後の一人がカレル四世の母エリシカだった。彼女はルクセンブルグのジャンと結婚してカレル四世を産んだ。

＊4　聖カタリーナはアレキサンドリアの殉教者。カタリーナ伝説は中世十四世紀の中頃に成立したもので、作者は不明だが、ラテン語の伝説の形を受け継いでいるところから、どこかの宮廷に仕えていたものと推定されている。

＊5　C・F・マイヤー（一八二五－九八）。ドイツ語によるスイスレアリズムの詩人の一人。

＊6　ヨゼフ・シュスタ（一八七四－一九四五）。チェコの歴史家であり、作家であって、かつ政治家。カレル大学教授で一九三九年から一九四五年までチェコ科学芸術アカデミー総裁。チェコスロヴァキアの歴史を世界史の中に位置づけるのに重要な働きをしたといわれる。

＊7　ブラチスラヴァとブルノーで活動したスロヴァキアの言語学、文献学者ヤン・ヴィリコフスキー（一九〇四－四六）が一九三八年に出版した『カレル四世時代の散文』（*Próza z doby Karla IV*）を指しているのであろう。

＊8　カレル四世はラテン語の自叙伝（*Vita Caroli Quarti*）を残している。原典で読んだというのはこの部分であろう。

＊9　ヴァーツラフ聖公（九〇七頃－三五）は諸外国と交わりチェコの初期封建主義的な国家としての礎を築いた。キリスト教に帰依しプラハ城内に聖ヴィート教会を建てるなどしたが、弟のボレスラフに殺された。彼が信奉したのはギリシア正教であり、サーザヴァ修道院も東方教会の典礼を維持していた。後にカトリックの典礼を受け入れるが、ヴァーツラフの事蹟を誌した『ヴァーツラフ伝』は九四〇年頃に成立し、古教会スラヴ語で書かれていた。

＊10　エミール・スメターンカ（一八七五－一九四九）。プラハのカレル大学でチェコ語と古典文学を教えた。

＊11　ヤロスラフ・ヴルチェク（一八六〇－一九三〇）。文学史家、文芸批評家。『スロヴァキア文学史』（一八九〇）、浩瀚な『チェコ文学史』（一八九二－一九二一）等を著した。

＊12　ヨゼフ・ヤクベツ（一八五八－八九）。ヨゼフ・ヤクベツは、「マーイ（五月）」で有名なカレル・ヒネク・マーハ（一八一〇－三六）に因んで一八五〇年後半に結成された詩集団マーイに属していた。しかし文学史を著したのは実はヤン・ヤクベツ（一八六二－一九三六）で、『チェコ文学史』（独文一九〇七、チェコ文初版一九一一年、第二版一九二九・一九三四）であるから、作者が思い違いしているのではないかと思われる。

＊13　H・エステルレイ（ヨヴァー）。一八七二年ベルリンで発行された『ローマ人の事蹟』（*Gesta Romanorum*）の編者。『ローマ人の事蹟』は十三世紀の終わりから十四世紀の初め頃に成立したと考えられ、たとえばその中の「神は死んだ」（Deus est mortuus）という考えがニーチェの『ツァラトゥストラ』の着想の源だという説もあり、その後の文学にさまざまな影響を与えたといわれる。「ローマ人の」という表題は必ずしも正確でなく、さまざまな寓話などが含まれ、元々僧たちが説教の種とするために

作られたとする説もあるという。

＊14　フランティシェク・パラツキー（一七九八－一八七六）。彼の畢生の書といわれるのは大著『チェコとモラヴィアにおけるチェコ民族の歴史』である。彼はチェコ国内のすべての歴史資料ならびにヨーロッパの主要な資料を猟渉し、ウィーン、ライプツィヒ、ミュンヘン、ローマ、ドレスデン、ブラチスラヴァ、ベルリン、ブダペスト、パリ、イェナ等を旅したという。その記述は極めて細密で第一級の資料とされる。

＊15　J・A・バルベイ・ドレヴィーイ（一八〇八－八九）。フランスの作家。隠された動機を明らかにし、超自然との一線を越えることなく邪悪なものがそこに存在することを示すミステリーを得意としたといわれる。

＊16　ミクラーシ・アレシ（一八五二－一九一三）。ヨゼフ・マーネス（一八二〇－七一）のような民衆に根付いた後期ロマン主義の画を書いたとされる。

＊17　ペテル・イレムニツキー（一九〇一－四九）。チェコ出身のスロヴァキアの作家で、スロヴァキア文学出版所から一九四七年に『年代記』（*Kronika*）を出版したという。この中で彼はナチスに対して行ったスロヴァキア民衆蜂起におけるスロヴァキアの人民の戦いを讃えたという。

＊18　ヨゼフ・ドゥヴォジャーク（一九四二生）。チェコの俳優。

訳者・解説あとがき

本書は、František Kubka, *Karlštejnské vigilie.* の全訳である。本邦初訳のみならず、フランティシュク・クプカの作品の初紹介となる。初版は Lidovénoviny (Brno) によって一九四四年に刊行されたが、底本に用いたのはチェコスロヴァキア作家協会 ČESKOSLOVENSKÝ SPISOVATEL 一九五四年版である。

この作品について大まかに述べれば、これはプラハを首都とする神聖ローマ帝国の皇帝カール四世（チェコではカレル四世と言われる）が毒をもられ、カールシュタイン城で病の床に臥していたとき、皇帝の無聊を慰めるために盟友でありかつ忠実な臣下であった三人の側近が一週間で二十一の物語を語って聞かせたという、文字通りの「お伽噺」をその内容とする。いきおい洋の東西、身分の高下を問わず、むくつけき男子《おのこ》どもの話の対象となるのは女性たちでなければならない。

神聖ローマ帝国は日本では、九六二年にドイツ王オットー一世が教皇ヨハネス十二世によってカロリング王朝の継承者として皇帝に指名されて成立したという説が一般に受け入れられているようであるが、ドイツではフランク王であったカール大帝（七四二―八一四）が七六八年に弟のカールマンと共同政治をとるという形で始まるとみるのが一般的である。彼はヨーロッパの諸民族を平定し、現在のフランス、ベルギー、オランダ、ルクセンブルグ、スイス、オーストリア、スロヴェニア、モナコ、サンマリーノ、バチカン市国の全土と、ドイツ、スペイン、イタリア、チェコ、スロヴァキア、ハンガリー、クロアチアの各一部を版図に加えた。したがってこれは中部ヨーロッパの諸民族からなる、ゲルマン民族を権力の中枢とする国だと言える。

ところがカール（チェコ名カレル）四世はチェコの王統プシェミスル家の最後の一人を母とし、カール大帝の血を引くルクセンブルグ家出身のハインリヒ（アンリ）七世の子ヨハン（チェコ名ヤン、フランス名ジャン）を父として、一三四七年、プラハにおいてボヘミア王の冠を戴くと、一三五四年から五五年にかけてイタリア遠征を行い、ローマのサン・ピエトロ大聖堂において神聖ローマ皇帝としての正式な戴冠をうけることによって、名実共に帝国の統治者となったのである。

これに先立つ一三四八年の四月、彼は全ボヘミア連邦議会に際して勅書を発布し、神聖ローマ帝国の立場から自分自身の選帝公やボヘミア王の諸特権を確認した。そしてプラハを単なるボヘミアの首都というだけではなく、皇帝の都として大々的な整備を行うこととした。その重要な一環が中部ヨーロッパの最初の大学の設立だった。ヨーロッパで最古の大学は一〇八八年に創設されたイタリアのボローニャの大学であり、次いでパリの大学、イタリア南部のサレルノやナポリの大学などがこれに続いたが、アルプスより北にはこれに相当する大学がなかった。大学の設置は従ってプラハが名実共に神聖ローマ帝国の首都であるという自覚を皆に与えることになったと思われる。以上のような経緯でカレル四世はチェコの人々から自分たちの公であると見なされ、敬愛され、その居城のあるプラハが、帝国の最も重要な中心都市であるとみなされた。世界の各地からここに人々が蝟集《いしゅう》して来たのもまた当然だった。カレル四世はチェコの人々に自信と喜びとを持たせてくれる希望の星だったのである。

従ってカレルが毒を飲まされて生命を脅かされたということは、人々にとって驚天動地の大事件だったと思われる。

チェコの人々は一九四四年に第一版が刊行されたこの作品を通じて自分たちが決して外異の野蛮人ではなく、帝国の中心を担った民族に属しているのだという誇りを新たにしたと思われる。特にかのプラハ城にナチス・ドイツの統治機構が置かれていたこの時期には、この物語が人々に希望と誇りとをもたらすものであったことは間違いない。ただ彼らの目をくらますためには相応の工夫が必要であったろう。そしてその試みは成功したと思われる。巻末の付録の「第二版への著者のあとがき」で著者自身が引用しているように、戦後ナチスの収容所から無事帰還したペテル・イレムニツキー（一九〇一－四九。スロヴァキア共産党員）がクプカの許を訪れて、「一九四五年にアメリカ軍がデッサウの収容所を焼夷弾で爆撃して、夜話はバラックの藁布団と一緒に焼けてしまいました。だからあなたは新しい本を一冊下さらなければならないのです」と言ったのも蓋し当然であった。

しかしこのカレル四世の君臨したチェコの国は、やがて一六二〇年のカトリックとプロテスタントとの戦いを契機にして旧教徒の支配する国々と戦い、敗北してウィーンを首都とするオーストリアの武力による支配に屈することになる。

第一次大戦の結果一九一八年にチェコはオーストリアから独立してスロヴァキアと連合し、チェコスロヴァキアの国を建設したが、一九三八年のミュンヘン協定によって、翌三九年にはナチス・ドイツに占領された。第二次世界大戦が終わると独立を回復するが、一九四八年には共産主義政権が樹立され、ソ連の衛星国になった。一九六八年にいわゆる「プラハの春」によって独自の改革を目指したが、ワルシャワ条約機構軍の侵攻によりその試みは粉砕されてしまった。チェコ及びスロヴァキアが真の意味で自由になったのはソヴエト・ロシアの崩壊によってであった。

この書を含むクプカの一連の作品には、決して声高ではないがヨーロッパの歴史におけるチェコの文化的政治的伝統、自由と文化を担う人々の想いと自負とが、纏綿《てんめん》としてその底に流れているように思われてならない。

さてこの作品の冒頭で述べられているように、カレル四世を毒殺しようとした犯人としてカリチのフラヴァーチとジュンベルクのチェネクが疑われたが、これはカレル四世がイタリアを支配下に収めようとしているという誤解に踊らされた結果であると思われたためであろう。しかしながら料理人達にはどのような毒も用いた形跡がなく、ただ最後に料理人が二人の貴族に王の食事に黒い実をまぜるように命じられたというばかりであった。

一方奇異なことに王妃は療養のためにカールシュタインに赴く王に同行しようとはしなかった。この物語の冒頭の部分で「王妃は行列の中にはいなかった。夫がカールシュタイン城に出立するまでの数日間に、この気丈な女性の様子が一変して、彼女の目や顔つきや歩きぶりに弱々しさが目立つようになった。王との話を避け、いつになく長いあいだお祈りをするようになったのである。カレルが一緒に行かないかと訊ねると、私がいることであなたの安らぎのお邪魔はしたくはない」と言って同行を断った。

しかし物語の最後になって王妃が、料理人達が無実であること、王の愛情を失うのではないかと怖れて、自分が食べ物にラスカベツ（ヒユ科のアマラントス）を混ぜたことを白状した。アマラントスはギリシア語では「萎れることのない・容色の衰えない」という意味であり、これを食したものは愛を深めるといわれていたという。これに対応するチェコ語のラスカベツも「愛を得るもの《ラースカ》」を意味していた。王妃はそういう意味を込めて、悪意なくこれを用いたのであろう。そしてその予期せぬ結果に苦しんだのである。

王妃のこの告白と、これに対するカレルの「アルジベタ、お前も私が王なので苦しんでいるのかね？　これから日ごと月ごとに私はよくなっていくだろう。私がお前を愛していないなどとは思わないで欲しい！」という答えがこの作品の外枠を作っているのである。その中で「ブラジェンカ」、「デイーナ」、「見知らぬ女」、「ブランカ」、「スヴィードニツェのアンナ」の五篇は、カレル四世自身が語り部となって一人称で語られ、三人称で語られている他の物語と区別されている。この一人称の語りによってこれらの主人公に対する範疇を別する王の思い入れがあると思われるが、それは果たして評者の思い入れに過ぎないのだろうか。

大まかに言えばこれらの物語はペストの大流行期に若者が集まって互いに話をして時を過ごし、その内の誰かが発病すると皆ちりぢりになって再び新たな集団を作るという時代を背景とした、ボッカチオの『十日物語』（デカメロン）と同じ枠物語という形式をとっている。しかもこの物語は全体の枠の中に語り手を一人称とする枠物語と三人称で語られる枠物語という、二つの下位の枠物語をその中に含むという構造を持っているのである。詩人として名高いフランチェスコ・ペトラルカ（一三〇四

－七四）は、一三一三年からアヴィニョンに住み教皇にローマに帰るようにと二度も申し入れたが聞かれることはなく、やがて彼自身も教皇を見限ったと思われる。その本当の理由は猖獗《しょうけつ》を極めるペストに対する教皇の個人的な恐れではなかったろうか。彼はカレル四世並びにプラハ大司教でカレル大学の創設に力を致したパルドゥビツェのアルノシト、王の宰相ストシェダのヤンとも文通してチェコの人文主義に大きな影響を与えたとされているが、ペトラルカ自身も一三五六年に自らプラハを訪れたという。なおボッカチオとペトラルカは親交が深く、両者の往復書簡は近藤恒一氏の編訳『ペトラルカ＝ボッカチオ往復書簡』（岩波文庫）として出版されている。

二人のクプカ

この作品の作家はフランティシェク・クプカ František Kubka（一八九四・四・三－一九六一・七・一）であるが、我が国ではもう一人の画家のフランティシェク・クプカ František Kupka（一八七一・九・二三－一九五七・六・二四）の方がよく知られていて、作家のクプカはほとんど知られていなかった。本作において本邦初紹介となる。画家のクプカは、はじめは Kubka と綴っていたらしいがパリに移ってから綴りを Kupka と替えたようである。憶測であるが、これは同姓同名の作家のクプカと区別するためだったのかもしれない。一九九四年名古屋、仙台、東京で画家のクプカの造形美術展が開かれたため、日本ではクプカというとまず画家だと思うようになったらしい。

画家のクプカはボヘミア東部のオポチノで生まれた。この町は既に青銅器時代に存在していたと言われ、コスマスの『チェコ年代記』の一〇六八年の項に記録されている。クプカは一八八九年から一八九二年までプラハの芸術アカデミーで学び、歴史的愛国的な題材で絵を描いていたという。その後彼はウィーンの造形芸術アカデミーで学び象徴的ないし寓話的な主題に専念した。一八九四年にはパリに落ち着いてジャン・ピエール・ローランと共にパリの美術学校で学んだ後、一九〇六年にパリの郊外に住んでサロン・ドートンヌに出品したりしていたが、未来派宣言に大きく影響を受けたという。彼の仕事は一九三六年にはニューヨークの近代美術館でキュビスムと抽象芸術の展覧会を、更にパリのジュー・ド・ポームにおいてはもう一人の、日本では余りにも有名な画家アルフォンス・ムハAlfons Mucha（日本ではフランス風にミュシャとよばれている）と共同して展覧会を行った。また同じ年彼はプラハのマネ画廊で回顧展を行った。

一方作家のクプカは「散文作家、詩人、劇作家、文学史家、翻訳家であり、かつ我国で最も才能のある語り手の一人」であるとされる。彼はカレル大学においてドイツ文学を修め、チェコ散文、詩文をよくし、翻訳家でもあった。第一次世界大戦の時にはチェコ軍に加わりロシア前線で戦った。一九二九年にはプラハのドイツ語新聞「プラーグ報知」の主筆として働き、一九三九年から四〇年にはゲシュタポによってベルリンで投獄され、一九四六年から四九年までブルガリア大使を務めた。『黒海の夕べ』（*Černomořské Večery*）はその体験を生かしたものと言われる。その生涯において彼は数多くの作品を書いたが、少なくとも本邦ではこれまで全く知られていなかった。

彼は小学校を卒業後「古典ギムナジウム」を終え、一九一二年にプラハのカレル大学の哲学部（文学部に当たる）に入ったが、第一次大戦が始まるや召集されて一九一四年、下級士官として東部戦線に送られた。

彼は翌一九一五年ロシア軍に捕らえられ、いくつかの捕虜収容所を転々としている間にロシア語並びに当時の現代ロシア文学をも学ぶに至ったという。彼の最後の収容所となったのは、ザ・バイカル地方のベレゾフカだった。一九一五年五月にその収容所がチェコスロヴァキア軍によって占領されると入隊し、イルクーツクに派遣され、軍団の一員としてシベリアを横断し極東の満州に達した。乗用車の修理兵として、運転手として、後には通訳として働いた。シベリアの密林では猛獣の毛皮を追って狩りもしたという。一九二〇年五月にはキリスト教青年会YMCAに勤務し、同じ年にロシア人の娘ターニャと結婚した。

最後の人々の一人としてクプカが祖国に帰還したのは一九二一年五月のことだった。中国を横断し、船で中国や印度の港、ギリシア、イタリアを経てトリエステへ。彼は祖国に帰って学業を終え、一九二一年十二月に博士論文「一八六九-七六年のヤロスラフ・ヴルフリツキー氏の詩作品とドイツ文学との関係」によって博士号を得た。このとき彼はずっとYMCAの秘書として働いていた。生活上の体験と彼がYMCAの秘書として示した常ならぬ能力が、スラヴ学という学問に身を捧げようとしたそもそもの目論見から彼を引き離すことを余儀なくさせたのである。

官吏としての経歴を終わらせようとするクプカの目論見は、結局プラハのドイツ語日刊政府機関紙編集長で、同時代の社会的諸関係を鋭く洞察していたアルネ・ラウリン（本名アルノシト・ルスティグ［一八八九プラハ-一九四五］）。戦後「トリブーナ」紙の編集者になり、一九二一年より「プラーグ報知」主任編集者。『新版オットー百科事典』の編纂者）の目にとまった。彼はクプカに編集者のポストを提示したのである。一九二七年クプカは外交政策編集局で働き始めた。ジャーナリストとしての仕事は彼から自由な時間の全てを奪ったが、他方では彼の知識を更に広げるのに役立った。その結果ジャーナリストという職業柄当時の西ヨーロッパ並びに東ヨーロッパのすぐれた文化人や政治家と毎日接触することになった。彼はそのためにしばしば旅行をし、ポーランド、ソヴエト連邦、フランス、イタリア、スイス、イギリスその他多くの国々を訪問した。これらの国々をよく知っていることが、後に作家としての仕事をする際、さまざまな民族の持つ雰囲気や生活様式を納得できるように描き出し、彼らの民族的な特性を人が信じるように表現することができたのである。

彼はその作家生活の中で膨大な作品を生み出したが、ある批評家の言を借りれば現在まで読者の意識の裡に生き続けているのは、彼がその最盛期に発表した『パレチェクの微笑み』(*Palečkův Úsměv*, 1946)と『パレチェクの涙』(*Palečkův Pláč*, 1948)、及び歴史物語『カールシュタイン城夜話』(*Karlštejnské vigilie*, 1944)、『スキタイの騎士』(*Skytský jezdec*, 1941)、及び占領下の『プラハ夜想曲』(*Pražské nokturno*, 1943)のみであるという。

これらが優れた作品であることには間違いがないが、この批評家の「結局著者の努力に対する最も公正な審判者になったのは時間だったのだ」という言葉は聊か酷に過ぎるのではないだろうか。ともあれ彼があげた諸作品が極めて優れたものであることは間違いがなかろう。

創作活動に限っても『パレチェク』の外、チェコの国およびプラハがかつての栄光を失うきっかけとなり、オーストリア、ハンガリー、スロヴァキアのみならず、スルタンのトルコやイギリスの王室、スペインをも巻き込む大宗教戦争に発展した、いわゆる「冬王」フリードリヒ五世とその王妃であるイギリス国王の王女エリザベスを繞《もとお》る、壮大な歴史的大作『その名はイェチミーネク』(*Říkali mu*

Ječmínek, 1956）、『イェチミーネクの帰還』（*Ječmínkův návrat*, 1957）などがある。しかしこれらはイギリスのスチュアート王朝をも含む当時のヨーロッパの複雑に入り組んだ人間的政治的な関係が背景になっていて、描かれた事件の詳細、政治的その他の背景を理解するには膨大な宗教的政治的な知識や註釈を必要としよう。

チェコにおける日本文学のひろがり

チェコという国は、日本人にとって海の彼方にある遙かな遠い国であり、我々とは殆ど縁が無いかのように思われて来たし、現在に至るもそう考える人が圧倒的に多いように思われる。チェコ語を学ぶことができる大学も、最近では増えて来つつはあるものの、今は未だ充分に多いということはできないのが実情だと思われるが、しかしそれは我々がチェコという国とその歴史を知らないだけでなく、チェコの人々の日本に対する知識についても我々が知らないだけなのである。しかし日本ではそうであってもチェコの人々が我々と同じであるとは言えまい。例えばチェコの国といえば大相撲の優勝者にチェコの大使館を通じて優勝杯が与えられることは相撲ファンならば誰でも知っていよう。それはチェコの国の日本に対する友好の表れであり、日本という国への敬意と親近感に根ざしている。近年には周知のようにチェコ人の力士さえもいるのである。

しかしそれには理由がある。チェコでは主としてカレル大学において日本語の研究が行われてきたが、ここで学んでいたり研究していた人々は「プラハの春」がワルシャワ条約機構軍の侵入によって壊されたときに、己《おの》がじし外国に去って、日本に関する研究を続けた。

その中で例えば明治のものとしてミリアム・イェリーンコヴァー氏の訳された樋口一葉の「たけくらべ」をはじめとする飜訳が挙げられている。川端康成の「伊豆の踊子」や「雪国」もV・ヒルスカー氏によって訳出されている。イムリフ・ザールプスキー氏の「河童」を筆頭としていくつもの作品の訳がある、というように。いちいち述べることはしないが堤中納言物語の「虫愛づる姫君」の訳と思われる「毛虫」があるかと思えば、辻邦生の「夏の砦」や、はては「兼好法師の長い瞬間による覚え書き」言い換えれば「徒然草」もミロスラフ・ノヴァーク氏によって訳されている。

福井県立大学で教鞭をとっておられたカレル・フィアラ教授は一九九三年にプラハで「平氏一族の事件」の一を公刊され、二〇〇二年以降プラハで「源氏物語」の一と二と三を、そしてつい最近にはやはりプラハで「古事記」を出版された。彼は一九九二年以降プラハの日本センターのセンター長でもある。

このようなチェコの人々の日本語日本文学における業績は近年めざましいものがあるが、その濫《らん》觴《しょう》になるのは、ミロスラフ・ノヴァーク教授（一九二四－八二）がはじめ第二次大戦の間にプラハの東洋語学校のゼミを受け、一九四六年にカレル大学で中国学を学ぼうとしたが、翌四七年に新しく開設された日本語学を学ぶようになったという偶然である。彼がここで強い影響を被ったのは最初戦争捕虜としてプラハに来ることになった仏教哲学者北山淳友《じゅんゆう》教授（一九〇二会津－六二プラハ）であったという。彼はカレル大学の教授として、チェコの日本語と日本学の発展に大きな影響を与えたといわれる人物だと聞いている。彼に師事したノヴァーク教授の博士論文は一九五二年の「俳句における好音調《ユウフォニィ》」であったという。

＊

最後に私事についてではあるが私とチェコ文学との関わりについても述べよという、編集部のお話なので少し紹介を兼ねて述べることにしたい。

私は京都大学文学部文学科の言語学講座で学んだが、言語学は単に言語理論を研究するだけではなく、自己の理論が適用可能なものかどうかを検証するために何か特異な言語を少なくとも一つ身につけることが必要とされていたので、私はロシア語を主な対象とすることにした。

その言語理論を学ぶ中で当時流行のアメリカ流構造主義言語学にはあきたらず、主として言語学の学史上重要なプラーグ学派の機能的構造主義言語学などを学ぶようになった。この学派の国際的な機関誌は *Traveaux de Cercle linguistiques de Prague*（通称「トラヴォー」）で一九二八年から一九三九年の八巻まで発行されていた。ここに使用されていた言語はドイツ語かフランス語であり、ニコライ・トルベツコイ、ローマン・ヤコブソン等当時の世界的に有名な言語学者が筆を執っていた。しかし国内的には学術誌「スロヴォ・ア・スロヴェスノスト」が主としてチェコ語で書かれた論文を発表していた。私がチェコ語を学び始めたのはそれがきっかけだった。

丁度その頃、ノヴァーク教授がプラハのカレル大学で日本語並びに日本文学を講じられるようになったという話が聞こえてきた。このノヴァーク教授のもとに、極めて優秀なヤポニストたちが育っていったという。

　ところで筆者の一年上に中国語学中国文学講座に在籍していた山内理子《みちこ》さんがおられた。かねて将来を約束していた経済学部の小野一郎氏が国際学生連盟書記局員としてチェコのプラハで活動して居られたので、理子さんは卒業すると直ぐに単身プラハに赴き彼の地で御結婚。一九五八年九月にプラハのカレル大学の文学部助手として日本語の担当となった。翌五九年夫君が書記局員の職を解かれると夫妻はモスクワに赴かれた。理子氏は三月にカレル大学を退職、モスクワ大学の東洋語学院専任講師として日本語を担当されることになった。プラハにおられたこの僅かの間に、彼女はカレル大学で日本語を学んでいたイジー・イェリーネク氏を紹介して下さった。それをきっかけにして当時は未だ鉄のカーテンに隔てられていたが互いにチェコ語や日本語の資料を送り合った。本書『カールシュタイン城夜話』も、そのようにして鉄のカーテンの下で受けとった書物のうちの一冊である。

　そうこうしているうちにいわゆる「プラハの春」が始まり、社会主義国とは到底思えないような議論がおおっぴらに『文学新聞』等で行われるようになった。私もチェコに行こうとしてビザをとったが、丁度その時青天の霹靂のようにワルシャワ条約機構軍が侵攻し、プラハの春はあっけなく潰えてしまった。このときにイェリーネク氏やイェリーンコヴァー氏、ネウストゥプニー氏などの日本語研究者達も外国に逃れた。私自身もプラハを訪れることができなくなったが、私がチェコ語を独学で学び始めたのはチェコ構造言語学を学ぶこととチェコの文学を学びたいと思ったことによる。お世話になった小野理子氏（神戸大学名誉教授）並びに夫君の小野一郎氏（立命館大学名誉教授）もあいついで鬼籍に入られたが、共に忘れることのできない人々である。ともあれ彼女は短い時間しかチェコには居られなかったが、小野夫妻のプラハでの活動がチェコの日本学に大きな影響を与えたのだと思っている。

その結果であろうか一九六八年にはノヴァーク教授の下で日本語学を専攻していたイジー・イェリーネク氏が参加してチェコ日本友好協会が組織されたという。

およそこの世代の人々がワルシャワ条約機構軍のチェコ侵入の後に散りぢりに外国に渡り、そこで日本語学、日本文学の研究を行い、第一線で成果を上げているのである。筆者の知る限りでは例えば日本語学でいえば、イジー・ネウストゥプニー氏はメルボルンのモナシ大学に招聘されたが一九六八年の事件以降も一九九三年までオーストラリアにとどまった。その後大阪大学の教授となり、その後千葉大学、桜美林大学で日本語学、言語社会学などを講じておられるという。日本文学については既に述べた人々も多くこの世代に属している。先に述べたイェリーネク氏はその後数理言語学の分野で活躍されていたと聞き及んでいるが、最近氏の執筆された『現代日本語入門』(*Úvod do moderní japonštiny*) がプラハのアカデミア出版社から一九六八年に出ていることを知った。母国を去っても皆それぞれにがんばっておられるのであろう。両国を結ぶ絆がやがて太いものとなることを確信もし、期待もするところであるが、いずれにせよ、現在日本語の文学や語学についての研究や飜訳の先端に立っているのがおよそこの年代の人々なのである。

私が未だ京都大学で教鞭をとっていたときに、先にのべたカレル・フィアラ先生が福井県立大学に着任された。そこで私は先生に乞うて京大の私の講座でもチェコ語を教えて頂くことにした。当時私にできるのはその程度でしかなかったのである。逆に私たちについてもチェコの様々な文化や文学を全く知らないというのは、何か一方的で失礼であるようにも思われて来る。

しかし日本ではチェコについての知識が全くない訳ではなかった。戦前からエスペランチストの草分けとして活躍しておられた栗栖継氏（一九一〇－二〇〇九）がヤロスラフ・ハシェク、ラディスラフ・ムニャチコやカレル・チャペクなどさまざまな作品を訳出されている。ただ数において未だ極めて限られているために例えばフランス文学とかイギリス文学とかいうように一定のカテゴリーに属するものとして意識されなかったのであろうが、その文学的な質にかんがみても、日本においても「チェコ文学」というカテゴリーが確立されてしかるべきである。チェコにはそれに相応しいだけの歴史および文学的な質と伝統があるからである。

私は一介の言語学者に過ぎないが、これらの人々にせめていくらかでも報いたいと考えてボツボツと訳したもののひとつがこの作品である。二、三の人々に送ったが、その一人である畏友中村喜和氏の御紹介で推挽いただいた。その結果、拙《つたな》い訳ではあろうが出版して下さるという御厚意に甘えて出すことにした。翻訳、誤字脱字などその他の過ちはもちろん筆者の責任ではあるが、面倒でも御教示下されば幸いである。

最後にこの面倒な仕事を引き受け、衝に当たって下さった編集部の鈴木冬根氏並びに風濤社の方々に感謝申し上げる。

平成二十五年一月識

山口　巖

追而

再び最後になるが、昨年三月の終わりに北海道大学名誉教授の浦井康男氏の訳になるアロイス・イラーセク（一八五一－一九三〇）の膨大でかつ有名な作品『チェコの伝説と歴史』が北海道大学出版会によって上梓された。この書物はカレル四世についてはあまり多くを扱ってはいないが、本邦におけるチェコの歴史的文化的な知識に大きな意味を持つものとしてこの際特に紹介し、共に喜びたいと思う。また、福井県立大学で教鞭を執られ、定年後も彼の地で活躍されているカレル・フィアラ先生が古事記のチェコ語訳を昨年の終わりに出版された。

フランティシェク・クプカ

František Kubka

1894-1961

1894年プラハ生まれ。散文作家、詩人、劇作家、文学史家、翻訳家であり、かつチェコで最も才能のある語り手の一人と言われる。1912年カレル大学入学、ドイツ文学を修めるも、第一次大戦勃発で従軍。1915年ロシア軍に捕らえられ捕虜収容所を転々とし、ロシア語ならびに当時の現代ロシア文学を学ぶ。1921年帰還。1929年プラハのドイツ語新聞「プラーグ報知」の主筆。1939-40年ゲシュタポによりベルリンで投獄、1946-49年ブルガリア大使を務めた。その生涯において数多くの作品を書いたが、本邦ではこれまで全く知られてこなかった。主な作品に『パレチェクの微笑み』(1946)、『パレチェクの涙』(1948)、歴史物語三部作『スキタイの騎士』(1941)、『プラハ夜想曲』(1943)、『カールシュタイン城夜話』(1944) など。

山口 巖

やまぐち・いわお

1934年生まれ。専門はロシア言語学。1992年京都大学大学院人間・環境学研究科(文化環境言語基礎論講座) 教授、1998年鳥取大学教育学部教授、2003年鳥取環境大学教授。2005年同退職。京都大学、鳥取環境大学各名誉教授。主な著訳書『ロシア原初年代記』(共訳、名古屋大学出版会、1982)、『ロシア中世文法史』(名古屋大学出版会、1991)、『類型学序説——ロシア・ソヴェト言語研究の貢献』(京都大学学術出版会、1995)、『パロールの復権——ロシア・フォルマリズムからプラーグ構造主義美学へ』(ゆまに書房、1999) など。

カールシュタイン城夜話

2013年 3 月 5 日初版第 1 刷発行
2013年 5 月 20 日初版第 3 刷発行

著者　フランティシェク・クプカ
訳・解説　山口 巖
発行者　高橋 栄
発行所　風濤社
〒 113-0033 東京都文京区本郷 3-17-13 本郷タナベビル 4F
Tel. 03-3813-3421　Fax. 03-3813-3422
印刷所　シナノパブリッシングプレス
製本所　難波製本
©2013, Iwao Yamaguchi
printed in Japan
ISBN978-4-89219-363-7